ullstein

Das Buch

Sara erfüllt die ausgefallensten Wünsche, wenn es um Sex geht: in der Flugzeugtoilette, zu dritt oder heimlich während einer Theatervorstellung – wovon auch immer ihre Kunden träumen, Sara macht es möglich. Denn gemeinsam mit ihrem attraktiven Geschäftspartner Alan leitet sie eine Agentur für ausgefallene erotische Phantasien, die hervorragend läuft und auch Saras Sexleben bereichert. Doch durch ein Missgeschick gerät die Agentur in Geldnot. Glücklicherweise erhält sie das Angebot eines besonderen Kunden: Er bietet ihr eine Million Euro für eine Woche auf seinem Weingut; während dieser Woche soll sie jeden seiner Wünsche erfüllen. Sara lässt sich auf das Angebot ein, sehr zum Unwillen von Alan. Er folgt ihr heimlich. Erst schaut er nur zu, dann wird er wie Sara in einen Strudel der Lust gerissen ...

Die Autorin

Jasmin Eden, 1982 in Duisburg geboren, schreibt bereits seit ihrer Studienzeit. Unter verschiedenen Namen hat sie mehrere Romane und Kurzgeschichten veröffentlicht.

Von Jasmin Eden ist in unserem Hause bereits erschienen:

Die Akademie der Lüste

Jasmin Eden

Im Auftrag der Lust

Erotischer Roman

Ullstein

Besuchen Sie uns im Internet:
www.ullstein-taschenbuch.de

FSC
www.fsc.org
MIX
Papier aus verantwortungsvollen Quellen
FSC® C083411

Originalausgabe im Ullstein Taschenbuch
1. Auflage Mai 2011
4. Auflage 2013

Konzeption: HildenDesign, München
Umschlaggestaltung: ZERO Werbeagentur, München
(nach einer Vorlage von HildenDesign, München)
Titelillustration: © Sabine Schönberger photography
Satz: LVD GmbH, Berlin
Gesetzt aus der Berkeley Oldstyle
Papier: Pamo Super von Arctic Paper Mochenwangen GmbH
Druck und Bindearbeiten: CPI – Clausen & Bosse, Leck
Printed in Germany
ISBN 978-3-548-28358-6

Prolog

Die Berührung war elektrisierend. Sara biss sich auf die Lippe, um nicht laut aufzustöhnen. »Nein, nicht«, raunte eine tiefe Stimme an ihrem Ohr, und die raue Hand auf ihrem Oberschenkel wanderte weiter zum Saum ihres Rockes. »Ich will dich hören.«

Sara schluckte schwer. »Sie werden uns draußen ebenfalls hören«, flüsterte sie, konnte sich aber nicht gegen die Erregung wehren, die ihren Körper gefangen nahm.

Sara musste sich beherrschen, sich nicht erneut auf die Lippe zu beißen, aber sie brachte dieses Kunststück fertig. Ihr Atem ging schwer, und sie klammerte sich an ihren Liebhaber, der sich kaum noch bewegte und genau beobachtete, wie sie sich wand, während seine Hand sich zwischen ihre Beine schob. Sara entfuhr ein Keuchen, und sie spürte Hitze auf ihren Wangen.

»Ja, genau das wollte ich sehen … und hören«, murmelte er, und seine Fingerspitzen berührten ihren Slip. Er war bereits feucht und kaum noch ein Widerstand gegen die tastenden suchenden Finger. »Lauter«, hörte sie seine Worte an ihrem Ohr, und heißer Atem streifte die bloße Haut. Die Kabine des Flugzeugs war eng – Sara spürte den Rand des Waschbeckens nur zu deutlich in ihrem Rücken, aber mindestens ebenso hart drückte der Mann vor ihr sich an sie. »Ich kann nicht«, wisperte sie noch einmal, während jemand an der Tür vorbeilief.

»Ich will es aber!«, knurrte ihr Liebhaber und schob mit einem Mal seine Finger unter den Slip und tief zwischen die nassen Schamlippen. Sara entfuhr ein Schrei – in ihren Ohren klang er viel zu laut, dennoch betete sie, dass ihn niemand gehört hatte. Sie rang nach Atem, aber sein suchender Mund erstickte ihr Keuchen schnell.

Plötzlich klopfte es an der Plastiktür. »Alles in Ordnung da drin, Ma'am?«, ertönte die Stimme einer der Stewardessen. Sie klang nicht ehrlich besorgt, eher so, als fragte sie aus Routine nach. Sara war sich dennoch sicher, dass sie wegen des Schreis angeklopft hatte. Ahnte sie etwas?

»Ja, mir geht es gut, danke!«, erwiderte sie etwas zu laut, und kurz darauf vernahm Sara die sich wieder entfernenden Schritte. Sie sackte regelrecht in sich zusammen und packte ihr Gegenüber am Nacken. »Siehst du, deswegen darf ich nicht schreien«, flüsterte sie an seinen Lippen. Sie waren weich, wie auch sein Gesicht. Diese Weichheit ließ ihn jünger wirken, als er war, aber die Art, wie er fordernd das Spiel seiner Finger fortsetzte, zeigte, dass er eindeutig kein Kind mehr war.

»Macht dich das nicht an?«, fragte er und lächelte verzerrt. »Wenn jemand hier vorbeigeht und uns jederzeit so sehen könnte? Du, mit deinem Slip um die Knöchel und meine Finger tief zwischen deinen Beinen?!« Er fand ihren Kitzler und umkreiste ihn mit seiner Fingerkuppe. Der Reiz war überwältigend, und Sara presste ihren Mund auf seinen, damit er ihr Stöhnen aufnahm.

»Verdammter Exhibitionist«, meinte sie lächelnd und drängte ihre Hüften seiner Hand entgegen, um sich mehr von diesem Genuss zu holen.

Sie schluckte leicht und schloss die Augen, um sich ganz auf die Lust konzentrieren zu können, die der Mann vor ihr in ihr auslöste. Mit einer Hand hielt sie sich am Waschbecken fest, die andere fuhr zwischen seine Beine, zu der deutlichen Beule, die sich in der teuren Anzughose abzeichnete.

»Und was ist mit dir?«, fragte sie und brachte ihre Lippen nah an sein Ohr. Sein Aftershave drang ihr in die Nase, ein würziger Duft nach Moschus und Moos. Sara atmete tief ein und umfasste ihn, bis er aufstöhnte. Zufrieden lächelte sie. »Sollen dich die anderen auch hören?«

»Nein.«

Saras Lächeln wurde breiter, und sie begann, ihn in einem steten Rhythmus zu massieren. Immer wieder fuhren ihre schlanken Finger an der Hitze in seiner Hose entlang, drückten immer wieder leicht zu und arbeiteten sich zu der empfindlichen Spitze vor. »Oh doch, ich glaube schon«, raunte sie an seinem Ohr und merkte, wie er sie weiter gegen das Waschbecken drückte. Dennoch schob er ihre Hand nicht weg. Sara ließ ihn plötzlich los und schob ihn von sich.

»Was soll das?!«, fragte er, aber sie antwortete ihm nur mit einem Lächeln. Trotz der Enge schaffte sie es, sich auf den geschlossenen Klodeckel zu setzen. Mit einem Lächeln zu ihm hinauf, griff sie nach der Gürtelschnalle und öffnete sie.

Als er merkte, was sie dort tat, entspannte auch er sich und lächelte. Ohne Gegenwehr ließ er zu, dass sie seine Hose öffnete und weit genug herunterzog, um seine Erektion zu entblößen. Noch einmal sah sie zu ihm hinauf, dann beugte sie sich vor und umfing die Eichel vollkommen mit ihrem Mund. Die empfindliche Penisspitze glänzte bereits vor Feuchtigkeit, und ein würziger Geschmack tanzte auf Saras Zunge. Es war ein animierender, erotisierender Geschmack, und sie wollte mehr davon. Sie ließ ihn tiefer gleiten, saugte an dem zuckenden Schaft und streichelte über die Hoden, die prall darunterhingen.

Er zuckte zusammen, als sie ihn dort berührte, stöhnte und legte den Kopf in den Nacken, um sich ganz ihrem Mund hinzugeben.

Sara genoss es. Sie liebte diese Art von Macht, die sie ausüben konnte, und ließ ihren Liebhaber ein wenig leiden, indem sie die Zungenspitze auf das empfindliche Häutchen zwischen Eichel und Schaft drückte und an ihm saugte. Sie wurde durch ein scharfes Einatmen ihres Liebhabers belohnt. Diesmal war er es, der sich am Waschbeckenrand festhalten musste, als die Erregung zu groß wurde. Sara hielt sich an seinen Hüften fest, um ihn noch tiefer in ihren Mund kommen zu lassen.

Er hatte diese Geduld nicht mehr. Mit einem Mal fasste er ihren Kopf und stieß immer und immer wieder in ihren Mund, konnte die Reize anscheinend nicht mehr ertragen. Er achtete nicht darauf, wer oder ob ihn jemand hörte, ungehemmt keuchte und stöhnte er, während Saras Mund ihn in den Höhepunkt trieb.

Es war so weit – Sara grub ihre Fingernägel in seine Seite und schmeckte seinen Orgasmus Sekunden später als warme Flüssigkeit in ihrem Mund.

Er wurde ruhiger, und sie ließ ihm die Zeit. Während er an der geschlossenen Toilettentür herabsank, richtete Sara sich auf und zog ihren Slip wieder richtig an. Sie sah in den Spiegel und richtete ihre schulterlangen Haare, korrigierte den verschmierten Lippenstift und nickte dann flüchtig; niemand würde ihr das kleine Abenteuer ansehen.

Der Mann zu ihren Füßen sah nur zu ihr hinauf, die Lider halb geschlossen und ein leichtes Lächeln auf den Lippen. »Ms McLaughlin«, murmelte er, »das war der beste Quickie, für den ich jemals bezahlt habe.«

Kapitel 1

Sara schob sich an den anderen Passagieren des Flugzeugs vorbei, die am Gepäckband standen. Überall die gleichen gelangweilten Gesichter von Businessmen, die auf ihre fein verpackten Anzüge und Krawatten warteten, oder Touristen, denen der Flug und die Vorfreude auf New York City deutlich anzumerken waren. Sie selbst musste nicht anstehen – Sara trug nicht mehr als ihre Handtasche bei sich, und in dieser Handtasche lag ein Scheck. Die letzte Rate ihres Gehalts, bezahlt von einem weiteren sehr glücklichen Kunden. Die Höhe der Summe auf dem Scheck war für Sara förmlich spürbar, und dieses imaginäre Gewicht ließ sie lächeln.

Beschwingt winkte sie den Zollbeamten zu, als sie an ihnen vorbei durch die Schiebetüren ging. Sie konnte die bewundernden Blicke im Rücken spüren, eine Reaktion, die Sara nur zu vertraut war und aus der sie gelernt hatte, Kapital zu schlagen. Ein sinnliches Schneewittchen, hatte ihr Exmann Jared sie immer genannt, und in der Zeit mit ihm hatte sie gelernt, das zu glauben. Immerhin waren es die nahezu weiße Haut, die langen Beine und die Kaskade aus schwarzen Locken, die ihn damals auf sie aufmerksam gemacht hatten. Sara spürte so etwas wie einen wehmütigen Stich, als die Erinnerungen vor ihrem inneren Auge vorbeihuschten, aber sie verdrängte sie schnell in die Tiefen ihres Gedächtnisses.

Vor den Milchglastüren befanden sich verschiedene Personen und warteten auf die Ankömmlinge, aber Sara ignorierte sie. Mit gezielten Schritten ging sie zum Ausgang des J. F.K-Flughafens. Ihre hohen Absätze klackten auf dem gefliesten Boden der Ein- und Ausgangshalle des Flughafens. Stimmengewirr umgab Sara, seit sie aus dem Zollbereich gekommen war, aber sie hieß die Geräuschkulisse willkommen. Sie liebte Flughäfen. Ihr rastloses Wesen konnte sich hier jederzeit auf neue und aufregende Eindrücke freuen. Hier waren alle gleich – jeder war auf dem Sprung, manche nur auf dem Weg in einen kurzen Urlaub oder einen Job, manche änderten ihr Leben. Sara mochte diesen Gedanken. Sie selbst schlüpfte auch gern in verschiedene Rollen und dank ihrer Agentur, die erotische Wünsche jeder Art und für jeden, der es sich leisten konnte, erfüllte, konnte sie ihre Rollen so oft wechseln wie ihre Wohnorte.

Ein Mann löste sich von einer Säule, an der er bisher gelehnt hatte, und kam auf sie zu. Bevor Sara die Ausgangstür erreichen konnte, schnitt er ihr den Weg ab und musterte sie durch die halbdunklen Gläser seiner Sonnenbrille. Er war groß und leger gekleidet: ein einfaches graues T-Shirt schmiegte sich an muskulöse Schultern und gab gebräunte trainierte Oberarme frei, an denen der Bizeps sich leicht wölbte. Über dem Shirt trug er eine offene schwarze Weste. Das Outfit wurde durch modische Jeans und einen leichten Bartschatten komplettiert, was ihm insgesamt das Aussehen eines Sängers oder Models verlieh. Das kurze, leicht in Unordnung geratene hellbraune Haar passte dazu – es sah aus, als wäre er gerade erst aus dem Bett gestiegen, nachdem er eine heiße Nacht mit irgendeinem Popsternchen oder Groupie hinter sich hatte. Sara lächelte bei diesem Gedanken. Es war unmöglich, Alan anzusehen und nicht gleich an schwitzende Körper und Haut an Haut zu denken.

Er erwiderte ihr Lächeln und nahm die Sonnenbrille ab. Azurblaue Augen funkelten Sara amüsiert an. »Wenn du so strahlst, ist wohl alles nach deiner Zufriedenheit gelaufen. War dein Kunde nicht allzu pervers?«

Saras Lächeln wurde breiter. »Eigentlich war er ganz nett«, sagte sie im Plauderton und hakte sich ganz selbstverständlich bei ihrem Geschäftspartner ein. »Und sehr pflegeleicht. Ein einfacher kleiner Quickie in mehreren tausend Metern Höhe.«

»Aha? Und sonst nichts?«

Sara zuckte mit den Schultern. »Nein. Aber unzufrieden war er nicht.«

Alan schmunzelte. »Hat er denn bezahlt?«

Sie schwenkte ihre Handtasche ein wenig und zwinkerte verschwörerisch. Alan lachte leise. »Sehr gut. Darf ich dich zur Feier des Tages zum Essen einladen?«

Sara tat, als müsste sie überlegen, auch wenn sie beide wussten, dass sie nicht nein sagen würde. Nach jedem erledigten Job war sie aufgekratzt, und es hatte sich schon als Tradition erwiesen, dass sie beide noch etwas danach unternahmen. »Ich weiß nicht«, sagte sie, während sie das Flughafengebäude verließen und in eines der gelben Taxen stiegen, die reihenweise vor dem J. F. K. warteten, um Einheimische wie Touristen in den Big Apple zu entführen. »Mir ist mehr nach Tanzen. Und einem schönen Apple Martini.«

Der Fahrer wartete geduldig, bis sowohl Sara als auch Alan sich auf die Rückbank gesetzt hatten.

»Tanzen?«, raunte Alan dabei in Saras Richtung.

»Ja«, erwiderte sie. »Oder hast du Angst, dass du dann morgen zu deinem Job zu spät kommst? Was war das noch? Ein kleines Sandwich zwischendurch?«

Alan verdrehte die Augen. »Meinetwegen, gehen wir tanzen.« Er nannte dem Fahrer eine Adresse in Manhattan, und dieser fuhr los. Sara gestattete sich, für ein paar Minuten einfach die Lichter der Stadt an sich vorbeiziehen zu lassen. Sie genoss diesen Moment, auch wenn das Taxiinnere penetrant nach billigem Reiniger und dem Lufterfrischer am Rückspiegel roch. Sara konnte endlich das Leben leben, von dem sie während ihrer Ehe geträumt hatte. Sie hatte die Agentur Petite Mort aufgebaut, kurz nachdem die Scheidung durch gewesen war. Nicht, dass sie ihren Mann nicht geliebt hätte – das war eines der Probleme gewesen. Sie hatte ihn zu sehr geliebt; sie hatte sich in den vier Jahren ihrer gemeinsamen Zeit vollkommen aufgegeben, um Jareds hörige Frau zu sein. Sie führten kaum wichtige Gespräche, passten nicht einmal zueinander, aber da war stets diese verdammte animalische Anziehung zwischen ihnen gewesen.

Sara schauderte selbst jetzt noch, sobald sie daran dachte. Jareds Nähe, sein Duft, seine bloße Berührung hatten ausgereicht, um sie wie Wachs in seinen Händen schmelzen zu lassen. Manchmal waren sie tagelang nicht aus dem Bett gekommen, und sie konnte sich sicher sein, dass Jared mit immer neuen Spielen aufwartete, um sie an ihre Grenzen zu treiben und gleichzeitig der Lust in den Rachen zu werfen. Es war intensiv gewesen, betörend, und es hatte alles von Sara abverlangt. Bis sie eines Tages einfach nicht mehr konnte. Sie war ausgebrannt und hatte instinktiv gewusst, dass sie vergehen würde, wenn sie so weitermachte. Also hatte sie mit allerletzter Willenskraft den endgültigen Schlussstrich gezogen und sich getrennt.

An die Zeit, die darauf folgte, wollte Sara nicht denken. Jared war ein einflussreicher Mann. Sie hatte damals als Coach in der Marketing-Abteilung seiner Firma gearbeitet und wusste gut genug, wen Jared durch Geld und Kontakte für sich gewinnen konnte. Dazu gehörten auch die besten Scheidungsanwälte. Er drohte, ihr alles zu nehmen, wenn sie ihn verlassen würde, und konnte den Gedanken einfach nicht ertragen, dass Sara ihn verließ und nicht umgekehrt. Aber sie hatte sich nicht einschüchtern lassen. Dieser Rosenkrieg hatte sie nur in ihrer Entscheidung bestärkt. Anscheinend hatte etwas in ihr schon immer geahnt, was sich hinter Jareds schönem, kühlem Gesicht und den grauen Augen verbarg. Und jetzt war sie seit knapp drei Jahren wirklich frei.

Die Agentur, die sie mit viel Schweiß und Mühe aufgebaut hatte, florierte. Es gab auf der ganzen Welt genug Menschen, die geheime Wünsche und unerfüllte erotische Träume hegten und mehr als bereit waren, die Preise, die Sara und Alan für die Dienstleistungen verlangten, auch zu bezahlen. Mittlerweile lief die Agentur sogar so gut, dass Alan und Sara sich aussuchen konnten, welche Jobs sie persönlich übernehmen wollten und welche nicht. Für alles andere hatten sie eine Sekretärin und einen Stamm von mehreren »Wunscherfüllern«.

»Aufwachen, Dornröschen«, holte Alans weiche, tiefe Stimme sie in die Realität zurück, und Sara blinzelte. Das Taxi hatte vor einer unscheinbaren Gasse gehalten, in der sich eine lange Schlange von Menschen befand. Alan schob gerade das Fahrgeld durch die Klappe, die die einzige Verbindung zwischen Vorder- und Rücksitz des Taxis darstellte, die beide von einer Plastikwand getrennt wurden.

Sara blinzelte wieder und stieg dann schnell aus dem Wagen. Alan legte den Arm um sie. Es war Frühling in der großen Stadt, und auch wenn die Sonne bereits verschwunden war, war es nicht kühl. Dennoch fühlte sich Alans warmer Arm um ihre Schultern angenehm an. Sie ließ sich in die Gasse führen. Die hohen Häuserwände verschluckten das Licht der Neonreklamen. Nur wenige Lichtstrahlen waren auf den Gesichtern der Feierhungrigen zu sehen, die geduldig darauf warteten, dass der bullige Mann, der vor einer Metalltür an einer der Wände stand, sie einlassen würde. Alan nickte ihm zu. »N'abend Rick!«, rief er, und der Mann mit dem Gesicht einer Bulldogge öffnete kommentarlos die Tür, um sie hineinzulassen.

Sara hörte einige der Leute protestieren, aber das Geräusch wurde schnell von stampfenden Bässen übertönt. Bunte Lichter flackerten vor ihren Augen auf, als Alan sie in den Club führte. Er bestand aus einem einzelnen Raum, in dem sich die Tänzer aneinanderschmiegten, sich wanden und zu dem treibenden Beat der Musik zuckten. Gegenüber des Eingangs befand sich eine schmale Bar, und daneben hatte man einige Tische und Sitznischen eingerichtet. Der DJ stand auf einem erhöhten Pult und bewegte sich rhythmisch im Takt seiner eigenen Musik. Ein gewöhnlicher New Yorker Club, nachts, in der Woche. Nichts Außergewöhnliches.

Sie bahnten sich einen Weg zur Bar und dann zu einem der Tische. Sara hatte ihren langersehnten Apple Martini in der Hand, während Alan lässig an einem Scotch mit Eis nippte. »Besser?«, fragte er, und Sara nickte knapp, während sie einen tiefen Schluck der grasgrünen Flüssigkeit ihre Kehle hinabfließen ließ. Der Anblick der Tanzfläche lockte sie, während sie trank und den Tänzern zusah. Kurz entschlossen nahm sie den Scheck aus ihrer Handtasche und schob ihn in ihr Dekolleté, direkt zwischen ihre Brüste. Alans Blicke folgten fasziniert dem zusammengefalteten Stück Papier. Sara legte ihm einen Finger unter das Kinn und dirigierte seinen Blick wieder höher. Er grinste wie ein ertappter Junge, und sie lachte, weil er so berechenbar war.

»Ich will nicht, dass er verlorengeht«, sagte sie laut, während sie ihre Tasche am Tisch verstaute.

»Während du was tust?«, rief er.

Sara spürte, wie die Musik ihr in die Beine fuhr. Sie wollte tanzen, und genau das würde sie tun. Lächelnd fasste sie Alan um die Taille und zog ihn, statt einer Antwort, auf die Tanzfläche. Er lachte nur und folgte ihr.

Sara drängte sich in die Mitte der Tanzfläche und begann, sich zu bewegen. Sie war umringt von keuchenden, erhitzten Körpern und genoss dieses ganz eigene Gefühl der Ganzheit. Sie alle bewegten sich, geführt vom Rhythmus der Musik. Es gab einen kurzen Aussetzer, als der Takt wechselte, langsamer wurde. Die Bässe dröhnten noch immer, aber diesmal spürte Sara sie mehr, als dass sie sie hörte. Die Vibrationen wanderten direkt von ihren Fußsohlen hinauf zu ihren Waden, kitzelten ihre Kniekehlen und schienen, wie durch unsichtbare Leitungen geführt, zwischen ihren Schenkeln zusammenzulaufen. Sara schloss die Augen, um diese Musik in sich aufzunehmen. Sie bewegte sich geschmeidig zu den Klängen, ließ nur noch ihren Körper sprechen.

Ein warmer Arm legte sich um ihren Bauch, zog sie näher, und Sara musste die Augen nicht öffnen, um zu wissen, wer sie derart umfasste. Alans Geruch war würzig, schwer und überlagerte alle anderen Düfte.

Sein harter Körper drückte sich gegen ihren Rücken, und Sara hieß ihn willkommen. Sie bewegte ihr Becken und ließ ihren Po absichtlich gegen seinen Schoß kreisen. Es dauerte nicht lange, bis etwas weiteres Hartes gegen sie drängte. Sara leckte sich über die Lippen und legte den Kopf in den Nacken. Ihr machte es Spaß, Alan zu reizen, und seine Reaktion schmeichelte ihr. Schnell drehte sie sich um und begegnete seinem Blick – ob es am Licht oder seiner Erregung lag, aber das Blau seiner Augen war dunkler geworden, leicht umwölkt. Sara legte ihm die Arme um den Nacken und spürte ihre Brüste gegen seine Brust drücken. Alan platzierte seine Hände auf ihren Hüften und führte Sara, ermutigte sie, abermals ihr Becken zu bewegen und sich an ihm zu reiben. Sara lächelte und tat ihm den Gefallen. Es entlockte ihm einen rauen Laut, den niemand anderer durch die laute Musik hören konnte. Nur sie.

Der Takt der Musik blieb unverändert, ein sündiges, schweißtreibendes Stück, das in der Luft vibrierte. Sara konnte es förmlich auf ihrer Haut spüren. Sie gab sich diesem Gefühl hin. Auf Alans Stirn war leichter Schweiß ausgebrochen, und auch zwischen den leichten Bartstoppeln auf seiner Oberlippe glitzerte es feucht.

Sie löste ihre Arme, den Blick noch immer mit seinem verschränkt, und ließ ihre Hände über seine Schultern gleiten, tiefer bis zur Brust. Die Muskeln darunter waren hart, er selbst angespannt. Sara konnte deutlich den Moment in seinen Augen sehen, in dem er erkannte, was sie vorhatte.

Sara lächelte ihn an, ließ es sich nicht nehmen, ihre Lippen mit der Zungenspitze nachzufahren, und ging langsam in die Knie. Ihr Gesicht war nur wenige Zentimeter von seinem Körper entfernt. Sie seufzte unwillkürlich bei dem Gedanken daran, wie es wäre, wenn ihre Lippen nicht durch diese Lagen von Stoff von seiner Haut getrennt wären. Sie würde direkt vor ihm knien, seinen wundervoll gezeichneten Bauch vor sich, die winzige Grube des Bauchnabels und den fein getrimmten Pfad aus dunklem Schamhaar, der sich von dort nach unten schlängelte, bis er sich in einem Fleck ebenso dunklem Haar verlieren würde und darunter …

Die Musik verstummte. Sara schluckte hart und wich zurück. Was tat sie hier?

Hastig stand sie auf, sich sehr wohl der Blicke der übrigen Tänzer bewusst, aber sie ignorierte sie. Stattdessen lief sie zu ihrer Tasche und flüchtete regelrecht aus dem Club, in dem der DJ eine neue Platte aufgelegt hatte.

Vor der Tür lief Sara weiter in die Gasse hinein, bis von den anderen Leuten nichts mehr zu sehen war. Dann erst lehnte sie an der Wand, die Tasche an sich gepresst, und rang nach Luft. Manchmal konnte sie sich selbst ohrfeigen!

Alan war der Bruder ihrer verstorbenen besten Freundin –

und auch wenn das nicht unbedingt ein Grund war, die Finger von ihm zu lassen, war er auch immer noch ihr Geschäftspartner. Niemals und auf keinen Fall würde sie sich wieder auf eine Beziehung mit jemandem einlassen, an dem ihre berufliche Zukunft hing. Die Lektion mit Jared hatte sie das gelehrt, und so anziehend sie Alan auch fand, sie würde dieses Prinzip nicht überschreiten.

Schritte näherten sich, und als Sara aufsah, stand Alan vor ihr. Er wirkte zerknirscht, aber sie konnte noch immer die letzten Reste seiner Erregung erkennen.

»Entschuldige«, sagte sie leise. »Ich bin nur übermüdet, und der Cocktail … das war wohl zu viel.

Alan nickte. »Schon in Ordnung. Es ist ja nichts passiert.«

Erleichtert, dass er ihr ihren Ausrutscher nicht übelnahm, wollte sie sich zum Gehen wenden, aber Alan hielt sie zurück. »Sara«, sagte er mit einer solchen Sehnsucht in der Stimme, dass sie eine Gänsehaut bekam. »Sara«, wiederholte er und kam näher. »Wir beide wissen, dass uns so etwas immer wieder passieren wird. Warum geben wir nicht einfach nach?«

»Ich habe dir gesagt, warum.«

»Ich habe es gehört. Aber es fällt mir schwer, es zu verstehen.«

Sara atmete tief ein und machte sich von ihm los. »Lass uns gehen«, sagte sie tonlos. »Mir ist kalt«.

Kapitel 2

Am nächsten Morgen war Sara schon früh in der Agentur. Trotz des Clubbesuchs war die Nacht nicht lang geworden, und sie hatte in den verbliebenen Stunden erstaunlich gut geschlafen.

Die Büroräume der Agentur Petite Mort lagen im fünfzehnten Stock eines Hochhauses in Downtown. Vor der Tür verspürte Sara die vertraute Mischung aus Zufriedenheit und Stolz in sich aufwallen – hinter diesen Türen lag alles, was sie sich in den letzten drei Jahren aufgebaut hatte.

Sie schob die Tür mit dem geschwungenen Türgriff auf und fand sich im Empfangsraum wieder. Zwei Sessel und eine Chaiselongue sorgten für Gemütlichkeit bei eventuell wartenden Kunden, die von der Sekretärin Mrs Poultry hinter dem Tresen empfangen wurden. Die Dame mit den tiefschwarzen Haaren, in denen sich die ersten grauen Strähnen geschlichen hatten, saß auch an diesem Morgen auf ihrem Platz.

»So früh schon hier, Mrs Poultry?«, fragte Sara lächelnd, während sie an den Tresen trat, um ihre Post entgegenzunehmen.

Die Sekretärin deutete mit einem Kopfnicken auf Saras Bürotür. »Sie kennen das ja, wenn ich nicht hier wäre, würde der Laden zusammenbrechen«, spottete sie gutmütig. »Wir haben einige Aufträge in der Warteschleife. Ich habe Ihnen schon eine Liste mit den verfügbaren passenden Mitarbeitern zusammengestellt und auf den Schreibtisch gelegt.«

»Haben Sie auch …«

»Ein Espresso und ein Bagel mit Frischkäse stehen daneben«, erwiderte die Dame ungerührt, und Sara schmunzelte. Sie nickte Mrs Poultry zu und ging in ihr Büro. Wie versprochen, dampfte der Espresso in einer winzigen Tasse auf dem Tisch, und der Duft des bestrichenen Bagels stieg Sara verführerisch in die Nase. Noch immer lächelnd, ließ sie sich in ihren Sessel fallen und fuhr ihren Computer hoch. Während die Technik langsam aufwachte, nippte Sara an ihrem Espresso und sah die Liste durch. Mrs Poultry hatte die fälligen Aufträge gleich mit ausgedruckt und dazugelegt. Insgesamt gab es drei; es waren keine sonderlich ausgefallenen Wünsche: Ein Kunde wollte einen Höhepunkt in seinem liebsten Broadway Theater, ein Pärchen wünschte sich Sex mit einer zweiten Frau, und ein Mann wollte seine Bi-Neigungen ausleben, ohne dass seine Frau etwas davon mitbekam.

Sara tastete nach dem Bagel und biss davon ab. Die Wünsche glichen sich so oft, und wirklich ausgefallene Sachen fehlten.

Von Petite Mort erfuhr man nur durch Mundpropaganda und Empfehlungen. Auf diese Weise hatten sie bisher vermeiden können, Anfragen zu bekommen, bei denen die bloße Vorstellung sie schon schaudern ließ. Kunden, die einen Wunsch hatten, nahmen durch eine Mailadresse auf einem externen Server auf irgendeiner Insel im Pazifischen Ozean Kontakt auf. Jeder Kunde musste angeben, durch wen er von der Agentur erfahren hatte. Meist handelte es sich dabei um Decknamen, aber sowohl Sara als auch Alan achteten darauf, dass die Namen einzigartig genug waren, dass sie die Kunden und ihre Vorlieben wiedererkannten. Einige der Stammkunden gaben mittlerweile ihre richtigen Namen an, aber sie bestritten den kleinsten Teil der Kartei.

In der Mail beschrieben die potentiellen Kunden ihre Wünsche und warteten dann auf Antwort. Alan oder Sara sichteten die Mails und entschieden, was machbar war und was nicht. Der Kunde erhielt dann den genauen Preis und die Zahlungsmodalitäten sowie eine Bankadresse – eine Hälfte des Geldes wurde vorher überwiesen, die andere Hälfte gab es in bar oder als Scheck nach Beendigung des Auftrags.

Das System war einfach, aber es funktionierte. Mittlerweile war es sogar so routiniert, dass Sara hin und wieder den Wunsch nach Abwechslung verspürte. Sie musste sich nicht sonderlich anstrengen, um die Wünsche ihrer Kunden im ganzen Land zu befriedigen. Zu ihrer Anfangszeit war es noch anders gewesen – besonders spannend war es gewesen, als eine Kundin sich eine Nacht mit einem Transexuellen wünschte. Damals war es ein Kontakt zu einem von Jareds Freunden gewesen, der Sara geholfen hatte.

Sie trank noch einen Schluck Espresso. Wieder Jared ... In letzter Zeit war er oft in ihrem Kopf. Kein Wunder, während ihrer Ehe hatte sie über vieles klagen können, aber über Langeweile sicher nicht.

Abermals nippte sie an der Tasse und suchte dann die passenden Leute für die Aufträge aus. Sie rief die möglichen Kandidaten an und informierte sie über den Auftrag und die Konditionen. Die Zuteilung und auch die Anrufe waren schnell getätigt, und Sara konnte sich darauf verlassen, dass sie auch zügig umgesetzt wurden. Das Pärchen aus Boston würde noch an diesem Abend einen Anruf von einer bezaubernden zierlichen Blondine erhalten, der verkappte Bisexuelle eine Nachricht von einem gutgebauten Engländer. Blieb nur noch der Theaterfreund. Sara sah auf die Buchstaben. Der Mann, der den Auftrag geschickt hatte, schien nicht sonderlich schamhaft zu sein, er hatte seinen Namen und sogar das Broadway Theater genannt, in das er regelmäßig ging.

So viel Offenheit machte sie neugierig. Auf gut Glück rief sie im Theater an und fragte nach einem gewissen Mr Mulligan. Sie erhielt die Auskunft, dass er tatsächlich nahezu jeden Freitag eine Karte reservierte und sich die Aufführung ansah, egal, was gerade gespielt wurde. Es sollte doch nicht allzu schwer sein, ein Bild dieses Kunden zu finden …

Jones Mulligan genehmigte sich einen kleinen Cocktail, bevor die Vorstellung anfing. In diesem Broadway Theater wurden meist Klassiker gespielt – es war kurz vor der Grenze zum Off-Broadway, aber er liebte die klassischen Inszenierungen alter beliebter Musicals und manchmal auch Opern. Nichts gegen diese ganzen neuen Interpretationen, aber Jones kam an Freitagabenden hierher, um zu entspannen und sich wohl zu fühlen. Es war für ihn der Startschuss in ein angenehmes Wochenende, und er zelebrierte dieses Ritual immer wieder gern.

Er hatte noch Zeit bis zum Beginn der Vorstellung, und während er in der Bar neben dem Theater an seinem Drink nippte, sah er sich um. Viele Gäste des Theaters hielten sich hier auf, bis es so weit war, sich seinen Platz zu suchen. Geschmackvolle Abendgarderobe herrschte vor. Paare und Freunde standen zusammen und unterhielten sich. Jones ließ das Stimmengewirr über sich hinwegrauschen – er genoss es und leerte seinen Drink zur Hälfte. Ein kurzer Blick auf die Uhr ließ ihn auch noch den Rest des alkoholischen Getränks herunterstürzen: Es wurde Zeit zu gehen, wenn er nicht im Pulk der übrigen Gäste ins Theater geschwemmt werden wollte.

Er schob sein Glas über den Tresen zurück zum Barkeeper und wandte sich zur Tür, als sein Blick den einer schönen Frau kreuzte. Sie trug ein tiefrotes Kleid, das sich um ihre Hüften und die langen Beine schmiegte. Sie stand halb zur Seite gewandt, und er konnte sehen, dass der rote schimmernde Stoff ihren Rücken nicht bedeckte. Dort war weiße Haut zu sehen, so makellos wie Porzellan. Auch ihr Gesicht erinnerte ihn an das weiße Gold – die Haut war eben, und die vollen Lippen leuchteten ebenso rot wie ihr Kleid. Schwarze Haare waren zu einer geschmackvollen Frisur aufgesteckt und bildeten einen scharfen Kontrast zu der aristokratisch hellen Haut. Sie lächelte ihm zu und nickte leicht. Jones war im ersten Moment zu erschrocken, um den Gruß zu erwidern, und als er sich von seinem Schrecken erholt hatte, hatte sie sich bereits wieder umgedreht.

Er schalt sich selbst für seine dumme Schüchternheit und verließ die Bar, um sich im Theater ablenken zu lassen. Der Concierge begrüßte ihn schon mit Namen und wies ihm die Richtung seines Platzes. Jones setzte sich und lauschte dem Stimmengewirr, als sich der große Saal und die Stuhlreihen nach und nach füllten. Manchmal musste er die Beine anziehen, wenn Menschen an ihm vorbei wollten. Es wurde »Miss Saigon« aufgeführt. Das Stück war beliebt.

Das Haus war anscheinend ausverkauft, denn kurz vor Beginn der Aufführung waren fast alle Plätze belegt. Er machte es sich bequemer und freute sich bereits auf die Vorstellung, als ein Rascheln seine Aufmerksamkeit auf sich zog. Er sah auf – neben ihm stand die Frau im roten Kleid. Er war verblüfft, erwiderte ihr freundliches Lächeln aber. Wie eine rote Wolke breitete sich der Stoff um sie aus, als sie sich neben ihn auf den freien Platz setzte. »Furchtbar, diese Menschen, die immer kurz vor der Vorstellung auftauchen, nicht wahr?«, sagte sie gerade laut genug, dass er sie hören konnte.

Jones lächelte über ihren Scherz. »Die Schlimmsten sind die, die sich vorher noch unterhalten müssen«, entgegnete er. Sie schmunzelte und schlug die Beine übereinander. Ihre Brüste unter dem Kleid bewegten sich – anscheinend trug sie keinen BH. Die Vorstellung ließ Jones schlucken. Er verfluchte einmal mehr seine Schüchternheit, wenn es um Frauen jenseits des Internets oder des Telefons ging. Der Anblick neben ihm bereitete ihm ein Ziehen in den Lenden, und er spürte, dass er errötete. Ob aus Verlegenheit oder wachsender Erregung konnte er selbst nicht sagen, und er wandte schnell den Blick ab. Sie schien es nicht bemerkt zu haben oder wollte es nicht bemerken. Jones war dankbar, dass das Licht gelöscht wurde und im Halbdunkel nichts mehr von seiner Röte oder der leichten Erregung zu sehen sein würde.

Er lehnte sich zurück und versuchte, sich auf den ersten Akt zu konzentrieren, aber ein süßer Duft stieg ihm in die Nase – das Parfüm seiner Sitznachbarin. Er schloss die Augen und neigte unmerklich den Kopf näher zu ihr hin.

»Gefällt Ihnen mein Duft?«, flüsterte sie plötzlich, und ertappt wich Jones zurück. Die Frau lachte leise, was von der einsetzenden Musik erstickt wurde. Sie beugte sich näher zu ihm, bis ihre Lippen sein Ohr streiften. Gänsehaut breitete sich von dieser Stelle über seinem ganzen Körper aus. »Sie müssen sich dafür nicht schämen, Mr Mulligan. Wenn Sie möchten, dürfen Sie gerne näher kommen und herausfinden, ob es Ihnen gefällt.«

Jones zuckte zusammen. »Woher wissen Sie meinen Namen?«, wisperte er.

Sie gab einen amüsierten Laut von sich. »Sie haben ihn uns selbst verraten.«

Es dauerte etwas, bis er sich erinnerte. »Sie sind von dieser Agentur!«, entfuhr es ihm.

»Wir haben Ihren Wunsch erhalten«, flüsterte sie wieder an seinem Ohr, und Jones wurde nur zu deutlich bewusst, dass ihre Brüste sich gegen seinen Oberarm drückten. Unter dem Stoff des Kleides und seines eigenen Hemdes fühlte das weiche Fleisch sich sündig an, wie eine verbotene Frucht, die er pflücken wollte. Pflücken und dann alle Süße heraussaugen, bis er gesättigt wäre. Das Bild sorgte nicht dafür, dass seine Erektion sich legte, im Gegenteil.

»Und was haben Sie nun vor?«, fragte er heiser. »Sie hatten mir doch geschrieben, dass ich erst nächste Woche einen Termin bekomme.«

Sie kam noch näher und hauchte ihm einen flüchtigen Kuss auf die Stelle hinter dem Ohr. Ihr süßer Duft war nun überall um ihn herum, und er war doppelt so dankbar für die Dunkelheit im Saal. Davon hatte er schon so oft geträumt, wenn er hier allein im Dunkeln gesessen hatte, wie es sein müsste, wenn er mit einer Frau hier säße und sie beide die Lust übermannte …

»Wir haben uns gedacht, es wäre für Sie noch angenehmer, wenn es als Überraschung passiert. Oder möchten Sie lieber, dass ich nächste Woche wiederkomme?«

»Oh nein, das nicht!«

»Gefalle ich Ihnen nicht?«, raunte sie und küsste seinen Hals.

»Sie gefallen mir, Sie gefallen mir sogar sehr«, flüsterte er und musste die Augen schließen, um all seine Sinne zusammennehmen zu können. Egal, wie dunkel es im Raum war, wenn er jetzt die Beherrschung verlor und seiner Lust Luft machte, würde ihn sicherlich irgendjemand hören. Eine warme Hand legte sich auf seinen Oberschenkel. »Dann kann ich davon ausgehen, dass ich weitermachen soll?«

Jones konnte das nicht beantworten, aber anscheinend wollte sie das auch gar nicht hören. Sie führte ihre Hand weiter, strich in kurzen Abständen über seinen Oberschenkel, und Jones spürte, wie seine Erektion sich zuckend aufrichtete. Er wandte den Kopf ab, doch sie biss ihn in den Hals. Scharf sog er die Luft ein, konnte aber im letzten Moment verhindern, dass er einen Schmerzenslaut von sich gab.

»Sehen Sie nicht weg«, murmelte sie und dirigierte seine

Lippen wieder zu sich. Jones sah sie an, und ihr Gesicht war seinem so nah, dass er sie einfach so hätte küssen können. Die Gefahr, entdeckt zu werden, elektrisierte ihn bis ins Mark, und er konnte das Weiß ihrer Augen im Halbdunkel schimmern sehen.

»Sehen Sie nicht weg«, wiederholte sie leise und nahm seine Hand. Sie führte sie in ihren Ausschnitt, dort, wo er ihre kleinen harten Nippel gegen seinen Handrücken streichen spürte. Er presste die Lippen aufeinander und kam näher. Sie wich spielerisch zurück, ihre Hand auf seinem Oberschenkel aber blieb. Auch die weichen Lippen kehrten zurück – er durfte sie nicht auf seinen fühlen, aber sie wanderten über seinen Hals zu seinem Ohrläppchen. Scharfe Zähne knabberten zart daran, die Reize waren sinnlich und erregend. Mittlerweile drückte sich eine deutliche Beule gegen den Stoff seiner Hose, und auch sie hatte es bereits bemerkt. Quälend langsam tasteten sich ihre schlanken Finger zu seinem Reißverschluss. Die Musik ebbte in diesem Moment ab, und Jones bemühte sich, flach zu atmen, um nicht laut aufzustöhnen. Sie hatte ihn noch nicht einmal berührt, und er hatte jetzt schon das Gefühl, kurz vor einem Höhepunkt zu stehen.

Abermals wurde die Musik lauter, und sie nutzte den Augenblick, um den Reißverschluss seiner Hose herunterzuziehen. Jones biss die Zähne zusammen, bis es knirschte. Er zog seine Hand aus ihrem Ausschnitt und ließ sie um ihre Taille gleiten. Irgendwie musste er seine Erregung und den Drang, sie einfach zu packen und hier auf dem Theaterboden zu nehmen, kompensieren, also zog er sie so nah wie möglich an sich und erstickte jeden Laut an ihrem Hals. Sie küsste seine Wange und umfasste ihn, wie zur Belohnung. Er wusste nicht, wie, aber sie hatte es geschafft, ihre Hand ganz in die Hose und den Slip gleiten zu lassen, ohne dass irgendeiner der anderen Zuschauer um sie herum etwas mitbekam. Alle waren viel zu sehr auf das Geschehen auf der Bühne konzentriert.

Jones versuchte, sich ebenfalls auf die Musik zu konzentrieren, aber es fiel ihm mit jeder Bewegung ihrer Hand schwerer. Seine Hand um ihre Hüfte krampfte sich zusammen.

»Bitte entspannen Sie sich, Mr Mulligan«, raunte sie an seinem Ohr. Leiser Spott schwang in ihrer verführerischen Stimme mit, aber Jones ignorierte es. Sie streichelte ihn geschickt, massierte ihn mal hart, mal quälte sie ihn, indem sie ihm ihre Liebkosungen entzog und nur flüchtig ihre Fingerspitzen seine Eichel streifen ließ.

Er wurde unruhiger, stieß seine Hüften ungeduldig vor, damit sie ihm endlich Befriedigung verschaffte, doch immer wieder brachte sie ihn höher, nur um ihm dann jede Aussicht auf Erlösung zu entziehen.

Er hielt es nicht mehr aus – er wollte mehr, er brauchte mehr. Seine Finger gruben sich tief in ihr Fleisch, und endlich erhörte sie ihn. Gezielt rieb sie ihn aus dem Handgelenk in einem heftigen Rhythmus, der nur seinen Orgasmus zum Ziel hatte.

Jones legte den Kopf in den Nacken, die Augen geschlossen und konzentrierte sich ganz auf ihre Hand. Das Bild ihrer Brüste, der weichen Halbkugeln unter dem verführerisch roten Stoff, tauchte vor seinem inneren Auge auf, und mit einem Mal übermannte ihn sein Höhepunkt. Er kam in drei großen Schüben über ihre Hand und in den Stoff seiner Hose. Noch während er sich von seinem Orgasmus erholte, küsste sie seine Wange und erhob sich. Als er die Augen aufschlug, war sie fort. Zurück blieb nur ihr süßer Duft.

Kapitel 3

Das heiße Wasser tat gut. Sara seufzte ein wenig bedauernd, als sie die Dusche abstellte, aber sie hatte sich bereits eine halbe Stunde dort aufgehalten. Es klingelte in ihren Ohren, da das Rauschen des Wassers mit einem Mal fehlte, und sie rieb sich über die Ohrmuschel, um es zu vertreiben.

Schnell schlüpfte sie in ihren weichen Bademantel und ging aus dem Bad. Ihre Wohnung war für New Yorker Verhältnisse angemessen, auch wenn sie Sara fast schon zu klein war. Dafür bargen die drei Räume Gemütlichkeit und das Gefühl von einem Zuhause, wenn sie wegen eines Auftrags länger aus der Stadt musste.

Genauso wie vorletzte Nacht, als sie übermüdet und ein wenig frustriert aus diesem Club gekommen war. Sie hatte bis zum Mittag geschlafen und fühlte sich noch immer unausgeruht und erschöpft. Die Dusche hatte kurzzeitig geholfen, aber der Effekt verflog langsam.

Sara fuhr sich durch die feuchten Haare und setzte sich ins Arbeitszimmer, an den überbreiten Mahagoni-Schreibtisch, einem Erbe aus ihrer Ehe. Ihre Gedanken wanderten wieder zu der letzten Nacht, zurück auf die Tanzfläche. Aus dem Nichts war Alans Duft wieder in ihrer Nase, das Gefühl seines Körpers nah an ihrem. Sie schloss die Augen. Es hatte sich so gut angefühlt. Und es schien Ewigkeiten her zu sein, dass sie sich so gefühlt hatte. Dass sie einen Mann vollständig begehrt hatte, nicht nur für eine Nacht oder den nächsten Orgasmus, sondern vollkommen und für immer. Sie lehnte sich in dem viel zu großen Ledersessel zurück. Mit dem Schreibtisch und dem Sessel war das kleine Zimmer fast vollkommen zugestellt.

Saras Blick blieb auf dem Laptop hängen. Wie spät mochte es sein? Sie klappte den Laptop auf und schaltete ihn an. Die Begrüßungsmelodie ertönte, und sie sah auf die digitale Uhr in der Ecke des Monitors. Kurz vor sechs Uhr abends. Alan war sicher mitten im Job.

Das Bild war zu präsent, um es zu ignorieren. »Lass das«, sagte Sara laut zu sich selbst, aber es half nicht viel. Sie stützte die Arme auf dem Schreibtisch ab und sah düster auf den Laptop, als wäre er schuld daran, dass sie an nichts anderes als an ihren Geschäftspartner denken konnte. Und wie zum Beweis schien sie ein bestimmtes Icon auf dem Bildschirm höhnisch anzuleuchten. Es zeigte eine kleine Kamera und darunter stand »Appartement Lest.Av.«.

Es gab noch zwei weitere Kamera-Icons auf dem Bildschirm. Jedes war ein Symbol für eine richtige Kamera, die in drei Wohnungen in New York, L. A. und Las Vegas eingebaut waren. Die Wohnungen waren Alans Idee gewesen, die Kameras Saras.

Er hatte damals vorgeschlagen, Appartements so einzurichten, dass man für die Agentur und aufwendigere Aufträge immer einen Handlungsort hatte. Sara hatte die Kameras damals heimlich einbauen lassen – eigentlich hatte sie sie zur persönlichen Absicherung anbringen lassen, um neue Mitarbeiter der Agentur bei ihrem ersten Auftrag beurteilen zu können. Eines Tages hatte sie aber durch Zufall eine Kamera aktiviert, die Alan zeigte, der eine Kundin bediente.

Seither hatte sie ihn noch zweimal beobachtet. Sie hatte immer Schuld dabei verspürt, aber das schlechte Gewissen war niemals so stark gewesen wie die Lust.

Sara sah weiterhin düster auf das Icon. Alan war gerade in

der Lester Avenue, und es brauchte nur einen Klick, um ihn zu sehen. Nur einen Klick.

Wie von selbst fand Saras Hand den Weg zur Maus. Der kleine Pfeil wanderte zu der Kamera und klickte zweimal. Nur eine Sekunde später war der Monitor mit dem Bild eines Schlafzimmers ausgefüllt. Er zeigte ein überdimensionales Bett, das den gesamten Raum dominierte, und darauf zerwühlte Decken und herumgeworfene Kissen.

Sara ließ die Kamera mit einigen Klicks nach rechts schwenken, und das Kopfende des Bettes wurde deutlich sichtbarer. Alan lag dort, in den Kuss vertieft, den er mit einer schmalen brünetten Frau teilte. Beide waren nackt und die Frau offensichtlich erregt. Ihre Hand lag zwischen Alans gespreizten Beinen, und sie bewegte sie langsam, aber stetig.

Alan hatte seine Hände tief in den braunen Haaren vergraben. Sara verspürte bei diesem Anblick einen schmerzhaften Stich, aber gleichzeitig eine sehnsüchtige Hitze zwischen ihren Beinen. Sie bedauerte, dass es nicht möglich gewesen war, auch den Ton zu übertragen, denn Alans Lippen lösten sich von der Frau, und er flüsterte etwas, was Sara nicht hören konnte. Die Brünette nickte jedoch, und ihre Lippen verzogen sich zu einem katzenhaften Lächeln. Sie rückte etwas ab, und die Decke, die bisher ihre Beine und den Schoß verborgen hatte, rutschte zur Seite.

Eine weitere, blonde Frau wurde sichtbar, die sich flach auf die Matratze gedrückt hatte und deren Hinterkopf sich rhythmisch bewegte. Sie befriedigte die Brünette mit dem Mund, und Alan schien der Anblick mehr als nur zu gefallen. Er bedeutete auch der Blondine etwas, und diese setzte sich auf. Ihre Partnerin lehnte sich an das Kopfende des Bettes, und ihre Spielgefährtin folgte ihr nach. Sie wandte den Kopf zur Seite, um Alan anzulächeln. Jetzt konnte Sara ihr Gesicht erkennen.

Sie war runder, üppiger als ihre brünette Freundin, und ihr

Gesicht hatte etwas Puppenhaftes. Die beiden Frauen bildeten einen aufregenden Kontrast, mehr noch, als sie sich wieder einander zuwandten und sich küssten. Alan saß weiter neben den beiden und ließ keine ihrer Bewegungen aus den Augen. Nach einer Weile hatten sie genug und lösten sich voneinander.

Sara schluckte. Diesmal war es die Brünette, die ihre Position wechselte. Sie glitt zwischen Alans Beine und umfasste seinen steif aufgerichteten Penis mit der Hand. Lächelnd sagte sie etwas, was Alan dazu veranlasste, ihren Haarschopf zu packen und sie zwischen seine Beine zu führen. Nur allzu willig folgte sie seiner Aufforderung und ließ ihn tief in ihre Kehle gleiten. Ihre Freundin wollte auch etwas von dem Kuchenstück abhaben – sie streichelte über Alans nackte Brust und küsste ihn.

Sara schluckte abermals. Sie war noch immer vornübergebeugt, rutschte aber unruhig auf dem Sessel hin und her. Längst spürte sie die Nässe in ihrem Schoß. Ihr war heiß, und sie öffnete den Bademantel. Nur ein wenig, nur ein bisschen …

Als die Brünette auf dem Bildschirm die Beine spreizte, tat Sara es ihr nach. Die Bewegung war instinktiv, aber Sara wehrte sich nicht dagegen. Sie folgte nur noch einem simplen Bedürfnis. Ihre Blicke waren auf Alan gerichtet, der sich ein wenig vorbeugte, ohne den Kuss zu lösen, und seine großen Finger zwischen die glänzenden Schamlippen der Brünetten gleiten ließ. Seine rechte Hand war ebenso tätig und wanderte zum halb verborgenen Schoß der blonden Frau.

Sara seufzte leise und berührte das Flanell des Bademantels über ihren Brüsten. Der Stoff fühlte sich weich an, kitzelte ein wenig, und sie rieb ihn gegen ihre langsam hart werdenden Nippel. Alan hatte die Augen vor Wonne halb geschlossen. Den Kuss hatte er abgebrochen und konzentrierte sich auf die beiden Frauen, die sich vor und neben ihm wanden. Der

Schoß der Brünetten lag genau vor der Kamera, und Sara konnte genau verfolgen, wie Alans Fingerkuppen sich zwischen den fleischigen Lippen anfeuchteten, kurz tiefer drangen und sich dann wieder zurückzogen.

Sara ahmte seine Bewegungen mit ihrer eigenen Hand nach, und auch wenn sie es selbst war, die sich auf diese Weise befriedigte, keuchte sie frustriert. Alans Partnerinnen musste es ebenso ergehen, aber Sara konnte nicht mehr unterscheiden, ob sie die Münder zu einem Stöhnen oder zu einem protestierenden Schrei aufgerissen hatten. Sie wollte mehr, aber sie quälte sich selbst, indem sie noch immer genau Alans Bewegungen folgte. Er setzte seine Folter fort, wiederholte sein Spiel, indem er manchmal zwei Finger bis zum Knöchel in die weiche warme Pussy stieß und manchmal nur eine Fingerkuppe, bis beide Frauen wie besessen ihre Hüften gegen seine Hände drängten.

Alans Lächeln ließ Sara erschaudern – er wusste genau, was er tat, und spielte mit den Körpern der beiden Frauen und unwissentlich auch mit Sara, wie es ihm beliebte. Endlich zeigte er sich gnädiger und rieb die angeschwollene Klitoris der Brünetten zwischen zwei Fingerkuppen. Sara tat es ebenso und schrie auf. Die Lust glich einem Orkan, der durch ihren Körper raste, und sie wollte mehr. Ihre linke Hand war mittlerweile in den Ausschnitt ihres Bademantels gerutscht und hatte ihn halb auseinandergezerrt, um sich ungehindert den rosafarbenen Nippeln widmen zu können. Sie zog leicht daran, drehte und rollte sie zwischen den Fingern. Noch immer sah sie auf Alan, aber sie hatte keine Geduld mehr, um auf ihn zu warten. Ungestüm rieb sie mit drei Fingern über ihre Scham, reizte ihre Klitoris und wand sich auf dem Sitz. Die nackten Schenkel hatte sie über die Lehnen des Sessels gelegt, und kühle Luft strich über ihre nackte, vom Duschen und der Lust gerötete Haut.

Die Lust war überwältigend, und Sara konnte ihr nicht mehr widerstehen. Sie wurde von ihrem Orgasmus erfasst und schrie ungehalten ihren Höhepunkt hinaus. Es dauerte, bis sie wieder zu Atem kam. Die Augen geschlossen, sank sie im Sessel zusammen und seufzte zufrieden. Sie erlaubte sich, das Nachbeben zu genießen, ehe sie die Augen wieder aufschlug.

Eigentlich hatte sie erwartet, auf dem Laptopmonitor Alan mit den zwei Frauen zu sehen, aber das Bild hatte sich verändert. Es zeigte noch immer ein Schlafzimmer, aber die Einrichtung hatte sich verändert. Während das Schlafzimmer in der Lester Avenue modern eingerichtet war, hatte dieses hier orientalisches Flair. Reich geschmückte Vorhänge hingen von dem Baldachin des Himmelbettes herab, und ebensolche Kissen lagen auf der Matratze verstreut. Auch hier hatte sich vor kurzem noch ein wildes Spiel zugetragen, aber anscheinend mit einem unbefriedigenden Ergebnis.

Sara nahm rasch die Beine von der Lehne und runzelte die Stirn. Sie justierte die Position der Kamera ein wenig und sah einen Mann auf dem Bett. Er hatte die Hände auf seinen Schritt gepresst und die Beine nah an den Leib gezogen. Sein Gesicht zeugte von Schmerz und nicht von Lust. Irgendetwas war dort schiefgegangen.

Sara wurde blass und ging so nah an den Monitor heran, dass ihre Nase fast den Bildschirm berührte. »Nein, bloß das nicht.« Aber was sie sah, war eindeutig. Das dort waren ihr Appartement und ihr Kunde. Und er krümmte sich vor Schmerzen.

»Ein Diebstahl?!«

»Offensichtlich begangen von Ihrer Mitarbeiterin, Mrs McLaughlin«, sagte der Rechtsanwalt vor ihr mit sonorer Stimme.

»Miss«, korrigierte Sara ihn automatisch und rieb sich über

die Stirn. Sie konnte sich ganz wunderbare Arten vorstellen, wie man einen Montagmorgen beginnen konnte, aber einen Anwalt vor der Tür der Agentur stehen zu haben, gehörte ganz sicher nicht dazu.

Ihr Blick auf den Laptopmonitor am Abend zuvor hatte sie nicht getäuscht, und Sara wurde jetzt noch kalt, als sie an den Anblick und was er bedeutete dachte. Bei dem Mann auf dem Bett handelte es sich wirklich um einen Kunden und dabei nicht einmal um einen unbedeutenden. James Erie war ein Mann mit viel Geld und ausgefallenen Wünschen.

Er hatte einen Termin mit der Agentur Petite Mort gemacht, weil er Zeit totschlagen wollte, während er in Las Vegas war. Sara hatte ihre dortige Mitarbeiterin im Agentur eigenen Appartement einquartiert und darauf vertraut, dass sie mit Erie fertig werden würde. Die Frau war zwar erst seit zwei Monaten in der Agentur, aber bei ihren ersten drei Aufträgen hatte sie sowohl Sara als auch Alan beeindruckt. Dementsprechend wenig Bedenken hatte Sara gehabt. Zu Unrecht, wie der Rechtsanwalt namens Nicols bewies, der vollkommen ungerührt in Saras Büro saß und sie wie einen Käfer unter dem Mikroskop ansah.

»Und was genau wird ihr zur Last gelegt?«, fragte Sara, ohne die Klage vor sich zu beachten.

»Ihre Mitarbeiterin, Ms Peters, hat meinen Mandanten niedergeschlagen, seine Kreditkarten entwendet und ihm mehrere tausend Dollar gestohlen.« Demnach, was Sara durch die Kameraaufnahme gesehen hatte, hatte Susan Peters Erie nicht niedergeschlagen, sondern ihn durch einen beherzten Schlag aufs Gemächt außer Gefecht gesetzt, aber sie war nicht in der Stimmung für solche Spitzfindigkeiten. Stattdessen fixierte sie den Rechtsanwalt vor sich kühl. »Und welche Beweise liegen vor?«

Nicols schien mit so einer Frage gerechnet zu haben, denn

er zog eine Mappe aus seiner Aktentasche und reichte sie wortlos an Sara weiter. Die schlug sie auf und musste ein lautes Fluchen unterdrücken. In der Mappe befanden sich körnige Schwarzweißaufnahmen, offenbar von einer Überwachungskamera aus. Sie zeigten eine junge Frau, die an einem Geldautomaten mehrere Scheine einsteckte. Auch wenn die Qualität nicht besonders war, war doch das Gesicht von Susan Peters gut genug zu erkennen.

Sara biss die Zähne zusammen. »Von wie viel Geld reden wir?«, fragte sie tonlos.

Nicols lehnte sich zurück. »Es geht nicht nur um den finanziellen Schaden, Ms McLaughlin. Dieser liegt bei knapp 500 000 Dollar. Zusätzlich fordert Mr Erie auch eine Entschädigung über die gleiche Summe für den ihm zugefügten Schaden an … nun, für die körperlichen Unzulänglichkeiten, die er erleiden musste. Falls Sie dieser Forderung nicht nachkommen, werden wir das Geld einklagen.«

Sara runzelte die Stirn. »Erpressen Sie mich?«

»Ich stelle Ihnen ein Angebot zur Verfügung. Wie Sie es nutzen, liegt ganz bei Ihnen. Lassen Sie mich Ihre Antwort bis Ende der Woche wissen.« Nicols stand auf und reichte Sara eine kleine Visitenkarte, ehe er sich verabschiedete und das Büro verließ. Sara sah durch die Glastüren, wie er an ihrer Sekretärin vorbeiging und dann ganz aus der Agentur verschwand.

Kurz darauf kam Alan herein. Er wirkte fahrig und grüßte die Sekretärin nur mit einem leichten Nicken, ehe er zu Sara ins Büro stürzte. »Ich hab deine Nachricht gerade erst bekommen. Was ist denn passiert?!«

Sara kochte noch immer vor Wut, und am liebsten hätte sie irgendetwas gegen die Wand geworfen. »Wir haben ein Problem am Hals, das ist los!«, gab sie gepresst von sich und tigerte unruhig durch den Raum.

Alan hielt sie auf und drückte sie sanft auf ihren Stuhl zurück. »Was ist los?«, wiederholte er ruhiger.

Sara sah in seine blauen Augen und atmete tief durch. »Die Neue in Las Vegas, Susan Peters, hat uns betrogen. Sie hat einen Kunden ausgeraubt und angegriffen, der erwartet jetzt insgesamt eine Million Dollar als Schadenersatz, oder er geht vor Gericht.«

Alan pfiff durch die Zähne. »Eine Million Dollar? Das ist nicht von schlechten Eltern.«

»Das ist der Ruin«, schnaubte Sara und fuhr sich mit beiden Händen über das Gesicht. »Wir haben keine Million Dollar. Selbst wenn ich sämtliche Appartements, die wir haben, verkaufen würde, hätten wir nur knapp die Hälfte zusammen. Einen Kredit kann ich mir abschminken, und Hypotheken kann ich nicht mehr aufnehmen, die Appartements sind schon alle belastet. Und wenn wir nicht zahlen, müssen wir so oder so Konkurs anmelden.«

»Hast du die Suche nach Susan schon in die Wege geleitet?«

»Gleich gestern Nacht. Aber entweder ist sie verdammt gut, oder sie hat extrem großes Glück. Bisher hat sich keine meiner Quellen gemeldet. Sie ist wie vom Erdboden verschluckt.«

Alan legte ihr eine Hand auf die Schulter. »Ich versuche, auch noch ein paar Leute anzurufen, um das Geld aufzutreiben.«

»Versuch es doch mit einem Wunder«, erwiderte Sara bissig und verfluchte sich gleich darauf für diese Worte. Alan meinte es nur gut, und immerhin gehörte ihm die Agentur zu gleichen Teilen, wie ihr auch. »Entschuldige, ich bin nur so ratlos.«

»Es ist dein Baby«, erwiderte Alan und fuhr sich über das stoppelige Kinn. Anscheinend hatte er nach der Nacht mit den beiden Frauen nicht viel Schlaf bekommen, geschweige denn Zeit für eine ordentliche Rasur gehabt. Aber es stand ihm.

»Du hast viel Arbeit, Zeit und Geld in diese Agentur gesteckt«, fuhr er fort, »und du willst nicht, dass jemand sie dir wegnimmt. Und ich will es auch nicht.«

Sara nickte. »Ich versuche es doch noch einmal bei ein paar Banken«, sagte sie leise. »Vielleicht lässt sich ja doch noch eine erweichen.«

»Willst du lügen? Immerhin geht es hier um Prostitution.« Sara zuckte mit den Schultern.

»Ich weiß es nicht«, meinte sie müde und schüttelte den Kopf. »Im Augenblick weiß ich gar nichts mehr.«

»Ist okay.« Alan stand auf. »Fahr nach Hause, und gönn dir ein bisschen Ruhe. Ich übernehme die Stellung hier und halte dich auf dem Laufenden.«

Sara wollte protestieren, aber Alan hatte recht. Er war der einzige Mensch, dem sie ihre Arbeit anvertraute, und nach möglichen weiteren Geldquellen konnte sie auch von zu Hause aus recherchieren. Also nickte sie und griff nach ihrer Handtasche. »Danke«, sagte sie und hauchte Alan einen Kuss auf die Wange, ehe sie die Agentur verließ.

Kapitel 4

Alan hatte das Gefühl, dass seine Ohrmuschel nur noch ein platt gedrücktes Stück Haut an seinem Kopf war, und der Kiefer tat ihm weh. Er hatte den ganzen Tag telefoniert, Freunde von Freunden und ehemalige Klientinnen angerufen, aber selbst mit Unterstützung all dieser Personen war nicht einmal die Hälfte der Summe zusammengekommen. Meist fiel es ihm leicht, in jeder Situation das Beste zu sehen, aber angesichts der knappen Frist und der Höhe des verlangten Geldes fiel es selbst ihm schwer, noch positiv zu denken.

Er rieb sich über den Nasenrücken und sah aus dem Fenster, vor dem die Sonne unterging und die Skyline in rotes und goldenes Licht tauchte.

Alan betrachtete sich das Schauspiel und ließ unwillkürlich seinen Blick durch die Räume der Agentur schweifen. Sie waren geschmackvoll und vor allem mit viel Liebe eingerichtet worden. Jedes Detail war an seinem Platz und griff ineinander, wie ein perfektes Mosaik, angefangen bei den cremefarben gestrichenen Wänden, bis hin zu den dunkler gehaltenen Möbeln, den Kunstdrucken an den Wänden und den ausgesuchten Zierfliesen aus Indien, die auf diversen Sockeln und in Vitrinen standen.

Wenn man genauer hinsah, hatten die Kunstgegenstände alle eine mehr oder minder versteckte erotische Komponente. Die Fliesen zeigten Menschen in wilder Bewegung, und auch wenn ein ungeübtes Auge sie anfangs noch für

Tänzer halten mochte, so wurde schnell klar, dass die Art des Tanzes weit wilder war. Auch die Drucke zeigten Akte, sowohl von Männern als auch Frauen, in verschiedenen Kunststilen und Medien – Öl, Fotografie, Bleistift. Keines der Bilder verriet zu viel, aber genug, um ein angenehmes Kribbeln hervorzurufen.

Alan stand auf und ging um den hölzernen Schreibtisch herum. Er und Sara teilten sich ein Büro, da sie ohnehin selten gemeinsam in der Agentur anzutreffen waren. Sie trafen sich meist irgendwo anders, um gemeinsame Anliegen zu besprechen – es war angenehmer, und beide bevorzugten eine freundschaftliche, lockere Atmosphäre, um Geschäftliches zu besprechen.

Alan seufzte. Freundschaftlich. Genau das war das Stichwort. Wäre es nach ihm gegangen, dann hätte er schon lange ihre Beziehung enger werden lassen. Er wollte sie, das hatte er schon immer gewusst, selbst, als er sie damals als verheiratete Frau kennengelernt hatte. Sara war eine so starke Frau, wie er es selten gesehen hatte, und gleichzeitig so leicht verletzbar, dass er sich immer um sie sorgte. Was ihn aber am meisten faszinierte, war die Sinnlichkeit, die sie ausstrahlte. Sara war sich dessen nicht bewusst, aber selbst ihre einfachsten Bewegungen waren von einer solchen Grazie und Leidenschaft, dass Alan unwillkürlich bei der Erinnerung daran lächeln musste.

Sara genoss das Leben mit all seinen Facetten, und diesen Genuss schenkte sie anderen. Die Art, wie sie sich über die Lippen leckte, nachdem sie etwas besonders Schmackhaftes genossen hatte, wie sie sich abwesend durch die dunklen Locken fuhr, wie leuchtend ihre Augen waren, wenn sie die sinnlichen Lippen zu einem Lachen öffnete und dabei den Kopf zurückwarf, als wollte sie die ganze Welt mit diesem Lachen herausfordern.

Alan wusste, dass er ihr vollends verfallen war, aber sie zog immer wieder eine deutliche Grenze. Sie waren Freunde und Geschäftspartner, aber nicht mehr. Anfangs hatte er noch geglaubt, es läge daran, dass er der ältere Bruder ihrer verstorbenen Freundin war. Dann aber hatte sich herauskristallisiert, dass es um mehr ging. Ihre gescheiterte Ehe hing damit zusammen, aber am meisten ging es dabei um ihr ganz persönliches Projekt: die Agentur Petite Mort.

Nach der Scheidung hatte sie sich zurückgezogen, aber nicht lange. Sie hatte genauso reagiert wie zu der Zeit nach Annies Tod. Sara hatte sich Zeit genommen zu trauern, wieder zu sich selbst zu finden, und war dann umso entschlossener ins Leben zurückgekehrt. Sie hatte sich ganz dem Aufbau ihrer Agentur verschrieben. Kein billiger Escort Service oder gar ein Bordell, das war ihr damals klar gewesen, und sie hatte Alan in langen Nächten so lange überredet, bis auch er vor Begeisterung nicht mehr an sich halten konnte und sie unterstützt hatte.

Er war immer an ihrer Seite gewesen, ein Freund, der da war, als sie ihn brauchte, und sie hatte es ihm gedankt, indem sie ihn so weit in ihr Herzprojekt und ihr Leben eingebunden hatte, wie sie es sonst keinem anderen Menschen gestattet hätte.

Sara wollte Wünsche erfüllen. Sie wollte Träume wahr machen, und in zwei mühevollen und anfangs sehr steinigen Jahren hatte sie es geschafft. Alan, der schon zuvor ab und an als Callboy gearbeitet hatte, hatte die Leute und erste Kunden rekrutiert. Sara hatte sich um den Aufbau der Agentur und alles Weitere gekümmert und organisiert. Sie blühte auf, und ebenso tat es ihr Baby. Die neue Agentur sprach sich herum und konnte erste Erfolge verbuchen. Bald konnten sie die ersten Kredite von Freunden zurückzahlen und auf eigenen Beinen stehen.

Ihm hatte es gutgetan zu sehen, wie ihre gemeinsame Aufgabe wuchs und sich entwickelte, aber mehr noch hatte er es genossen, dieses Strahlen zu sehen, wann immer er Sara anschaute. Seit gestern war dieses Strahlen merklich dunkler geworden, und Alan fürchtete, dass Sara es ganz verlieren könnte. Das konnte er nicht zulassen. Um keinen Preis.

Alan stöhnte leise und verschränkte die Hände im Nacken. Immer wieder zermarterte er sich das Hirn, wie er Sara und damit auch seiner eigenen Agentur helfen konnte, aber seine Gedanken drehten sich im Kreis. Entweder brauchten sie viel mehr Zeit oder auf einen Schlag verdammt viel Geld. Viel zu viel Geld. »Mr Evans?«, ertönte die Stimme der Sekretärin scheppernd aus der Gegensprechanlage. Alan wandte sich von dem Bild ab, auf das er gestarrt hatte, ohne es wirklich zu sehen, und ging zurück zum Schreibtisch.

»Ja, Mrs Poultry?«

»Hier ist jemand, der Sie oder Mrs McLaughlin sprechen möchte.«

Alan sah auf, runzelte aber die Stirn, als ihm einfiel, dass er vor die Glastüren des Büros die Jalousien heruntergelassen hatte, um nicht gestört zu werden. »Haben Sie auch einen Namen für mich?«, fragte er.

»Er sagt, es sei recht dringend.«

Alan seufzte lautlos und ließ sich in den Sessel fallen. »In Ordnung, schicken Sie ihn einfach rein, Mrs Poultry.«

Einige Sekunden später wurde die Tür des Büros geöffnet. Mrs Poultry erschien, und hinter ihr betrat ein hochgewachsener Mann den Raum. Er hatte hellblondes zurückgekämmtes Haar. Sein Gesicht war fein geschnitten, und die Blicke aus seinen grauen Augen wanderten wachsam durch den Raum. Unter dem teuer aussehenden anthrazitfarbenen Anzug ließen sich breite Schultern und ein sportlicher, schlanker Körper erahnen. Die hohen Wangenknochen verliehen seinem

Gesicht etwas Filigranes. Der Eindruck wurde noch durch die langen Wimpern verstärkt, der kantige Kiefer verhinderte, dass er weibisch wirkte. Alan kannte sich mit solchen Gesichtern aus – Frauen fielen ihnen reihenweise zum Opfer, als leichte Beute.

Er erhob sich und streckte dem Neuankömmling die Hand entgegen. »Guten Abend. Mein Name ist Alan Evans, ich bin der begleitende Geschäftsführer der Agentur. Wie kann ich Ihnen behilflich sein?«

Der Mann drückte Alans Hand angemessen fest. Seine Finger waren außergewöhnlich schlank und gepflegt. »Guten Abend, Mr Evans. Ich danke Ihnen, dass Sie Zeit für mich haben. Ich bin ein ganz besonderer Bewunderer Ihrer Arbeit und der Arbeit von Mrs McLaughlin.«

Alan lächelte, aber es war nicht ganz ehrlich. »So etwas hört man selten. Anscheinend haben Sie sich schon länger mit unserer Arbeit beschäftigt?«

»Das habe ich. Und genau aus dem Grund bin ich hier.«

Alan deutete auf den Stuhl vor dem Schreibtisch, und der Fremde setzte sich. Alan nahm im Sessel Platz. »Und woraus besteht dieser Grund, Mr …« Alan musterte den Mann vor sich auffordernd. Der lächelte leicht. »Mein Name ist ebenfalls McLaughlin.«

Alans Blick verdüsterte sich. Er hatte Saras Exmann niemals kennengelernt, aber eigentlich hätte er es wissen müssen. »Was wollen Sie von Sara?«

Jared McLaughlin lehnte sich zurück und tippte leicht mit dem Zeigefinger seiner linken Hand gegen sein Kinn. »Sie sind sehr misstrauisch, Mr Evans. Ich sagte doch, ich mag Ihre Arbeit.«

Alan schwieg, die Hände auf seinem Schoß gefaltet. Er fürchtete sonst, dass sie sich selbständig machen würden. Allein der Gedanke, was dieser Mann mit Sara angestellt hatte, ließ ihn unterdrückt knurren. »Was wollen Sie?«, wiederholte er tonlos.

Jared legte leicht den Kopf schief. Er sah Alan sehr genau an und lächelte dann. »Ich verstehe. Sara hat durchaus diese Wirkung auf Männer, aber derart ausgeprägt habe ich es noch nie erleben dürfen.«

Alan beugte sich ebenfalls vor. »Falls Sie dumme Spiele spielen wollen, kann ich Ihnen gerne die Nummer eines guten Casinos geben. Ansonsten sagen Sie endlich, was Sie hierherführt, oder Sie verschwinden. Freiwillig, oder ich helfe nach.«

»Sehr aggressiv. Aber gut, wenn Sie darauf bestehen: Ich habe von Ihrer Misere gehört.«

»Woher?«, grollte Alan.

»Sie haben halb New York angerufen. Sara ist meine Exfrau, natürlich konnte mir so etwas nicht verborgen bleiben. Ich bin hier, um etwas an diesem Missstand zu ändern.«

»Indem Sie sie zurückkaufen?«

Jared lächelte kalt. »Wo denken Sie hin. Ich komme als Kunde zu Ihnen, mit einem ganz einfachen Wunsch.«

Einen Moment lang schwieg Alan. Tausend Gedanken schossen ihm durch den Kopf, und er kam sich vor wie ein Verräter, als er sagte: »Was für einen Wunsch?«

»Nicht nur einen«, korrigierte Jared sich selbst. »Es geht um eine Reihe von Wünschen, in denen Sara eine Rolle spielt. Ich möchte sie gerne als meinen Gast nach Frankreich einladen. Nur für eine Woche. Ihr wird nichts geschehen, aber ich möchte gern einige der, wie Sie es nennen, dummen Spiele mit ihr spielen, zu denen wir während unserer Ehe keine Gelegenheit hatten.«

»Sie glauben doch nicht ernsthaft, dass Sara sich auf einen derartigen Deal einlassen würde.« Alan schüttelte humorlos lächelnd den Kopf.

»Ich bin mir bewusst, dass Sara und ich nicht unter den

besten Umständen auseinandergegangen sind, aber ich hoffe, das wiedergutmachen zu können. Als Entlohnung für diesen Auftrag würde ich der Agentur eine Million zur Verfügung stellen.«

»Dollar?«

Jared beugte sich vor und fixierte Alan mit stahlgrauen Augen. »Euro«, sagte er.

Alan schnaubte leise. »Ich weiß nicht, was Sie sich von diesem Deal erhoffen.«

»Das sagte ich bereits – ich möchte mir ein paar unerfüllte Wünsche verwirklichen und dabei gleichzeitig meiner Exfrau ein wenig unter die Arme greifen, ohne dass sie mir das Geld gleich wieder ins Gesicht wirft«, erwiderte Jared.

Was wahrscheinlich auch passieren würde, wenn du bei ihr auftauchst, schoss es Alan durch den Kopf, und wieder rieb er sich über die Nasenwurzel. Jared musste gewusst haben, dass Alan allein im Büro war. Mit einem solchen Angebot hätte er keine fünf Sekunden vor Sara überstanden, ohne dass diese zur Furie geworden wäre.

Jared erhob sich. »Ich weiß, wie dieses Angebot auf Sie wirken muss. Dennoch, überlegen Sie es sich, und unterbreiten Sie es Sara. Meine Absichten sind nicht halb so schlimm, wie Sie vielleicht denken mögen.« Ohne eine Antwort abzuwarten, nickte er Alan zu und verschwand aus dem Büro, um ihn mit der Entscheidung allein zu lassen.

Es brauchte eine Nacht, bis Alan eine Entscheidung für sich gefällt hatte. Er misstraute Jared, nicht nur aufgrund dessen, was er von der Ehe der beiden mitbekommen hatte, sondern weil etwas an diesem Mann alle Alarmglocken in Alan schrillen ließ. Mit dessen Angebot stimmte etwas nicht, und er würde herausbekommen, was. Vorher musste er Sara jedoch von dem Zusammentreffen berichten. Auch wenn er die

Agentur liebte, es war eindeutig Saras Herzblut, um das es hier ging, und er wollte nicht verantworten, dass sie eine mögliche Chance nicht wahrnahm, weil er ihren Exmann nicht ausstehen konnte. Also stand er am nächsten Morgen mit Bageln und Kaffee vor ihrer Tür und erzählte ihr behutsam von Jareds Besuch und seinem Angebot. Sara hörte ihm aufmerksam zu, legte aber den Bagel zur Seite, an dem sie bisher gekaut hatte. »Er sagte wirklich Euro?«, versicherte sie sich bereits zum zweiten Mal, nachdem er geendet hatte, und wieder nickte Alan. »Du weißt, was das heißt?«, fragte sie.

»Ich bin ja nicht blöd«, brummte er, und Sara nickte abwesend.

Plötzlich sprang sie auf und trat einen kleinen Schemel, der das Pech hatte, ihr im Weg zu stehen, so fest zur Seite, dass er gegen die Wand schlitterte. »Er tut es schon wieder!«, fuhr sie auf. »Er manipuliert und pfuscht in meinem Leben herum, wie es ihm passt. Als wäre ich eine seiner verdammten Investitionen!«

Alan war erleichtert, als er Saras Wut sah. Wütend war sie ihm lieber als traurig.

Sara presste die Hände in die Taille und legte den Kopf in den Nacken. Die dunklen Augen hielt sie geschlossen und schwieg. Alan kannte das bereits – sie dachte nach und rang dabei sichtlich mit sich. Nach einer Ewigkeit, wie es schien, senkte sie den Kopf wieder und schlug die Augen auf. »Sagte er, was genau er in dieser Woche von mir will?«

Alan schüttelte den Kopf, und Sara stöhnte frustriert auf. Sie fuhr sich mit der Hand durchs Haar. Er griff nach ihrem Handgelenk und zog sie zu sich aufs Sofa, sie ließ sich einfach neben ihn fallen.

»Okay, jetzt beruhige dich. Ich bin der Meinung, dass wir beide es irgendwie schaffen werden, diese Agentur zu retten, auch wenn ich mir nicht einfach eine Lösung aus dem Hut zaubern kann. Aber ich will nicht, dass du dich wieder in seine Fänge begibst.« Er atmete tief ein und hasste sich selbst für die Worte, die er nun sagte, aber es ging nicht anders. Er musste sie überzeugen, wie falsch es wäre, sich auf diesen Handel einzulassen. »Erinnerst du dich, wie kaputt du warst, als du dich hast scheiden lassen? Was er alles versucht hat, um dich weiterhin an sich zu binden?«

Ihre gequälte Miene, als sie sich zurückbesann, tat ihm selbst weh, aber er handelte zu ihrem Besten.

»Das weiß ich alles noch. Aber es geht nicht um eine neue Hochzeit. Es geht nicht einmal um eine Beziehung. Das hier ist ein Auftrag wie jeder andere. So sollte ich es zumindest sehen.«

»Sara …«

»Nein.« Sie schüttelte den Kopf. »Ich kenne Jared, ich kann ihn einschätzen, und seit unserer Ehe ist viel Zeit vergangen. Ich falle nicht wieder so leicht auf ihn herein.« Ihre weichen Hände legten sich um sein Gesicht. »Es wäre nur eine Woche, und dann müsste sich keiner von uns mehr Sorgen machen. Ich will mich nicht mehr von Jared kommandieren lassen. Auch nicht, indem ich einfach aufgebe und kneife. Diesmal halte ich ihm stand, und dann ist es vorbei. Und ich kann sagen, ich habe mich wirklich von ihm gelöst.«

»Mach dich für diese Agentur nur nicht kaputt«, meinte er. Sara lächelte, und auch wenn es schwach war, wirkte es ehrlich. Sie nickte. »Das werde ich nicht. Ganz sicher nicht.«

Kapitel 5

Mit einem lauten Brummen senkte sich die kleine wendige Cessna auf den Boden des Flugplatzes. Ein Rütteln ging durch die Maschine, und Sara klammerte sich instinktiv fester an ihren Sitz. Das Rütteln war wenig vertrauenerweckend.

Umso weicher waren ihre Knie, als sie sich schließlich aus dem kleinen Flugzeug zwängte. Ein Mann stand auf dem Rollfeld, das sich irgendwo in der französischen Provinz befand. Sara schirmte ihre Augen ab, während sie die kurze Treppe hinunterstieg, um endlich wieder festen Boden unter den Füßen zu haben. Weithin konnte sie Berghänge sehen, voller Rebstöcke, an denen sich die ersten grünen Blätter zeigten.

Als Sara in der Mail von Jared gelesen hatte, dass sie in die französische Provence fahren würde, hatte sie mit vielem gerechnet. Aber diese abgelegene Gegend war etwas völlig anderes. Das passte nicht zu ihrem Exmann. Der Mann am Fuß der Treppe kam ihr entgegen. Er lächelte breit, und sein Jackett flatterte im Wind. »Ms McLaughlin, wie schön zu sehen, dass Sie sicher angekommen sind. War Ihr Flug angenehm?«

»Ich konnte nicht klagen«, erwiderte Sara höflich und sah zu, wie ihre Koffer aus der kleinen Cessna geholt wurden. Der Mann vor ihr nickte und streckte ihr die Hand entgegen. »Mein Name ist Baptiste. Armand Baptiste. Mr McLaughlin hat mich beauftragt, für Ihr Wohlergehen zu sorgen.« Trotz seines französischen Namens war sein Akzent nur sehr schwach ausgeprägt. Und gerade diese subtile Note verlieh ihm einen gewissen Charme.

»Dann können Sie mir sicher auch sagen, wie es nun weitergehen soll?«, fragte sie, während ihre Koffer zu ihr gebracht wurden. Armand bedeutete dem Piloten, der die Koffer trug, sie zu einem anderen Ort zu bringen.

»Folgen Sie mir bitte«, forderte er Sara sanft auf, und sie ging mit ihm am Towergebäude vorbei zu einem Geländewagen. Erst auf den zweiten Blick erkannte Sara die Marke – es war ein Hummer. Der Pilot lud Saras Koffer in das wuchtige Gefährt, und Armand hielt ihr galant die Tür auf. Das Wetter in Frankreich war heiß und schwül – Sara atmete erleichtert auf, als die kühle Luft aus dem Innern des Geländewagens sie einhüllte. Die Fensterscheiben waren getönt und sperrten das Licht der Spätnachmittagssonne aus.

Armand schob sich hinter das Lenkrad und drehte den Zündschlüssel. »Es wird eine Weile dauern, bis wir Mr McLaughlins Wohnsitz erreicht haben«, sagte er über die Schulter, als er den Motor anließ. »Ruhen Sie sich aus. Schlafen Sie ruhig, wenn Sie möchten.«

Sara wollte antworten, dass es ihr lieber wäre, nicht zu schlafen, aber dann spürte sie die Schwere ihrer Glieder. Der Zeitunterschied zwischen New York und Frankreich lag ihr in den Knochen. Die weichen Ledersitze des Hummers und das diffuse Zwielicht im Wagen taten ihr Übriges. Während das Auto durch die französische Provence schaukelte, schlief Sara ein.

Der Hummer hielt mit einem Ruck, und Sara riss die Augen auf. Sie hatte wirr geträumt – Erinnerungen aus ihrer Zeit mit Jared hatten sich mit Bildern von Alan vermischt. Sie fühlte sich dadurch fahrig, und ihr Kopf dröhnte. »Verzeihung«, nuschelte Armand und öffnete die Fahrertür. Er lief um den Wagen herum und öffnete auch Saras Tür. »Ich hoffe, ich habe Sie nicht allzu abrupt geweckt?«, fragte er freundlich.

Sara fuhr sich über die Augen und blinzelte. Sie stieg aus dem Wagen und unterdrückte den Impuls, sich über das Gesicht zu fahren. Sie war noch immer müde, aber es verflog schnell, als sie in der kühlen Abendluft stand. Die Hitze des Tages war der Nacht gewichen, und der kühle Abendwind kam fast einer Liebkosung gleich.

Sara seufzte unmerklich und nahm sich Zeit, Jareds Domizil in Südfrankreich genauer zu betrachten, während Armand ihre Koffer aus dem Wagen lud. Wie auch in New York bewies Jared in der Wahl seines Hauses Geschmack. Sara fand sich vor einem alten Weingut wieder. Die Gebäude wurden von einer Mauer aus grob behauenen Steinen eingeschlossen, die sich zur Straße hin öffnete. Jemand hatte Fackeln vor den Eingang des Haupthauses aufgestellt, die den Hof erhellten. Die Flammen züngelten in der Nacht und erleuchteten das Haupthaus und die Gebäude links und rechts davon. Es mochte sich dabei um Scheunen oder Ähnliches halten. Alles wirkte schlicht, aber elegant.

»Folgen Sie mir bitte«, forderte Armand sie höflich auf und ging voran, direkt auf den Eingang des Hauses zu. Wortlos kam sie seiner Aufforderung nach und sah sich um. Hinter einigen Fenstern war Licht, und irgendwo in der Ferne glaubte sie, jemanden lachen zu hören. Das Geräusch wurde schnell vom Rascheln der Weinblätter verschluckt, die in den Windböen aneinanderrieben. Die grünen Reben waren an allen Wänden zu sehen, und darunter ließen die ersten grünen Kügelchen erahnen, dass auch sie im Herbst Früchte tragen würden.

Armand schob die Flügeltüren des Eingangs auf. Dahinter befand sich kein Flur oder Zimmer, wie Sara vermutet hatte, sondern ein kleiner Durchgang, der zu einem offenen Hof hinter dem eigentlichen Haus führte. Das Gelände war riesig und offensichtlich auf der Kuppe eines Hügels erbaut. In der Ferne konnte Sara die Umrisse der Weinberge und vereinzelte Lichter ausmachen. Der Hof selbst war mit Kopfsteinpflaster ausgelegt, und an verschiedenen Stellen boten Bänke und Steinliegen einen angenehmen Ruheplatz.

Über die Schulter blickte Sara zurück – von vorn wirkte das gesamte Gebäude sehr schlicht in seinem Aufbau, aber auf der Rückseite sah man erst die angefügten Flügel und Anbauten, die den Platz um ein Vielfaches vergrößerten.

»Ein erstaunliches Gehöft«, meinte Armand und nickte in Richtung des Hauptgebäudes. »In seinen Ansätzen war es bereits ein schönes Gebäude, aber Mr McLaughlin hat viel Zeit und Liebe investiert, um dieses Schmuckstück daraus zu machen.«

Die Erwähnung ihres Exmannes riss Sara aus ihrer Bewunderung für das Haus. »Ja«, sagte sie, »das pflegt er in der Regel mit seinem Besitz zu tun.«

Ob Armand die Kühle in ihrer Stimme gehört hatte oder nicht, wusste Sara nicht zu sagen, falls doch, ließ er sich jedoch nichts anmerken. Stattdessen führte er sie zurück in den kleineren Hof, in dem sich ein Aufgang befand, der in das Innere des Hauses führte. Sie kamen in einer Eingangshalle heraus, die mit leicht verblassten und doch wunderschönen Landschaftsmotiven bemalt war. An jeder Wand konnte Sara Weinranken erkennen und Winzer, die sie pflegten, Trauben ernteten und Wein kelterten. Der Boden war mit ebenso bunt bemalten Fliesen ausgelegt, und sie gaben ein hohes klickendes Geräusch von sich, als Sara mit ihren Pumps darüberlief, um Armand zu folgen. Er führte sie einen Gang entlang und blieb schließlich vor einer Holztür stehen.

»Das hier sind Ihre Räumlichkeiten«, erklärte er, während

er ihre Koffer abstellte und die Tür öffnete. Sara musste unwillkürlich lächeln – auch dieses Zimmer versprühte den rustikal-schlichten Stil, den sie schon vor dem Haus bemerkt hatte. Ihr Zimmer war geräumig, aber nicht riesig. Viele Möbel waren nicht darin: ein Holzschrank mit kunstvollen Schnitzereien, ein kleiner Sekretär aus ebenso dunklem Holz mit einem Stuhl und eine kleine Kommode, passend zu beiden Möbelstücken. Das größte Stück war jedoch das Himmelbett – es nahm fast die Hälfte des Zimmers ein und bestand aus dem gleichen Holz, aus dem auch das übrige Mobiliar gefertigt worden war. Darauf abgestimmt, hatte man die Vorhänge des Bettes aus rotem Damast gefertigt, der schwer von den gedrechselten Bettpfosten hing.

Armand stellte ihre Koffer vor dem Schrank ab. »Dort vorn finden Sie Ihr Bad«, sagte er und deutete auf eine Tür, die sich nahezu neben dem Fenster versteckte. »Sie sollten alles vorfinden, was Sie benötigen, um sich für den Ball frisch zu machen. Falls nicht, rufen Sie bitte nach mir. Meine Nummer ist im Kurzwahlspeicher unter der Fünf aktiviert.« Er deutete auf ein Nachtschränkchen, das Saras Aufmerksamkeit entgangen war. Darauf befand sich ein schnurloses Telefon, schwarz und klein.

»Was für einen Ball meinen Sie?«, wollte sie wissen.

Er hob die Augenbrauen und senkte dann rasch wieder den Blick. »Wie unangenehm, ich habe vergessen, Sie zu informieren.« Er schüttelte über sein Verhalten den Kopf. »Mr McLaughlin möchte Sie gebührend willkommen heißen und hat aus dem Grund ein kleines Fest zu Ihren Ehren organisiert. Ich hoffe, Sie haben entsprechende Garderobe dabei?«

Sara nickte abwesend.

»Gut, dann werde ich Sie nicht länger behelligen. Ich hole Sie um acht Uhr ab.« Er neigte leicht den Kopf und verließ das Zimmer.

Sara ließ sich auf das große Bett fallen und verschwand fast zwischen den roten Bezügen. Der Stoff war weich, einfache Baumwolle, aber sehr fein verarbeitet. Ein unaufdringlicher Duft ging davon aus, Sara sog ihn tief ein und merkte, wie etwas in ihr sich zusammenzog. Sie kannte diesen Duft, es war … sie fuhr zurück. An der Bettwäsche haftete ein Hauch von Jareds Aftershave. Hatte er hier geschlafen?

Diese plötzliche Begegnung mit ihrem Exmann, der sich nicht einmal im Raum befand, irritierte sie, und schnell stand sie auf. Ihr Weg führte sie ins Badezimmer, das sich als erstaunlich groß erwies. Die Einrichtung war hell und freundlich – Wände und Boden waren mit winzigen Mosaiksteinen in Grün und Ocker ausgelegt. Eine freistehende Badewanne mit Antik anmutenden Armaturen und Tatzen stand mitten im Raum. Direkt dahinter war eine große Duschkabine zu sehen, deren Wände aus Glas waren. Anders als bei anderen Duschen befanden sich hier sechs Düsen an den Wänden.

Sara zog sich wieder zurück und ging ihre Koffer auspacken. Sie hatte zugestimmt, eine Woche hier mit ihrem ehemaligen Liebhaber zu verbringen, und wie es aussah, wollte der dafür sorgen, dass sie sich wohl fühlte. Weshalb, das würde sie noch herausfinden.

Alan goss etwas Wasser in seine Hand und wischte sich damit über das Gesicht. Die Nachmittagssonne war endlich verschwunden, aber er hatte noch immer das Gefühl, in einem Backofen zu sitzen. Das Taxi, in dem er saß, hatte keine Klimaanlage, und der Fahrer schien es ihm persönlich übelzunehmen, dass er wegen Alan mitten in die französische Einöde fahren musste.

Das Wasser auf seinem Gesicht verdunstete binnen weniger Minuten. Alan biss die Zähne zusammen und musste ein Knurren unterdrücken. Schließlich hielt das Taxi auf der offenen Straße, hinter einigen Büschen sah Alan den Giebel eines Hauses aufragen. Der Taxifahrer drehte sich zu ihm um und sagte mürrisch etwas auf Französisch, was Alan nicht verstand. Erst als der verschwitzte Mann mit dem Drei-Tage-Bart die Hand ausstreckte und auffordernd die Finger krümmte, ging ihm ein Licht auf. Er legte einen Hundert-Dollar-Schein in die Handfläche und verließ das Taxi so schnell wie möglich. Hinter ihm hörte er die Reifen über den staubigen Asphalt der Straße knirschen. Und kurz darauf war Alan allein.

Er atmete befreit auf und schulterte die Sporttasche, in die er das Nötigste eingepackt hatte. Genauso wie Sara wusste er nicht, was ihn erwarten würde, sicher war nur, dass er sie nicht allein lassen würde.

Er hatte sie tags zuvor noch, ganz Gentleman, zum Flughafen gebracht und versprochen, sich in der Agentur um alles zu kümmern. Tatsächlich hatte er das auch getan – allerdings per Mail vom Flugzeug aus. Er hatte die Vertretung in die Hände der Sekretärin gelegt und beim Anwalt von Mr Erie eine zusätzliche Woche herausschlagen können. Sara wusste von alldem nichts, und Alan war froh darum. Wenn sie wüsste, dass er wie eine verdammte Glucke hinter ihr hergereist war, um ein Auge auf sie zu haben, hätte sie ihm wahrscheinlich die Meinung gesagt, wenn nicht noch Schlimmeres.

Alan musste unwillkürlich schmunzeln, als er an eine Sara dachte, die ihm wie eine Furie entgegenkam. Aber er konnte nicht anders – dieser Jared gefiel ihm nicht, und Alan wollte sichergehen, dass Sara sich nicht wieder auf etwas einließ, was sie nicht bewerkstelligen konnte.

Er machte sich auf in Richtung des Gebäudes. Nach nur wenigen Schritten erhob sich das Weingut wie eine protzige Burg mitten in der Landschaft. Es hatte unglaublich viel Recherche gebraucht, bis er McLaughlins Wohnsitz gefunden hatte, aber jetzt war er sich sicher, dass er hier richtig war.

Fackeln brannten vor dem Eingang, und das Licht reichte aus, damit Alan den Weg über die staubigen Wege finden konnte. Er blieb mit Absicht vom Haupteingang fern und lief um die Mauer herum. Trotz der Abgeschiedenheit ging es hier lebhafter zu, als Alan gedacht hätte. Einige Autos fuhren zum Gebäude und durch das Tor. Durch seine Position konnte Alan nicht sehen, was genau die Insassen dort taten, daher umrundete er das Gebäude ganz. Die Mauer wurde hier niedriger, und Alan konnte sie mühelos überwinden. Er fand sich in einem großen Hof wieder, auf der Kuppe eines Hügels. Girlanden mit angeschraubten Glühbirnen wanden sich um aufgestellte Holzpfosten und tauchten die Pflastersteine und Weinreben in weiches Licht. Ein paar Motten hatten sich verirrt und wurden von den Lichtern angezogen.

Im Licht der Glühbirnen bewegten sich einige Männer und Frauen. Alan sah sich rasch nach einem Versteck um, als er sie bemerkte, aber bevor er sich in eine der Nischen in der Mauer drücken konnte, legte sich eine warme Hand auf seinen Arm. »Warum bist du noch nicht umgezogen?«, fragte ihn eine weiche weibliche Stimme in akzentfreiem Englisch.

Alan wandte sich ihr zu und sah sich einer zierlichen kleinen Frau gegenüber. Sie war drall, unter dem Stoff ihrer einfachen weißen Toga konnte er deutlich die Rundungen ihrer Hüften und der festen Brüste ausmachen. Darunter war sie offensichtlich nackt – der Stoff schmiegte sich derart eng an ihren Körper, dass nichts darunter verborgen blieb. Ihr Haar war rot. Das Gesicht war hinter einer Maske versteckt, geschmückt mit Pfauenfedern, die ihre grünen Augen leuchten ließen. Nur ihre Mundpartie war frei geblieben. Sie wirkte nicht feindselig, nur neugierig.

»Ich hatte noch keine Zeit«, erwiderte Alan schnell, ohne zu wissen, was sie meinte. Aber wenn sie dachte, dass er dazugehörte, war es für ihn einfacher, hier hereinzukommen.

»Ah, du hattest auch solche Probleme mit dem Verkehr, was? Dann weißt du ja gar nicht, wo du deine Maske herbekommst. Komm mit, ich zeige es dir.« Ohne einen Anflug von Scham oder Verlegenheit umfasste sie seine Hand und zog ihn zu einem nicht ausgeleuchteten Bereich des Hofgartens. Dort standen verschiedene Tische und auch ein kleines Häuschen, fast vollkommen von Weinranken bedeckt.

»Was passt wohl zu dir?«, fragte sie leise kichernd und hielt verschiedene Masken hoch. Alan ließ seinen Blick über die Masken schweifen. Im Halbdunkel war es schwierig, Details auszumachen, aber die groben Formen erkannte er allemal. Es gab Tiermasken, Sonnen- und Mondmasken, schlichte, unangemalte Masken …

Er nahm eine mit einer langen, zum Schnabel geformten Nase auf und hielt sie vor sein Gesicht. »Nein, nein, der Pestarzt ist es sicher nicht«, widersprach die rothaarige Frau und drückte ihm eine Wolfsmaske in die Hand. »Die hier passt viel besser zu dir. Probier sie mal auf.«

Alan schüttelte den Kopf. »Später. Du sagtest doch, ich muss mich noch umziehen«, tastete er sich vorsichtig vor. »Ich muss zugeben, ich hab die Einladung nicht mehr ganz im Kopf …«

Die fremde Frau legte den Kopf schief und musterte Alan. Zum ersten Mal war da ein Funke Misstrauen, und Alan senkte rasch den Blick. »Was meinst du damit?«, fragte sie.

»Das Motto«, erwiderte Alan voller Überzeugung. Es schien zu wirken. Sie lachte leise und legte ihm die Hand auf den Arm. »Stimmt ja, bei diesem Sieben-Tage-Plan ist es schwer, den Überblick zu behalten. Heute Abend ist eine kleine Begrüßungsorgie für Jareds Gast angesetzt, nichts Großartiges. Wie du siehst, herrscht Maskenzwang.« Wieder lachte sie, aber Alan sah auf die Wolfsmaske in seiner Hand. Sie bestand aus Leinen und war mit echtem glatten Fell beklebt. Er berührte die gebleckten Zähne. Jared hatte also wirklich mehr als nur ein paar außergewöhnliche Stellungen oder etwas in der Art geplant. Er inszenierte hier irgendetwas und lud dazu Menschen ein, die ihm helfen sollten bei … ja, wobei?

Die rothaarige Frau umfasste wieder sein Handgelenk. »Ich zeige dir, wo du dich umziehen kannst. Es sind sicher noch einige Togen übrig.«

Auch diesmal ließ Alan sich ziehen und folgte gehorsam in die überwucherte Hütte. Im Innern gab es kein Licht, nur durch die Fenster drang etwas vom Widerschein der Glühbirnen ins Innere. Es reichte gerade dafür, einige weiße Stoffstreifen und Bahnen an den Wänden hängen zu sehen. Die Fremde nahm einen davon und hielt ihn Alan hin. Wenn er ihn umband, würde er gerade das Nötigste bedecken, aber wenn er sich seine Begleiterin so ansah, war das wohl auch Sinn der Sache.

Alan nahm sich einen Tanga aus seiner Tasche und begann, sich auszuziehen. Seine Begleiterin schien gar nicht daran zu denken, zu gehen oder wegzusehen – offensiv wanderte ihr Blick über jeden Zentimeter neu entblößter Haut. Alan bedachte das mit einem leisen Lächeln. Kurz, bevor er seine enganliegenden Boxershorts auszog, hielt er inne. »Du kannst die Orgie wohl nicht mehr abwarten, was?«, fragte er und kam näher.

Die Fremde wich nicht zurück. Sie suchte seinen Blick und legte ihm zart die Hand auf die Brust. »Ich gestehe, so langsam wird mir warm«, erwiderte sie und strich ihm zärtlich über die Brust.

Er beugte sich tiefer zu ihr, näher zu ihren leicht geöffneten Lippen. »Das ist gut«, erwiderte er und fuhr mit dem Zeigefinger über einen ihrer steifen Nippel, die sich gegen den Stoff der Toga pressten. »Vielleicht kannst du ja dafür sorgen, dass mir auch wärmer wird.«

Die grünäugige Schönheit öffnete ihre Lippen zu einem

erregten Seufzen, und ihre Lider schlossen sich halb. »Gerne. Sag mir ruhig, wie.«

»Erzähl mir mehr über Jareds Gast.«

»Du hast keine Einladung bekommen, oder?«, fragte sie, aber diesmal war kein Misstrauen in ihrer Stimme. Sie wirkte nur noch neugierig und angeregt.

Alan lächelte weich. »Also?«, fragte er und umfasste ihren steif aufgerichteten Nippel mit zwei Fingerkuppen, spielerisch zupfte er daran, und sie keuchte auf.

»Ich verspreche, dir mehr zu erzählen, aber dafür musst du mir sagen, was du hier willst«, murmelte sie.

»Das ist komplizierter«, raunte er an ihrem Mund. Sie hatte die Lippen weiter geöffnet, und in ihren Augen las Alan deutlich, was sie wollte.

»Sag es mir«, wisperte sie und presste sich mit einem Mal an ihn.

Alan griff in ihr dichtes rotes Haar und bog ihren Kopf zurück. Sie gab einen erschrockenen Laut von sich, und er nutzte ihren weit geöffneten Mund, um seine Zunge kurz und neckend gegen ihre stoßen zu lassen. »Erst will ich mehr über Jared und seinen Gast wissen.«

»Ich kann es dir nicht sagen – außer du bleibst die ganzen sieben Tage hier und verhältst dich unauffällig.« Ihre Stimme war kaum mehr als ein Wispern.

Alan überlegte nicht lange. »Einverstanden.« Er ließ sie los, aber ihrem Schmollmund nach zu urteilen war sie alles andere als erfreut darüber.

Sie fixierte ihn mit brennendem Blick. »Wenn du dein Versprechen brichst, verpfeife ich dich sofort an die Sicherheitsleute.«

Alan runzelte die Stirn. Sicherheitsleute hatte er bisher keine gesehen, allerdings hatte er sich auch nicht sonderlich gründlich umgesehen. Warum auch sollten sich hier Sicherheitsleute herumtreiben. »Ist es so gefährlich hier?«, fragte er die rothaarige Maskenträgerin.

Sie zuckte mit den Schultern. »Es gibt einige von Jareds Freunden, die in Europa und den USA wichtige Posten bekleiden und sicherlich nicht scharf auf Paparazzi sind. Eigentlich sollte ich dich genau deshalb schon melden.« So ganz verziehen hatte sie ihm nicht.

Alan zog sie wieder näher und drückte sie an sich. »Glaub mir, ich bin nicht wegen irgendwelcher C-Promis hier. Außerdem, wo sollte ich hier eine Kamera versteckt halten?«, meinte er schmunzelnd und deutete auf seine halbnackte Erscheinung.

»In der Tasche«, erwiderte sie prompt, wirkte aber halbwegs versöhnt.

Alan lachte und hob ihr Kinn an. »Du kannst gerne nachsehen. Ich habe lediglich von einer Freundin gehört, dass hier für einige Tage wirklich was los sein soll.« Er ließ seine Finger von ihrem Kinn zu ihrem Hals gleiten und erntete ein leises Seufzen dafür. »Wie es scheint, hat sie recht gehabt. Also glaub mir bitte, ich war einfach neugierig.«

»Na gut«, erwiderte die Frau schnurrend und legte beide Hände auf seinen Hintern. »Dann zieh dich um, und ich zeige dir, was dich hier so erwartet.«

Kapitel 6

Kurz vor acht war Sara fertig für den Ball, den Armand ihr so kurzfristig angekündigt hatte. Sie hatte damit gerechnet, dass Jared sie auch mindestens einmal ausführen würde, und hatte dementsprechend ein Abendkleid aus tiefrotem Jacquard eingepackt. Drei Jahre waren seit ihrem letzten Zusammentreffen vergangen, und sie wollte Jared zeigen, dass sie nichts mehr mit dem naiven Mädchen gemein hatte, das ihn damals verlassen hatte. Die dichten schwarzen Locken hatte sie lose zurückgebunden und mit kleinen Klammern fixiert. Der Rest der Haarfülle ergoss sich auf ihre nackten Schultern und den Rücken. Das Kleid war schulterfrei und schmiegte sich um ihre Brüste.

Noch während sie sich im Spiegel betrachtete, klopfte es an der Tür. Sara öffnete. Davor stand Armand, diesmal in eine altmodische Toga gekleidet, die er um seinen nackten Körper drapiert hatte. Sara musste unwillkürlich schmunzeln. »Sie sagten nicht, dass es um eine Mottoparty geht«, sagte sie, nachdem sie den Franzosen begrüßt hatte. Der nahm den gutmütigen Tadel gelassen hin.

»Mr McLaughlin bestand ausdrücklich darauf, dass Sie sich Ihren eigenen Wünschen entsprechend kleiden. Und, wie ich bemerken muss, Madame, Sie sehen fantastisch aus.«

Sie bedankte sich für sein Kompliment. »Wollen wir?«, fragte sie, und Armand bot ihr seinen Arm an. Er führte sie durch den Flur zurück in die Eingangshalle und dann hinaus in den kleinen Hof. Vor der Tür empfing Sara fernes Gelächter, und aus dem Gartenhof drang warmer Lichtschein. Sie sah Menschen in Togen, und alle hatten Masken auf. Viel nackte Haut wurde präsentiert.

Saras Blick auf die Menschen war jedoch nur flüchtig, denn sie fühlte sich beobachtet und fand auch schnell heraus, wieso. In der gegenüberliegenden Ecke des kleinen Hofs lehnte Jared im Halbschatten. Er trug keine Toga, sondern ein einfaches weißes Hemd und eine ebenso helle Hose. Die Ärmel des Hemdes waren hochgekrempelt und gaben seine trainierten Unterarme und von der Sonne gebräunte Haut frei. Auch sein Gesicht zeugte von seinem Aufenthalt im französischen Klima. Geschmeidig stieß er sich von der Wand ab und kam näher – ein Raubtier, das seine Beute gefunden hatte.

Sara senkte den Blick und schluckte leicht. Sie hatte gedacht, sie wäre mittlerweile immun gegen seine Wirkung auf sie, aber etwas in ihr brüllte mit einer solchen Sehnsucht nach ihm auf, dass sie trotz der lauen Nacht schauderte. »Hallo, Sara«, drang seine dunkle Stimme an ihr Ohr, und sie hob den Blick.

»Hallo, Jared«, erwiderte sie so emotionslos wie möglich und hoffte, dass er das leise Zittern in ihrer Stimme nicht hörte.

Er beugte sich vor und küsste sie zur Begrüßung auf die Wange. »Du ahnst nicht, wie sehr ich mich freue, dich wiederzusehen.«

»Tatsächlich?«, meinte sie und hob skeptisch eine Augenbraue. »Bei unserem letzten Zusammentreffen konntest du gar nicht genug Anwälte einschalten, damit ich ja nie wieder mit dir rede.«

»Ah, immer noch der alte Groll«, sagte er. »Ich gebe zu, unser Abschied hätte sich schöner gestalten können. Aber es waren sehr viele verletzte Gefühle im Spiel. Auf meiner und deiner Seite.«

Sara zuckte lediglich mit den Schultern. »Es ist nicht mehr von Belang. Immerhin geht es hier nur um einen Job.«

Jared verzog das Gesicht, als hätte sie ihn geschlagen. »Es ist schade, dass du es so siehst.«

»Wie soll ich es denn sonst sehen?«

Er atmete tief ein. »Als eine Art Entschuldigung an dich«, erwiderte er, und der Ernst in seiner Stimme ließ Sara aufhorchen. »Ich sagte ja, zwischen uns ist es am Ende nicht gut verlaufen, und ich bedaure, dass wir uns in solcher Feindschaft getrennt haben.« Seine Hand näherte sich ihrer Wange und fasste eine schwarze Locke, die sich gelöst hatte. Umsichtig schob er sie hinter ihr Ohr. Die Hitze seiner Haut streifte ihre Wange. »Ich weiß, es ist für dich nicht einfach, aber bitte nimm mein Friedensangebot an.«

Sara rang mit sich, schüttelte aber schließlich den Kopf. »Wie soll ich dir das bitte abnehmen? Du hast mich dafür bezahlt, damit ich dir eine Woche zu Willen bin, wann immer du es willst. Das ist kein Friedensangebot, sondern ein Geschäft.«

Er rieb sich über den Nacken und sah für einen Moment zur Seite, hob aber dann den Blick. »Gut, damit du von meinen Absichten überzeugt bist, werde ich dich nicht bitten, mit mir zu schlafen, außer du willst es selbst.«

Sara versuchte, ihre Überraschung zu verbergen, aber es gelang ihr nicht. »Das kannst du nicht ernst meinen.«

Jared berührte ihren Rücken und dirigierte sie sanft zum Gartenhof hin. »Ich weiß gerade keinen anderen Weg, um dich zu überzeugen. Ich möchte, dass du die Woche hier genießt und dich entspannst.« Seine Augen verengten sich, als er lächelte. »Ich kenne dich – du hast dir sicher seit unserer Trennung keinen Tag Urlaub gegönnt, weil du dich so sehr um deine kleine Agentur gekümmert hast, nicht wahr?«

Sie erwiderte nichts – es ärgerte sie, dass Jared zum einen richtig geraten hatte, zum anderen, dass er ihre Arbeit als »kleine Agentur« abtat. Am meisten ärgerte sie jedoch, dass sein Friedensangebot sie so sehr aus dem Konzept brachte. Konnte er das wirklich ernst meinen?

»Es spielt keine Rolle«, sagte sie und schloss für einen Moment die Augen, um den lauen Wind zu genießen, der ihr entgegenwehte. Das Gelächter war lauter geworden, unterlegt mit Stimmen, die sich unterhielten. Darunter mischte sich jedoch verstohlenes Stöhnen.

Sara schlug die Augen wieder auf. Vor ihr lag der Gartenhof, wie sie ihn noch kurz zuvor gesehen hatte: freundlich beleuchtet, mit Menschen in Togen und Masken. Einige balancierten kleine Teller mit Fingerfood auf ihren Händen, die meisten hatten nur ein Glas Wein oder Champagner in der Hand, an denen sie immer wieder nippten. Alle trugen einheitlich weiß, sogar Jared an ihrer Seite hatte sich ganz in diese Farbe gekleidet. Sara in ihrem roten Kleid stach zwischen all den Leuten hervor.

Sie erblickte etwa dreißig Personen, deren Aufmerksamkeit sich Jared und ihr zuwandte, als sie in die Mitte des Hofes traten. »Guten Abend, liebe Freunde«, sagte er laut genug, damit alle seine Gäste ihn hören konnten. Sara sah in die Masken um sich herum, als die Anwesenden näher kamen und einen Halbkreis um sie bildeten. Ein Mann in knappem weißen Lendenschurz und einer Wolfsmaske kam ihr seltsam vertraut vor, aber bevor sie sich darauf konzentrieren konnte, woher sie ihn möglicherweise kannte, wurde sie von Jareds Hand abgelenkt, die sich um ihre Taille legte. »Ich möchte euch danken, dass ihr meiner Einladung gefolgt seid. Bitte amüsiert euch in den kommenden Tagen, und genießt die Überraschungen.«

Die Gäste hoben ihre Gläser und prosteten sowohl Jared als auch ihr zu. Nach dem Trinkspruch zerstreute sich die Gruppe ein wenig, und man kehrte zu den Gesprächen zurück. Auffällig war dabei der enge Körperkontakt, den alle pflegten. Nicht selten umarmten sich die halbnackten Menschen, lehnten aneinander oder strichen im Vorübergehen über eine nackte Schulter oder einen entblößten Schenkel. Sara beobachtete das neugierig, während Jared kurz verschwand und nur einen Augenblick später mit zwei Gläsern Weißwein zurückkehrte. Eins reichte er Sara, die an der kühlen Flüssigkeit nippte. Der Wein war kalt genug, dass die Außenseite des Glases beschlug. »Dieses Anwesen hast du dir erst nach unserer Trennung angeschafft, oder?«, fragte sie und nahm einen weiteren Schluck des köstlichen Getränks. Es rieselte kühl und gleichzeitig warm ihre Kehle hinab.

»Ich brauchte einen Ort, an dem ich entspannen und mich ausleben kann«, erwiderte er und trank ebenfalls. »In Amerika war mir das nicht möglich.«

»War es dir dort nicht rustikal genug?«, hakte sie nach. Jared lächelte, und kleine Grübchen bildeten sich um seine Mundwinkel. »Eher zu hektisch. In Amerika und vor allem New York ist man so sehr darum bemüht, der Erste zu sein. Man vergisst, welche Talente man dafür auf der Strecke lässt. In Europa nehmen die Menschen sich noch Zeit, sich zu entfalten und zu genießen. Etwas, was wir uns durchaus abschauen können.« Mit diesen Worten nickte er zur gegenüberliegenden Richtung des Gartenhofs, und Sara folgte seiner Geste. Was sie sah, ließ sie heiser einatmen.

Die Festgesellschaft hatte sich mittlerweile mehr als nur angenähert, auf dem Kopfsteinboden und auf den Bänken saßen und lagen ineinander verschlungene Körper. Hände glitten suchend unter weißen Stoff, deutliche Anzeichen von Erregung wurden befreit, geküsst, befingert, geleckt. Sara spürte ihr Herz schneller schlagen und bemerkte kaum, dass Jared ihr das Weinglas aus der Hand nahm. »Wieso habe ich so etwas geahnt?«, meinte sie, ohne den Blick von dem Bild vor sich abwenden zu können.

Direkt vor ihnen hielten zwei Männern sich im Arm. Sie küssten sich, stöhnten heiser, ehe einer der beiden den winzigen Streifen weißer Toga vom Schoß seines Liebhabers zog und seine harte Erektion tief in den Mund nahm. Er verursachte leise schmatzende Geräusche dabei, unterlegt mit dem auffordernden Murmeln seines Liebhabers.

Etwas weiter hinten hatte sich eine Frau in der gleichen Pose über den Schwanz eines anderen Mannes gebeugt, während ein zweiter hinter ihr kniete und seinen Schaft mit sichtlichem Genuss zwischen ihren Pobacken rieb.

»Du kennst mich eben gut«, sagte Jared schmunzelnd. Er war hinter sie getreten, und seine Hände legten sich auf ihre Hüften. Sara presste die Lippen zusammen, aber sie gestattete es sich, sich an ihn zu lehnen. Sein Körper war warm, stark und sie passte perfekt dazu. Ihre Blicke lagen noch immer auf den sich windenden Körpern vor ihr, ihre Ohren waren gefangen von den Lauten der Lust, die nun nicht mehr zögerlich, sondern kraftvoll die Abendluft erfüllten. »Du spielst die gleichen Spiele wie in New York«, murmelte sie schwer atmend und konnte ihr Begehren nicht mehr verleugnen. Der Anblick vor ihr war zu erregend, und Jareds Nähe hatte nichts von ihrer Wirkung auf sie eingebüßt. »Nein«, sagte er und strich flüchtig mit der flachen Hand über ihre Oberschenkel und ihren Schoß. Sara stöhnte auf. »Dies hier sind Menschen, die sich für eine Weile nicht verstellen wollen. Sie wollen ihrer Lust nachgeben, so, wie du es auch wolltest, Schneewittchen.« Angesichts des alten Kosenamens stöhnte sie wieder, eine Flut von Erinnerungen brach über ihr herein. Endlose Nächte und manchmal auch Tage, in denen sie sich zwischen Laken oder an ganz anderen Orten gewunden hatte, in denen die Orgasmen sich wie Explosionen angefühlt hatten, kamen ihr in den Sinn. Sie atmete heiser ein.

»Du bist noch immer die sinnlichste Frau, die ich jemals kosten durfte«, raunte Jared ihr zu, und sie spürte in ihrem Rücken, dass er ihre Erregung teilte. Seine Hände ergriffen den Rock ihres Kleides und zogen den Stoff gerade hoch genug, dass er seine Finger zwischen ihre Schenkel gleiten lassen konnte. »Sinnlich und heiß«, sagte er kaum noch hörbar, aber Sara war es egal. Sie hatte den Kopf in den Nacken gelegt, lehnte kraftlos an Jared und konnte sich nur noch auf seine Hand zwischen ihren Schenkeln konzentrieren, die sanft streichelte und sich nur langsam dem Zentrum ihres Begehrens näherte. Ungeduldig öffnete Sara ihre Schenkel, um ihm ungehindert Einlass zu bieten. Jared aber streichelte nur über den Seidenstoff ihres Höschens, der mittlerweile feucht geworden war. Sein Streicheln wurde intensiver, und Sara rieb sich an ihm, um ihr Begehren irgendwie kompensieren zu können. »Willst du es, Schneewittchen?«, fragte er an ihrem Ohr und drückte fester zu. »Willst du mich?«

Ihre Lippen öffneten sich. Sie zitterte, wand sich, und für einen winzigen Moment lag das Ja auf ihrer Zunge. Sara zog mit einem Ruck ihre Hand zwischen den Schenkeln hervor und machte einen unsicheren Schritt nach vorn. Schwer atmend drehte sie sich zu ihm um und sah ihn an. »Nein«, sagte sie. »Fass mich nicht an!«

Jared musterte sie lange Zeit und sagte nichts. Schließlich deutete er eine spöttische Verbeugung an, drehte sich um und ließ Sara allein zwischen den fremden Menschen im Gartenhof zurück.

Kapitel 7

Alan schlug träge ein Auge auf. Er fühlte sich noch immer ein wenig neben der Spur, was zum einen am Jetlag lag, zum anderen aber auch an der letzten Nacht. Alan fuhr sich mit der flachen Hand über das Gesicht und versuchte, noch irgendwie die Bruchstücke zusammenzufügen, die ihm im Kopf herumspukten. Ihm fiel es schwer, sich darauf zu konzentrieren, was aber in erster Linie mit einem weichen, feuchten Mund zusammenhing, der sich äußerst geschickt über seine morgendliche Erektion hermachte.

Alan schaute an sich herunter und bemerkte unter der Bettdecke vertraute Bewegungen. Grinsend hob er die Decke an und sah die rothaarige Frau der letzten Nacht zwischen seinen Beinen liegen. Sie hieß Laurene, hatte sie ihm in der letzten Nacht verraten und dabei auch gleich Maske und Toga verloren. Sie hatte ihm auch sehr gut dabei geholfen, das schlechte Gewissen zu bekämpfen, das ihn geplagt hatte, weil er Sara nicht die ganze Zeit bewachen konnte. Aber nachdem er mit eigenen Augen gesehen hatte, wie sie ihren Exmann gekonnt abgewiesen hatte, hatte Alan sich auf die kleine Soiree einlassen können.

Laurene hatte mitbekommen, dass er sie beobachtete, und hob den Kopf. Ihre Augen verzogen sich katzenhaft, als sie breit lächelte und, den Blick noch immer mit seinem verschränkt, über seine Eichel leckte. Alan konnte nicht verhindern, dass er leicht zusammenzuckte.

»Bonjour, mon petit chou«, schnurrte sie und beugte sich weiter vor. Ihre vollen Brüste drückten sich aufreizend gegen seine Hoden.

Er schlug die Decke ganz weg, um das Schauspiel betrachten zu können. Seine Erektion hatte sich unter ihren kundigen Händen fast vollkommen aufgerichtet, und es drängte ihn, ihre Lippen wieder um seinen Schwanz zu spüren.

»Guten Morgen«, erwiderte er heiser und fuhr mit seinen Fingern in ihr rotes Haar. »Ist das die übliche Weise, wie man hier auf dem Gut geweckt wird?«, fragte er lächelnd und sah ihr zu, wie sie ihn tief aufnahm, bis ihr Mund sein sorgsam gestutztes Schamhaar berührte. Sie bewegte den Kopf einige Male auf und ab, ehe sie sich löste. Mit der rechten Hand massierte sie weiter über seinen Penis, die linke kraulte die prall angeschwollenen Hoden.

»Nur, wenn mir der Mann gefällt«, raunte sie und hauchte ein Küsschen auf die zuckende rote Eichel.

Alan entfuhr ein Keuchen. Er lachte zittrig. »Also trifft sich euer kleines Grüppchen öfter auf diese Weise hier?«

»Jared ist ein Connaisseur der Lust, und er hat sich damit viele Freunde gemacht. Wir kommen einfach gerne zusammen hierher und zelebrieren unsere Vorlieben und Geschmäcker.« Sie hielt inne, und ihre grünen Augen blitzten amüsiert. »Sag nicht, du bist schockiert, mein kleiner Freund?«

»Klein?« Alan hob eine Augenbraue. »Und nein, ich bin nicht schockiert. Im Gegenteil, die Idee gefällt mir. Aber wird es auf Dauer nicht langweilig, immer denselben Leuten zu begegnen?«

Laurene legte nachdenklich den Kopf schief und schürzte die vollen Lippen zu einem herzförmigen Schmollmund. »Aber nein. Die Konstellationen wechseln ja, und manch einen sieht man gerne öfter kommen.« Sie lachte lasziv und dirigierte seine steife Erektion in die weiche Mulde zwischen ihren Brüsten. Das Gefühl war sensationell – weich wie Seide und fast so warm wie in ihrem feuchten Mund. Alan unterdrückte ein Stöhnen und musste für einen Augenblick die Augen schließen, um sich wieder fangen zu können. »Eine aufregende Vorstellung«, murmelte er schwach und versuchte, sich zu konzentrieren. »Aber was hat es mit der schwarzhaarigen Frau auf sich?«

Laurene schmollte diesmal wirklich. »Was bist du nur so versessen aufs Reden? Sieh dir an, er wird schon wieder schlaff!«, beklagte sie sich, und tatsächlich, trotz der andauernden Reize verlor Alan an Standvermögen, da seine Gedanken wanderten. Er richtete sich etwas auf. »Keine Sorge, gleich ist er wieder so hart, wie du ihn gern hast. Befriedige nur vorher meine Neugier.«

Sie verdrehte die Augen, aber Alans Worte und die Aussicht auf anstehenden Sex schienen sie wieder aufzumuntern. Sie leckte über seine Lippen. »Sie ist Jareds Ehrengast. Er hat sich verschiedene Überraschungen für sie ausgedacht – anscheinend liegt ihm etwas an ihr, denn bisher hat er niemals einen solchen Aufwand für nur eine Frau betrieben. Von einigen dieser Überraschungen haben wir auch etwas, und so, wie diese blasse Schönheit ausgesehen hat, wird es sicher ein Genuss werden.«

Diese Information machte Alan stutzig, und er beschloss, später mehr in Erfahrung zu bringen. Jetzt zwang er sich, das Thema zu wechseln. »Sieh an, du spielst also auf beiden Seiten?«, zog er sie auf und umfasste ihre Brüste mit seinen Händen.

Sie seufzte zufrieden. »Ich spiele allgemein gerne, mon petit chou«, gurrte sie und hockte sich rittlings auf seinen Schoß.

Alan ahnte, was sie wollte, und rutschte ganz auf den Rücken.

Laurene kicherte leise und umfasste seinen Schwanz. »Du

hattest mir etwas Hartes versprochen«, klagte sie, »aber der hier ist kaum noch hart.«

Bevor Alan antworten konnte, rieb sie seine halb erschlaffte Erektion an ihrem Schoß. Ihre Spalte war bereits angeschwollen, und Alan glaubte, ihre innerste Hitze direkt auf seinem Glied spüren zu können. Schnell glänzte ihre Nässe auf seinem Geschlecht, und er merkte, wie das Blut zwischen seine Beine schoss und sich dort staute, bis Laurene zufrieden war. »Genau so«, raunte sie und rieb sich weiter an ihm.

Alan fasste ihre Handgelenke und dirigierte sie hinter sich an die Wand. Laurene verstand schnell und stützte sich über Alans Kopf ab, so dass ihre Brüste direkt vor seinem Gesicht baumelten. Er belohnte sie mit einem Biss in die empfindlich harten Nippel, der sie aufschreien ließ. Sie bewegte ihr Becken auf ihm, ohne ihn in sich zu führen. Die Reibung reichte ihr für den Moment, und Alan musste aufstöhnen, wann immer ihre harte kleine Klitoris sich gegen seine Penisspitze drückte. Er wollte in sie stoßen, sie endlich richtig ficken, aber Laurene holte sich ihre Befriedigung, wie sie es wollte.

Er konnte das nicht mehr hinnehmen, packte ihre Hüften und saugte heftig an ihren Brustwarzen, markierte das helle Fleisch mit seinen Zähnen, was sie in Ekstase versetzte. Sie warf den Kopf in den Nacken und rutschte vor und zurück, bis Alan auf ihrer Nässe in sie glitt. Es kam unerwartet, und er keuchte, stieß noch nach, bis er ganz in ihr war.

Laurene gab einen wimmernden Laut von sich. »Warte, bitte warte«, flehte sie leise, aber Alan hatte genug. Er hielt noch immer ihre Hüften umfasst und drehte sie auf den Rücken, rollte sich noch in der Bewegung auf sie. Er glitt zwar aus ihr, aber es brauchte keinen Herzschlag lang, bis er sich wieder tief in ihrer Pussy versenkte. Abermals flehte sie, er möge warten, aber Alan wollte diese Geduld nicht aufbringen. Er wollte sie aufspießen, sich tief in ihr verlieren.

Ihre Handgelenke auf das Bett gepresst, begann er, sich immer wieder seiner Gier hinzugeben. Er bewegte sich auf ihr, spürte, wie sie ihre Beine um seine Hüften schlang, um ihn tiefer in sich zu holen. Ihre Arme waren zur Bewegungslosigkeit verdammt, aber ihre Hüften drängten sich ihm entgegen, ihre Schenkel hielten ihn fest umklammert.

Es brauchte nicht lange, bis sie den Kopf zurückwarf und einen gellenden Schrei ausstieß. Ihr Orgasmus umkrampfte ihn regelrecht, die Muskeln ihres Schoßes massierten ihn, drängten ihn, ihr zu folgen. Der Reiz überflutete ihn – während er weiter in sie stieß, überrollte ihn sein eigener Höhepunkt, und er kam tief in ihr. Noch während sein Samen in sie spritzte, bewegte er sich, bis er spürte, wie sie sich unter ihm beruhigte und auch sein Orgasmus seinen Abschluss fand.

»Mhmmm, das war gut«, seufzte sie zufrieden und schob ihn aus sich, um sich zu strecken. »Lass uns duschen und dann etwas zum Frühstück bestellen. Danach kannst du mir zeigen, was du noch so alles am Morgen kannst.«

»Klingt nicht schlecht«, erwiderte Alan und stand auf.

Sie wickelte sich in die Reste ihrer Toga und verschwand hinter einer Tür. Alan blieb noch ein wenig auf dem Rücken liegen und sah an die Decke. Was für eine Art, den Tag zu beginnen.

Er setzte sich auf und fuhr sich durch die wirren Haare. In dem Moment wurde die Eingangstür des Zimmers geöffnet. Eine Frau stand im Türrahmen. Sie war blond und halbnackt, aber das war es nicht, was Alan stutzen ließ. Er kannte diese Frau, die ihn nun ebenfalls erkannt hatte und auf deren Gesicht sich ein deutlicher Schock abzeichnete. Das war Susan Peters, die Frau, die James Erie bestohlen und die Agentur damit an den Rand des Ruins getrieben hatte.

Sie reagierte schnell, wirbelte herum und stürmte davon. Alan wollte ihr nachlaufen, verfing sich aber in der Decke und verlor dadurch kostbare Sekunden. Als er sich endlich befreit hatte und zur Tür gerannt war, war sie bereits verschwunden. Alles, was Alan vorfand, war ein langer Flur mit unzähligen Türen. Sie war weg.

Sara streifte sich ein leichtes Leinenkleid über, das gut zum sommerlichen Wetter dieses Tages passte. Jared hatte ihr eine Nachricht zukommen lassen: Er erwartete sie auf der Terrasse und bat sie, mit ihm zu frühstücken. Anbei war eine genaue Erklärung, wie sie dorthin finden sollte. Gegen ein Frühstück war nichts einzuwenden. Sie hatte nach der letzten Nacht unruhig geschlafen, immer wieder war sie aus verführerischen Träumen hochgeschreckt, in denen sie sich entweder mit Jared oder mit Alan im Bett vorfand. Und wann immer sie aufgewacht war, hatte ihre Pussy energisch Aufmerksamkeit gefordert, aber Sara hatte versucht, dies so gut es ging zu ignorieren.

Ein Blick in den Spiegel hatte sie beruhigt – die unruhige Nacht hatte wenigstens nicht für Augenringe gesorgt. Etwas in ihr sträubte sich bei der Vorstellung, Jared irgendeine Form von Schwäche zu präsentieren. Sie ließ die Haare diesmal offen und schminkte sich nur mit ein wenig Lippenstift und Rouge. Dank ihrer schwarzen langen Wimpern war sie niemals auf Mascara angewiesen, um einen sinnlichen Schlafzimmerblick zu erzeugen.

Als sie mit ihrem Aussehen zufrieden war, verließ sie ihr Schlafzimmer und ging zurück in die kleine Vorhalle. Dort stieg sie die Treppe hinauf und fand sich in einem verwinkelten, aus dunklem Holz bestehenden Flur wieder. Fenster waren an seiner Ostseite eingelassen, und im Licht der Morgensonne konnte Sara den Blick auf die Weinhänge genießen. Der Anblick verzückte sie, und langsam ging sie den Flur entlang, um das Bild auf sich wirken zu lassen.

Auf ihrem Weg kam sie an mehreren Türen vorbei, die kurioserweise unterschiedlich aussahen. Jede von ihnen war ein

Einzelstück – einige waren reich mit Schnitzereien verziert, andere bestanden aus Holzbohlen mit wuchtig aussehenden Metallbeschlägen. Eine bestand vollkommen aus glattem Metall, was in dem ansonsten so warm aussehenden Flur fehl platziert wirkte.

Sara begutachtete einige von ihnen näher, bis sie schließlich das Ende des Flurs erreicht hatte. Eine schmale Treppe führte nach oben, und sie folgte ihr, wie in der Erklärung beschrieben. Die Treppe führte in einen großen Saal, dessen Wände mit ähnlichen Malereien verziert waren wie die kleine Vorhalle zwei Stockwerke tiefer. Sie durchquerte ihn und öffnete die Tür, die auf der Stirnseite zur Treppe lag. Warmes Sonnenlicht empfing sie und eine warme Windböe. Die schweren Klänge eines Cellos verwoben sich mit dem Wind.

Sara blinzelte. Ihre Augen waren noch an das Halbdunkel des Saales gewöhnt, und das Sonnenlicht nahm ihr für einen Moment die Sicht. Langsam klärte sie sich jedoch, und sie sah die Terrasse vor sich liegen. Es wirkte, als hätte man eine Plattform hoch über den Weinhängen errichtet. Sie war rechteckig und von einem altmodischen Gusseisengitter umgeben. Dahinter ging es steil bergab. In der Mitte der Terrasse hatte man einen Baldachin aufgespannt, dessen Schatten sich scharf auf dem terrakottafarbenen Fliesenboden abzeichnete.

Unter dem Baldachin befand sich ein Tisch, beladen mit Schalen voller Obst, Tellern mit feinem Gebäck und verschiedenen Karaffen mit Säften, Kaffee, Tee und Milch. Zwei Stühle waren an den Tisch herangerückt. Auf einem saß Jared und betrachtete versonnen eine Frau, die in der Ecke unter dem Baldachin saß und Cello spielte. Sie trug keinerlei Kleidung und hatte das Instrument wie einen Liebhaber zwischen ihre Schenkel gedrückt. Die Haare hatte sie streng aus dem Gesicht gebunden und die Augen geschlossen. Ihre Mimik zeigte einen berückten Ausdruck, während sie den Bogen über die

Saiten gleiten ließ. Sie war vollkommen in die Musik versunken, und ihre Leidenschaft war in den zarten Tönen zu spüren, die in die warme Morgenluft aufstiegen.

Sara trat unter den Baldachin, und Jared wurde auf sie aufmerksam. Er stand auf und kam ihr entgegen – die Cellospielerin fuhr in ihrem Spiel fort, als wäre nichts geschehen. »Wie hast du die Nacht verbracht, Schneewittchen?«, wollte er wissen und rückte Sara den Stuhl zurecht.

»Sehr gut«, erwiderte sie und machte es sich bequem.

Jared nahm ihr gegenüber Platz und sah ihr über den vollbeladenen Tisch hinweg in die Augen. »Das freut mich. Ich hoffe, meine Gäste haben dich nicht in irgendeiner Art und Weise belästigt?«

Sara nahm die Stoffserviette von dem Teller vor sich und breitete sie auf ihrem Schoß aus. »Sollten sie das?«, fragte sie neugierig.

Jared winkte kurz, und wie aus dem Nichts erschien eine weitere Frau. Sie war nicht nackt, hätte es aber ebenso gut sein können. Ihr braunes Haar war zur Seite gebürstet und gab ihren schmalen Hals frei. Sie trug raffinierte Spitzenwäsche, die nur direkt an der Scham und über den Brustwarzen von schwarzer Seide durchbrochen wurde und somit gerade genug bedeckte, um die Neugier auf die empfindlichen Körperteile darunter zu wecken. Über den Augen trug die Frau eine Maske aus ebenfalls schwarzer Spitze. Sie war sehr groß, mit langen, schlanken Gliedern, und sie bewegte sich geschmeidig und so leise, dass Sara geschworen hätte, sie war einfach aus dem Nichts aufgetaucht. Ihre Haut hatte die Farbe von jungen Oliven.

Wortlos griff die Frau nach einer Karaffe mit Kaffee und schenkte erst Sara, dann Jared eine Tasse voll ein.

»Wie ich gestern bereits sagte«, lenkte Jared Saras Aufmerksamkeit wieder auf sich, »sind meine Gäste hier, um sich auszuleben. Das wirst du sicherlich auch noch merken. Und deswegen habe ich eine Bitte an dich.«

Sara nahm einen Schluck Kaffee. »Was für eine Bitte?«, fragte sie schließlich und beugte sich ein wenig vor. Sie konnte nicht verhindern, dass sie neugierig klang.

Jared schien das zu gefallen. »Ich möchte gerne, dass du dich umsiehst. Meine Freunde haben zuweilen sehr interessante Vorlieben, von denen ich sicher bin, dass sie dir gefallen werden.«

»Ist das ein Befehl oder eine Bitte?«, fragte Sara und nickte, als die Dame in Spitze ihr eine Karaffe mit Orangensaft entgegenhielt. Jareds Leidensmiene hätte jedem Schauspieler alle Ehre gemacht.

»Ich sagte dir doch, du musst hier nichts tun, was du nicht tun willst«, erklärte er in dem gleichen Tonfall, den man Kindern gegenüber benutzte, um ihnen etwas zu verdeutlichen.

Sara nahm ein Croissant und legte es auf ihren Teller. »Du wirst mir eine gewisse Skepsis verzeihen«, erwiderte sie bissig.

Jared seufzte. »Entschuldige. Aber ich versuche, dich davon zu überzeugen, dass ich dir nichts Böses will. Ich erinnere mich nur daran, wie gerne du neue Erfahrungen gemacht hast, als wir noch zusammen waren.«

»Erfahrungen, die du forciert hast«, entgegnete sie trocken.

»Gefallen haben sie dir doch.«

Sara zwang sich, desinteressiert mit den Schultern zu zucken, aber insgeheim musste sie Jared recht geben. Das war aber auch alles gewesen.

»Ich möchte einfach, dass du diesen Erfahrungsschatz ausweitest. Du solltest nicht verleugnen, was du bist«, fuhr er fort.

Sara nippte an ihrem Orangensaft. »Und was bin ich deiner Meinung nach?«

Jared lächelte wissend. »Eine neugierige, sinnliche Frau, die unglaubliche Lust zu schenken vermag und sich nicht schämt, sie auch zu empfangen.«

»Eine interessante Ansicht«, erwiderte sie. Plötzlich berührte etwas ihren nackten Knöchel, und sie zuckte zusammen.

Jared hob beschwichtigend die Hand. »Das ist sie, in der Tat«, sagte er. »Ich möchte dir meine Meinung gerne beweisen. Entspann dich einfach.«

Sara sah an sich herunter und erblickte unter dem Saum des Tischtuches ein paar Knie in Seidenstrümpfen. Die Frau in der Spitzenunterwäsche war unbemerkt unter den Tisch gekrochen und kniete nun direkt vor Sara. Die Berührung an ihrem Knöchel wiederholte sich, diesmal wesentlich beharrlicher, und fuhr höher zu ihren Waden.

Sara schluckte und spürte nur allzu genau Jareds Blicke auf sich, die jede Veränderung ihrer Mimik in sich aufnahmen. »Was soll das, Jared?«, murmelte sie schwach.

»Lass dich einfach fallen, Schneewittchen. Du hast doch früher so oft davon gesprochen, dass du einmal den Mund einer schönen Frau an deiner hübschen Pussy spüren willst, nicht wahr? Bisher kam ich nicht dazu, dir diesen Wunsch zu erfüllen, aber heute kann ich dir diesen Gefallen tun.«

Das stimmte. Sara hatte Jared früher anvertraut, dass einer ihrer intimen Wünsche war, sich von einer Frau verwöhnen zu lassen. Während ihrer Ehe hatte sich jedoch niemals eine Gelegenheit ergeben, und während ihrer Arbeit in der Agentur hatte Sara sich nicht getraut, Aufträge auszuführen, in denen eine zweite Frau oder ein bisschen Bi-Erfahrung gewünscht wurden.

Jared hatte sich jedoch an ihre Worte erinnert, und jetzt saß sie hier in aller Öffentlichkeit und spürte diese weichen Lippen, die ihr Schienbein küssten, die Innenseiten ihrer Schenkel …

Sara entfuhr ein lustvolles Seufzen, aber sie schloss die Augen nicht. Ihr Blick war viel zu sehr gefangen von Jared, der sie beobachtete und genau verfolgte, was sein kleines Geschenk mit ihr anstellte.

Die Frau unter dem Tisch war zielstrebig. Sie schob bestimmt Saras Schenkel auseinander und ihr Kleid höher, um ungehindert ihren Schoß küssen zu können. Ihre Lippen drückten sich auf den Satinstoff ihres Slips, und Sara biss sich auf die Unterlippe. Vor ihrem inneren Auge sah sie die hochgewachsene Frau in der Spitzenunterwäsche, sah, wie ihre Haare an ihrem Schenkel entlangstrichen und ihre Zungenspitze über das Satin strich. Das Bild war so erregend, dass Sara sofort eine Reaktion in ihrem Unterleib verspürte. Ein lustvolles Zusammenziehen ließ sie keuchen, und die Feuchte ihrer Scham vermischte sich mit heißem Atem.

»Gefällt es dir, wie sie dich leckt?«, drang Jareds Stimme wie aus weiter Ferne an ihr Ohr. »Wie sie dich küsst? So weiche Lippen und so eine geschickte Zunge.«

In diesem Moment stieß die suchende Zungenspitze gegen Saras Kitzler, der sich hungrig unter dem Stoff emporgereckt hatte und wie ein Penis *en miniature* hervorstach. Saras Becken hob sich fast vom Sitz ihres Stuhls, um diese Empfindung zu wiederholen. Es war wahr – sie war eine Frau, die Lust wollte, die Lust brauchte, und die Geschwindigkeit, in der sie jeden Einwand einfach fortgewischt hatte und sich ganz der Frau zwischen ihren Beinen hingab, war der beste Beweis dafür.

Sara unterbrach den Blickkontakt zu Jared nun doch und legte den Kopf in den Nacken. Freiwillig grub sie ihre Finger in den Stoff ihres Kleides und zog ihn höher, bis ihr Schoß ganz freigelegt war. Der Blick zwischen ihre gespreizten Schenkel war noch erregender als ihre Phantasie: Der Kopf der Frau hatte sich zwischen ihre Beine gedrängt. Die Spitzenmaske über ihrem Gesicht kratzte ein wenig über Saras Haut, aber in ihrem Erregungszustand steigerte es ihre Lust und störte sie nicht.

Fasziniert legte Sara ihre Hand auf den braunen Schopf vor sich, und die Frau sah auf. Ihre Lippen waren gerötet, ebenso ihre Wangen. Sara war sich sicher, dass sie ähnlich aussah.

»Mehr«, flüsterte Sara und schob ihren Slip zur Seite. Die Frau mit der Spitzenmaske nickte unmerklich und hauchte einen Kuss auf die feucht glänzenden Schamlippen. Sara schluckte und lehnte sich zurück, um ihr mehr Platz zu bieten, um noch näher an ihren Höhepunkt zu kommen. Die Brünette tat ihr den Gefallen und fuhr mit der Zungenspitze durch den Spalt, der Sara aus dieser Perspektive an einen gespaltenen Pfirsich erinnerte.

Ein weiteres Mal leckte die Frau sie so, und Sara stöhnte auf. Jemand fasste unter ihr Knie und legte ihr Bein über die Armlehne des Stuhls. Sie sah über ihre Schulter und erkannte Jared, der hinter ihrem Stuhl stand. Er blickte gebannt auf ihren Schoß, und durch Saras Körper lief ein Zittern. Ihr gefiel es, dass er ihr zusah, wie sie sich ganz den Lippen einer fremden Frau hingab. Sie wollte, dass er zusah.

Die suchende Zungenspitze wurde zärtlicher, sanfter in ihren Liebkosungen. Nachdem sie genug von Saras tiefer Nässe gekostet hatte, widmete sie sich der kleinen harten Knospe, dem Zentrum von Saras Lust. Umsichtig strich die Zungenspitze darüber, kreiste um die Erhebung und entlockte Sara damit ein lautes Keuchen. Ihre Beine waren weit gespreizt – sie spürte kühle Luft und gleichzeitig heißen Atem über ihre Scham streichen, und sie wusste kaum, wie ihr geschah. Jared hatte begonnen, ihr Hals und Brüste zu streicheln. Sara legte den Kopf in den Nacken und bot ihm keinen Widerstand, als seine Fingerkuppen über ihre Lippen fuhren und sein Zeigefinger sanft in ihren Mund eindrang.

Die Spannung in ihrem Körper war übermächtig, Sara wollte auf irgendeine Weise Abhilfe schaffen, und sie saugte instinktiv an dem langen Finger in ihrem Mund, knabberte daran, und ihre Zunge kreiste darum, ebenso, wie es die Frau mit der Spitzenmaske zwischen ihren Beinen tat. Sie trank Saras Säfte regelrecht und machte ihre Zunge hart, um sie tief in Sara gleiten zu lassen. Der Anblick beraubte Sara jeglichen klaren Denkens. Sie saugte härter an Jareds Finger, spürte seine andere Hand unter den Stoff ihres Kleides gleiten und ergab sich dem Druck, der sich tief in ihr aufgestaut hatte. Sara drehte den Kopf zur Seite und spürte weitere Nässe aus sich heraustropfen, als sie laut schreiend kam.

Kapitel 8

»Susan Peters?« Laurene schüttelte den Kopf. Sie war gerade erst aus dem Badezimmer gekommen und wirkte verwirrt. Alan konnte sie jedoch nicht beruhigen – er musste wissen, ob sein Eindruck ihn nicht getäuscht hatte. Wenn Susan Peters allerdings tatsächlich hier war, bedeutete das, dass Jared höchstwahrscheinlich an der Sache beteiligt war. Diese Möglichkeit ließ Alan keine Ruhe, und daher musste er sich bei Laurene versichern, ob er richtig gesehen hatte.

Laurene aber schüttelte den Kopf. »Tut mir leid«, sagte sie und schüttelte abermals den Kopf. »Aber der Name sagt mir nichts.«

»Sie ist blond, recht hübsch und hat ein Muttermal auf dem Schlüsselbein«, versuchte er zu erklären.

Laurene legte ihm beide Hände um das Gesicht. »Ich sagte doch, hier gibt es immer wieder neue Leute – ich kann unmöglich alle kennen. Warum bist du wegen dieser Peters nur so aufgeregt?«

Alan ließ sich auf den Bettrand sinken und fuhr sich mit den Händen durch die Haare. »Es ist wichtig«, murmelte er. »Ich muss einer Freundin aus der Klemme helfen.«

Sie setzte sich neben ihn und streichelte seine Schultern. »Die Freundin, die dir gesagt hat, du sollst herkommen?«

Er lächelte schief. »Ja.«

»Bist du denn sicher, dass du sie gesehen hast?«, hakte sie nach.

Alan brummte leise. »Fast sicher – deswegen hatte ich dich gefragt.«

Laurene kratzte sich an der Nasenspitze. »Das Gut ist zwar groß, aber im Augenblick sind nicht so viele Gäste wie sonst anwesend«, meinte sie nachdenklich. »Wenn deine Beute mit dem Muttermal hier ist, finden wir sie auch.«

Alan zupfte sanft an einer von Laurenes roten Haarsträhnen. »Wäre es dabei möglich, Jared nicht in die Arme zu laufen? Ich befürchte, er wird gleich wissen, dass ich nicht auf der Gästeliste stehe.«

»Ihr kennt euch?«, fragte Laurene.

»So etwas in der Art.«

»Das wird immer interessanter – denkst du, nach der Woche hier kannst du mir alles erzählen?«

»Als Gegenleistung für deine Hilfe – warum nicht?«, erwiderte Alan.

Laurene grinste breit und sprang auf. »Sehr gut. Zieh dich am besten an, damit wir gleich auf die Suche gehen können.«

Alan folgte ihrem Beispiel. Laurene zog eine weiche Lederkorsage aus dem Schrank und einen farblich passenden Rock, der mehr darbot als verdeckte. Die runden Hinterbacken blitzen dabei verführerisch unter dem Saum hervor und heiterten Alan ein bisschen auf.

»Gehört das zum Dresscode?«, wollte er wissen und deutete auf ihre Kleidung.

Laurene zuckte mit den Schultern. »Kleide dich so, wie du dich wohl fühlst. Lass dir nur gesagt sein, dass zu viel Stoff nicht gern gesehen wird.«

Alan nahm sich ihre Worte zu Herzen und zog aus seiner Tasche einen schwarzen schlichten Männerslip. Er saß eng genug, um Appetit zu machen, zeigte aber nicht alles. Laurene zumindest schien begeistert. Sie schlang die Arme um Alans Nacken und küsste ihn.

»Sehr gut«, raunte sie und wandte sich dann wieder dem Schrank zu. Sie holte aus einer der Schubladen eine Stoffmaske, die Alans Augenpartie verbarg. »Einige der Besucher hier ziehen eine gewisse Anonymität vor«, sagte sie, während Alan die Maske aufsetzte. Sie war bequemer, als er gedacht hätte. »So erkennt dich auch keiner«, fügte Laurene zufrieden hinzu und rückte die Maske zurecht.

Trotz seiner Anspannung musste Alan leise lachen, als er sich im Spiegel betrachtete. »Fehlt nur noch das Cape«, meinte er grinsend und wandte sich zur Tür.

Laurene kicherte und umfasste seinen Arm. »Sei nicht albern – komm, sehen wir zu, dass wir diese Susan finden.« Sie führte ihn aus dem Zimmer durch den Gang.

»Hast du schon eine Ahnung, wo sie sich versteckt haben könnte?«, fragte er, während sie über die blank geschliffenen Holzdielen gingen.

Laurene sah sich immer wieder um – manchmal kamen ihnen andere Menschen entgegen, manche ganz nackt, andere wiederum nur in aufreizenden Dessous oder Fetischkleidung.

Eine Frau warf Alan einen gehauchten Kuss zu, aber als er tiefer sah, stockte er – zwischen den glatten Schenkeln baumelte ein deutlich sichtbarer Penis.

Laurene grüßte den Transvestiten. »Schau nicht wie ein kleines Kind«, sagte sie leise lachend und schien sich darüber großartig zu amüsieren. »Es gibt viele Plätze, an denen eine einzelne Frau sich verstecken kann«, fuhr sie dann fort. »Aber wenn ich sie wäre, und wüsste, dass du mich suchst, würde ich mich am offensichtlichsten Ort verstecken. Das Offensichtliche übersehen die meisten Leute gerne.« Wieder nickte sie einem vorbeikommenden Pärchen zu, das sich eng umschlungen hielt. Laurene dirigierte ihn zielstrebig in eine Richtung. Nach einigen wenigen Metern fanden sie sich auf einer Balustrade wieder, von der aus er auf einen kleinen, runden

Raum sehen konnte. Eine ehemalige Zitadelle, vermutete er. Sie war mit hohen Lüstern und einigen kleinen orange-roten Lampen erhellt, was den Eindruck von Hitze und Feuer erweckte. Der Boden des Raums war mit zahlreichen Kissen, Teppichen und Decken ausgelegt, deren Design an den Fernen Osten angelehnt war. Zarte Seidentücher waren über die kahlen Steine drapiert worden. Inmitten dieser Pracht wanden sich Körper, ineinander verknäult und zu einem einzigen orgiastischen Vergnügen verschlungen.

»Das ist also das Offensichtliche?«, fragte Alan und sah ein wenig skeptisch auf die schwitzenden und keuchenden Leiber zu ihren Füßen.

»Früher oder später kommt jeder hierher«, erwiderte Laurene, die Arme lässig auf das Geländer der Balustrade gestützt. Ihr gefiel der Anblick offensichtlich. »Wenn man es satthat, sich auf seinem eigenen Zimmer zu vergnügen, oder einfach ein wenig Abwechslung sucht, kommt man hierher. Wir nennen es ›die Oase‹.« Sie machte eine einladende Geste hinunter. »Hier sollten wir anfangen zu suchen. Näher kommst du an die Frauen auf dem Gut nicht – und so kannst du gleich schauen, ob diese Frau hier ist.«

Alan biss die Zähne zusammen, während er das Treiben beobachtete. Schließlich fasste er Laurenes Arm und geleitete sie die gusseiserne Treppe hinunter, die am Ende der Balustrade zur Oase hinunterführte.

Laurene zögerte nicht – kaum, dass sie die Oase erreicht hatten, kniete sie sich zu einem Mann, der auf dem Rücken lag und sich von einer weiteren Frau verwöhnen ließ. Laurene flüsterte ihm etwas ins Ohr, und er nickte. Die Französin zwinkerte Alan zu und hockte sich dann mit weit gespreizten Beinen über das Gesicht des Mannes. Der umfasste ihre Pobacken, dirigierte sie ein wenig, bis sie die richtige Position gefunden hatte und begann ohne Umschweife, die kleine feuchte Pussy zu lecken. Laurene schloss verzückt die Augen. Anscheinend musste er sich also selbst auf die Suche machen.

Alan betrachtete die nackten Menschen vor sich – viele trugen, ebenso wie er selbst, Masken, ansonsten nichts weiter. Er fing den Blick einer Frau mit Maske auf, die einen Mann ritt. Ihre Brüste hüpften in der Bewegung und bewegten sich so verführerisch unter dem durchsichtigen Oberteil, dass Alan spürte, wie es zwischen seinen Beinen zuckte. Er kam näher und kniete neben dem Paar nieder. Der Mann schien keine Einwände zu haben, als die Frau sich zu Alan beugte. Noch während sie sich auf dem harten Schwanz unter ihr bewegte, umfasste sie Alans Nacken und zog ihn in einen tiefen, leidenschaftlichen Kuss. Er hielt sie an der Taille fest, um den Kuss zu vertiefen, und hörte ihr unterdrücktes Keuchen, das sich in seinem Mund verlor. Er löste sich und leckte über ihren Hals. Unauffällig zog er das Oberteil tiefer, um ihr Schlüsselbein zu küssen. Die Frau legte den Kopf in den Nacken, und Alan strich mit der Zunge über ihre Haut, küsste sie, fand aber kein Muttermal.

Er machte sich los, aber sie bekam es kaum mit. Ihre Bewegungen auf dem Mann unter ihr wurden schneller, ihre Hüften kreisten wilder auf ihm.

Alan wandte sich ab und wurde durch das Schieben und Reiben um sich weiter in die Mitte der Oase geschoben. Laurene hatte er schon längst aus den Augen verloren, alles, was er noch sah, hörte und roch, waren sich ineinander verkeilende, stoßende, stöhnende Leiber.

Immer wieder glitten seine Hände über weiche Brüste, runde Hintern, und er selbst spürte zarte Liebkosungen oder beherztes Zupacken an seinem eigenen Körper. Und immer wieder rieben sich ein feuchter Schoß oder runde Pobacken an seinem Schwanz, der sich erwartungsvoll aufgerichtet hatte. Alan konzentrierte sich darauf, bei jeder Frau in seiner Nähe nach Susan Peters zu suchen. Aber er konnte sie nicht finden.

Frustriert setzte Alan sich auf, wurde aber gleich an der Schulter wieder zurückgezogen. Eine Frau mit nahezu weißem Haar, aber einem sehr jugendlich wirkenden Körper drückte ihn auf den Rücken und beugte sich über ihn. »Kannst du dich nicht entscheiden?«, fragte sie an seinen Lippen, und ihre Brüste pressten sich gegen seine Brust. »Wir haben gesehen, wie du von allem kostest, aber nirgendwo verweilst.«

Alan musterte sie. »Ich suche jemanden«, sagte er nur. »Wen meinst du mit wir?«

Ein Mann erschien hinter der Frau, er wirkte jünger als sie, vielleicht gerade einmal zwanzig. Sein hübsches Gesicht wurde von kastanienbraunen Locken umrahmt, und er küsste sie mit einem schelmischen Lächeln auf die Schulter. »Hast du ihn endlich eingefangen, Liebes?«, raunte er laut genug, dass auch Alan es hören konnte.

»Nur für dich, mein Lieber«, meinte sie lächelnd, und der junge Mann verschwand aus Alans Blickfeld. »Macht ihr etwa Jagd auf mich?«, fragte der, machte aber keine Anstalten, sich aus der doch sehr angenehmen Falle der Frau und deren Gewicht auf sich zu befreien.

Sie leckte ihm neckisch über die Nasenspitze und lachte leise. Ihre Miene hatte etwas reifes, gleichzeitig war sie alterslos und wunderschön. Die hohen Wangenknochen und sinnlichen Lippen verliehen ihr das Aussehen einer klassisch griechischen Statue. Alan vermochte es nicht, ihr Alter zu schätzen.

»Für so eine Beute lohnt es sich doch, n'est-ce pas?«, meinte sie und küsste ihn. Bei ihr war keinerlei Akzent festzustellen, weder in ihrem Englisch noch in ihrem Französisch. Alan ließ sich auf den weichen und warmen Kuss ein, stöhnte aber überrascht, als eine weitere Zunge sich in das Spiel einmischte, diese aber direkt an seiner angeschwollenen Erektion. Er befreite sich etwas von der seltsam alterslosen Frau auf sich, um an sich heruntersehen zu können.

Der junge Mann mit den braunen Locken hatte sich neben Alans Schoß gekniet und blies ihn mit einer Finesse, die Alan jegliche Art von Abscheu oder Abwehr vergessen machte.

Er schlief sonst nie mit Männern, außer, er wurde ausdrücklich in der Agentur gebucht, aber dieser Mund ... Alan konnte nicht weiter darüber nachdenken, denn wieder nahm ihm helles Haar die Sicht, und die Frau küsste ihn. Sie nahm seine Hand und führte sie auf ihren straffen Hintern. Die Pobacken waren klein, kaum eine Handvoll zwischen Alans Fingern. Er knetete sie und befreite seine zweite Hand für die andere Pobacke.

Sie hieß seine Liebkosungen mehr als willkommen. Alan wurde neugieriger, während der Reiz um seinen Schwanz nicht abebbte. Im Gegenteil – der junge Mann wusste genau, wie er vorgehen musste. Er steigerte sein Tempo und brachte Alan kurz vor einen schnellen Höhepunkt, nur um ihm dann seinen Mund wieder zu entziehen und ihn mit festem Druck um die Peniswurzel daran zu hindern zu kommen.

Dementsprechend hitzig waren auch Alans Bewegungen und seine Liebkosungen an der Frau auf ihm. Die hatte ihr Bein über seinen Bauch gelegt und rieb sich an Alans Seite. »Das tut so gut«, murmelte sie abwesend und erstickte ihre eigenen Laute in Alans Mund.

Der verging fast in der Lust, die dieses ungleiche Pärchen in ihm auslöste, wünschte sich nichts sehnlicher, als sich endlich irgendwie entladen zu können, als die beiden sich wie auf ein geheimes Zeichen hin von ihm lösten.

Frustriert, mit bebendem Penis lag Alan da und starrte

beide anklagend an. Die Frau sah lächelnd auf ihn nieder, während ihr Gefährte zwei Finger an ihre Lippen hielt. Sie fasste sein Handgelenk und führte die Finger in ihren Mund. Hingebungsvoll feuchtete sie beide mit ihrer Zunge an.

Der Mann küsste sie flüchtig auf die Lippen und schob sich seine Finger mit einem Ruck tief in den Anus. Alan schluckte, er ahnte, was nun folgen würde, aber sein mittlerweile wütend zuckender Schwanz erlaubte ihm nicht, nein zu sagen. Er brauchte das jetzt, unbedingt!

Die Frau legte sich neben Alan, den Kopf auf seine Brust gebettet, und sah ihrem Liebhaber dabei zu, wie er sich über Alan kniete und dessen Erektion mit einer Hand umfasste. Umsichtig dirigierte er die Eichel an seinen Hintern, und langsam senkte er sich auf den anderen Mann nieder.

Alan stöhnte laut und warf den Kopf zurück – der Arsch dieses unschuldig aussehenden Mannes war eng. Auf seinem Weg tiefer verkrampfte sich der Muskelring immer wieder um Alans Erektion und fachte sein Begehren an.

Die Frau hob den Kopf und küsste Alans Kinn. »Mach's mir«, flüsterte sie leise. »Mich macht es so scharf zu sehen, wie du meinen Mann vögelst.«

Er tat ihr den Gefallen – seine Hand wanderte über ihren Rücken zwischen ihre Pobacken und schließlich zu ihrer nassen Spalte. Sie empfing ihn ebenso bereitwillig wie ihr Mann, der sich so weit auf Alan gepfählt hatte, dass seine Eier auf dessen Bauch ruhten. Zwischen den unbehaarten Schenkeln ragte seine Erektion hervor, die er wie besessen mit der Hand bearbeitete, während er sich auf Alan bewegte, der den Kopf in den Nacken legte und dem Jungen auf sich entgegenstieß, während seine Finger tief in seiner Frau wühlten. Er spreizte die triefnasse Pussy mit seinen Fingern und schob dann vier gleichzeitig in sie hinein. Sie gab einen spitzen Schrei von sich und drängte sich ihm entgegen, während ihre

Blicke noch immer auf ihrem Mann lagen. Ihre Finger legten sich über seine, und gemeinsam rieben sie über dessen steinharte Erektion.

Alan wurde haltloser, er winkelte die Beine an, um mehr Widerstand zu haben, und rammte ungehemmt in den weichen kleinen Arsch, der sich so hungrig um ihn zusammenzog. Der junge Mann lächelte sie beide mit verschleiertem Blick an, seine Eier zogen sich deutlich spürbar auf Alan zusammen, und er spritzte seinen Samen hoch in die Luft, bis er auf Alans Brust und dem Gesicht der Frau landete.

In diesem Moment stöhnte diese auf, und die Kontraktionen ihres Schoßes um seine Finger verrieten Alan ihren Höhepunkt. Auf diese Weise an zwei verschiedenen Stellen gemolken, kam auch Alan tief in dem anderen Mann und brüllte sein Kommen heraus.

Noch während er erschlafft auf dem Rücken lag, rutschte der Junge von ihm herunter und leckte sorgsam seinen eigenen Samen von Alans Brust.

»Das war gut«, schnurrte die Frau und leckte sich selbst etwas weißen Samen von den Lippen. »War es das, was du gesucht hast?«

Alan, der nur langsam wieder zu Atem kam, schüttelte den Kopf. »Es war gut«, meinte er, »aber ich bin auf der Suche nach einer Frau. Blond, groß, mit einem Muttermal auf dem Schlüsselbein.«

Der Mann hatte sich zu seiner Frau gebeugt und leckte ihr zärtlich die letzten Spuren seines Höhepunktes von der Wange, hielt nun aber inne. »Ein Muttermal an der Stelle habe ich hier schon gesehen«, sagte er.

»Wo denn?«, fragte ihn seine Frau.

»Gestern, nach der Eröffnungsfeier«, erklärte er und küsste der Frau den letzten Fleck von der Haut.

Alan setzte sich auf. »Wo genau?«, fragte er hastig.

Der Mann klemmte sich einige Locken hinter die Ohren. »Sie ist mit einigen Männern im Spielzimmer verschwunden. Ich nehme an, sie hat dort in der Ecke ihr Quartier.«

Alan bedankte sich hastig und machte sich auf die Suche nach Laurene. Er fand sie in einem tiefen Kuss mit zwei Männern, die gleichzeitig mit ihren Brüsten und ihrer hübschen Pussy spielten.

Alan kniete sich hinter sie und biss in ihren Nacken, was die Französin überrascht aufblicken ließ. »Mon petit chou«, raunte sie zufrieden, während die beiden Männer sich nicht stören ließen und einfach weitermachten.

Alan tat, als würde er sich an Laurenes Hinterbacken reiben, murmelte ihr dabei aber ins Ohr: »Sie ist hier, ich hatte recht. In der Oase habe ich sie nicht gefunden, aber ich habe einen Tipp bekommen, dass sie in der Nähe des Spielzimmers zu finden ist.«

»Das klingt nach einem guten Hinweis. Lass uns später dorthin gehen. Sie läuft uns schon nicht weg«, flüsterte sie und zog Alan näher an sich heran.

Kapitel 9

Nach dem Frühstück zog Sara sich zurück, um den Hofgarten in näheren Augenschein zu nehmen. Im Halbdunkel hatte sie nicht viel sehen können, und daher nahm sie sich Zeit, um sich in Ruhe umzusehen. Das Gelände war groß und das Kopfsteinpflaster durch die frühe Sonne aufgeheizt. Sara streifte die Ballerinas ab und lief barfuß über die holprigen Steine.

Sie wurde von dem Zaun am Ende des Hofgartens angezogen und lief zielstrebig darauf zu. Hinter dem Zaun ging es aber nicht einfach steil zum Fuß der Weinberge hinunter, wie sie vermutet hatte. Die Welt hinter dem Zaun bestand aus weich abfallenden Hängen, auf denen Pflaumen-, Apfel- und Kirschbäume wuchsen.

Sara sah sich um, fand schließlich, was sie suchte – der Zaun wurde etwa zehn Meter weiter von einem kleinen Tor unterbrochen, und sie drückte versuchsweise auf die Klinke. Das Tor glitt auf, und Sara schlüpfte hindurch. Das Gras unter ihren Füßen war ebenso warm wie die aufgeheizten Steine, aber wesentlich weicher.

Wohlig grub sie ihre Zehen zwischen die Halme und in die lockere Erde. Jeder Schritt wurde zu einer kleinen Sensation, die sie genoss.

Ohne festes Ziel spazierte sie durch den Garten immer weiter weg vom Haus, bis sie sich schließlich unter einem sehr alten knorrigen Apfelbaum niederließ. Die Früchte waren noch nicht ganz reif, glänzten aber schon einladend in der Mittagssonne.

Die Augen geschlossen, lehnte Sara sich zurück und ließ sich von der warmen Brise streicheln, die unter ihr Kleid fuhr und den Stoff aufbauschte. Sie seufzte leise und drückte ihre Wange an die raue Rinde.

Ein verstohlener Laut wurde mit der Brise getragen, und Sara schlug die Augen wieder auf. Hatte sie sich getäuscht? So leise wie möglich stand sie auf und lauschte. Da war es wieder – ein leises Geräusch, fast nicht zu hören.

Sara lugte hinter dem Baum hervor und biss sich auf die Lippe, als sie den Ursprung des Geräusches zu Gesicht bekam. Es war ein jugendliches Pärchen, beide in leichter Sommerkleidung, die sich unter einem nahen Kirschbaum küssten. Sie wirkten verstohlen, als wüssten sie, dass sie auf dem Gelände nichts zu suchen hatten. Die Gefahr, entdeckt zu werden, reizte sie anscheinend, denn ihre Umarmung war innig, und ihre Küsse waren gierig. Das junge Mädchen hatte langes, atemberaubend goldfarbenes Haar und dunkel gebräunte Haut. Sie hatte die Pubertät noch nicht lange hinter sich, aber Sara war sicher, dass dieses junge Geschöpf jeden Mann mit Leichtigkeit um den Finger wickeln konnte. Ihr Liebhaber stand ihr in der Hinsicht in nichts nach: Er hatte schwarze kurze Haare, ebenso dunkle Haut, und sein ganzer Körper strotzte vor viriler Lebenskraft. Unter den aufgekrempelten Hemdsärmeln bewegten sich geschmeidige Muskeln, und seine Arme hielten das gazellenartige Mädchen an sich gedrückt. Die beiden hatten es eilig. Immer wieder unterbrachen sie ihre heißen Küsse, um sich umzusehen, aber außer Sara war niemand anderer im Obsthain. Und diese verbarg sich so weit es ging hinter dem Stamm des Apfelbaums, um nicht entdeckt zu werden. Die Hingabe der beiden faszinierte und beeindruckte sie zugleich. Kompromisslos öffneten sie sich füreinander.

Der Junge hatte die Bluse seiner Begleiterin geöffnet und ihren BH hochgeschoben. Ihre Brüste waren klein, mit rosigen Brustwarzen, die sich angesichts der Aufmerksamkeit, die ihnen zuteil wurde, zu kleinen Nippeln zusammenzogen. Mit einem erstickten Grollen beugte der Junge sich darüber und sog die Köstlichkeit in seinen Mund. Das Mädchen stöhnte, die langen Finger in seinen Haaren vergraben.

Leise französische Worte drangen zu Sara herüber. Sie verstand sie nicht, aber das war auch nicht nötig, um zu wissen, was das Mädchen ihrem Freund da sagte. Sara presste sich an den Baumstamm und schluckte, die harte Rinde grub sich durch den Stoff des Kleides, drückte erregend gegen ihren Bauch, die Brüste und ihren Venushügel. Sie stellte die Beine ein wenig auseinander, um den Druck zu verstärken.

Der Junge wollte selbst erhalten, was er gab, und er kam wieder höher, flüsterte seiner Begleiterin etwas ins Ohr. Dabei nahm er ihre schmale Hand und führte sie an die Vorderseite seiner Arbeitshose. Das Mädchen schüttelte seltsam scheu den Kopf, und das Murmeln des Jungen wurde eindringlicher. Er knöpfte seine Hose auf und präsentierte seiner Freundin sein hartes Glied. Deren Mund formte ein rundes O, und unsicher streichelte sie über die gesamte Länge des Schafts. Der Junge lächelte triumphierend und reckte ihr seine Hüften entgegen, was seine Freundin ermutigte. Sie umfasste ihn mit beiden Händen und rieb ihn ein wenig ungeschickt, doch mit einer neu erwachten Leidenschaft, die Sara selbst aus der Entfernung spüren konnte.

Der Junge stützte sich mit den Händen an dem Baum ab und bewegte sich selbst in den weichen Händen. Nach einer Weile umfasste er die Schultern seiner Freundin und drückte sie auf die Knie. Das war ihr nun doch zu viel, und sie wehrte sich, schüttelte heftig den Kopf.

»Tu es doch«, wisperte Sara zu sich selbst, »nun mach

schon.« Sie selbst sehnte sich danach, dieses heiße, pochende Stück Fleisch tief in ihren Mund aufzunehmen. Dieser Schwanz weckte ihr Begehren, so hart und heiß, wie er zwischen dem schwarzen krausen Schamhaar emporragte.

Sara leckte sich über die Mundwinkel und erging sich in Vorstellungen, wie der stramme Schaft zwischen ihre Lippen wandern würde, wie sie damit spielen und diesen jungen Mann bis an den Rand der Ekstase treiben würde, ehe sie sich umdrehte, um sich ihm darzubieten …

In der Realität hatte der Junge seine Freundin dazu gebracht, sich umzudrehen und sich nun ihrerseits mit den Händen am Baumstamm abzustützen.

Ein wenig unsicher sah sie über die Schulter, um herauszufinden, was er da tat, aber sein Kopf verschwand unter ihrem Rock, und kurz darauf quiekte sie auf. Ihre Knöchel traten weiß hervor, so fest klammerte sie sich an die raue Rinde. Ihre Beine glitten wie von allein auseinander.

Sara wollte am liebsten fluchen – der Rock dieser Göre verdeckte jede Sicht, und sie konnte nur ahnen, was der Junge darunter mit ihr anstellte.

Deutliche Bilder tauchten in ihrer Einbildung auf, vermischten sich mit dem, was sie sah. In Saras Vorstellung war sie selbst es, die dort vornübergebeugt an dem Baum stand. Der schwarzhaarige Junge kniete zwischen ihren Beinen und hatte seine gierige Zunge tief in ihrer feuchten Pussy versenkt, um auch den letzten Tropfen von ihr aufzunehmen. Dabei rieb er sich selbst, bis sein Schwanz noch härter und dicker war als zuvor.

Der ungestüme, mit Hormonen vollgepumpte Junge, der er war, würde er sich direkt auf ihr Allerheiligstes stürzen, würde ihre Grotte lecken und ihre Perle reizen, bis sie kommen würde.

Sara rieb sich fester an der Rinde des Baums, angeregt durch ihre eigene Phantasie. Die Bilder verschwanden jedoch, als der Junge sich wieder hinstellte. Seine Liebkosungen hatten ihn zu einem anderen Ziel geführt, das Mädchen atmete mittlerweile schwer und bettelte mit sinnlicher Stimme. Er nickte nur und schlug ihr den Rock hoch, bis ihr Hintern sichtbar wurde, der sich ihm anbot. Ihre Scham war mädchenhaft rosafarben und nur spärlich mit Schamhaar bedeckt.

Er sah sich noch einmal um, stellte sich dann in Position zwischen ihre Beine und drang bis zum Anschlag in sie. Das Mädchen rang nach Luft, keuchte und stieß weiter Aufforderungen auf Französisch aus. Er ließ sich davon nicht beirren, sondern beugte sich vor, um ihre Brüste zu umfassen, die noch immer aus der Bluse baumelten. Gierig trieb er sich in sie, und das Klatschen von Haut auf Haut war für Sara deutlich zu hören. Sie konnte ihren Blick einfach nicht von dem Pärchen nehmen, und ihr Schoß rieb sich im gleichen Rhythmus an dem harten Baumstamm, während der Junge in seine Freundin stieß. Es war fast so, als würde er sie, Sara, auf diese Weise ficken, und nicht die kleine Französin.

Er war jung und hatte nicht viel Erfahrung. Schon nach wenigen Minuten warf er den Kopf in den Nacken und zuckte noch einmal, eher er seinen tropfenden, langsam erschlaffenden Schwanz aus dem Mädchen zog. Sara knurrte frustriert. Sie war noch nicht gekommen, aber sie konnte auch nicht riskieren, hier noch weiter stehen zu bleiben. Noch während die beiden ihre Kleider wieder in Ordnung brachten, wandte sie sich ab und suchte einen versteckten Weg zurück zum Hof. Auf halber Strecke kam ihr Armand entgegen. Er musterte ihr gerötetes Gesicht, aber zu Saras Erleichterung sagte er nichts. Vielleicht hielt er es auch nur für eine Auswirkung der Hitze.

»Amüsieren Sie sich gut hier?«, fragte er höflich, aber mit einem freundlichen Lächeln.

Nun doch verlegen, strich Sara sich die Locken zurück. »Ja, es ist wirklich bezaubernd hier.«

»Vor allem die … Aussicht ist etwas, was unsere Besucher immer wieder begeistert«, meinte er mit einem Schmunzeln und zog einen Briefumschlag hervor. »Mr McLaughlin bat mich, Ihnen das zu geben.«

Sara nahm den Umschlag ein wenig zittrig entgegen und verbarg ihre Hand schnell wieder. »Was ist das?«, wollte sie wissen.

»Eine Einladung zu einer Weinverkostung. Alles Weitere finden Sie in den Notizen.« Er deutete eine Verbeugung an, und Sara verabschiedete ihn. Mit dem Umschlag in der Hand blieb sie zurück.

Ein wenig unschlüssig stand Sara vor der Treppe zum Weinkeller. Sie war steil, und überall hatte sich Feuchtigkeit auf den Steinen abgesetzt. Es hätte sie nicht gewundert, wenn sie auch irgendwo Moos gesehen hätte, aber davon waren sowohl die Steinwände als auch die Treppenstufen frei. Dennoch bewegte sie sich sehr vorsichtig, als sie hinunterstieg.

Die Tür besaß keine Klinke, sondern nur einen altmodischen Ring. Sara stemmte sich mit ihrem ganzen Körper gegen die grüngestrichene Holztür und taumelte, als diese sich leicht aufschieben ließ. Dahinter war die Luft trockener als auf der Treppe, und Kerzenlicht erhellte den Weinkeller. Die Decke war hoch, und zu beiden Seiten lagerten riesige Fässer, deren Wert und Inhalt Sara nur erahnen konnte. Sie berührte eins der dicken Gefäße und spürte raues Holz. Fast glaubte sie, die kostbaren Flüssigkeiten hinter den Bohlen arbeiten zu spüren.

Jared hatte sie während ihrer Ehe den Wert und Geschmack von Wein gelehrt. Das war eins der Dinge, für die sie ihm eigentlich dankbar war. Warum nur hatte sie das so lange vergessen?

»Willkommen, Schneewittchen, im Reich des Weinkönigs.« Jared lächelte, als er hinter einem der Fässer hervortrat. Seine Kleidung wirkte lässig. Er trug eine offene Weste über einem Hemd und einer weich fallenden Stoffhose.

»Du wirst kitschig, mein Lieber«, spottete Sara, lachte aber.

Er breitete nur die Hände aus und neigte leicht den Kopf, als wolle er sich entschuldigen, aber das Aufblitzen in seinen Augen verriet ihn. Er genoss es, auf diese Weise mit ihr scherzen zu können. »Ich hoffe, der Weg war nicht zu unheimlich für dich?«, sagte er und trat näher. Sein Arm legte sich wie selbstverständlich um Saras nackte Schultern und führte sie tiefer in den Weinkeller hinein.

»Ich bin kein kleines Kind, Jared«, mahnte sie ihn, und er nickte, als wäre das genau das, was er gesagt hatte. »Erinnerst du dich an unseren kleinen Ausflug nach Kalifornien?«

Sara spürte einen Anflug von Hitze auf ihren Wangen. Sie waren kurz nach ihrer Hochzeit für drei Tage in das Weinanbaugebiet Amerikas gefahren und hatten verschiedene Weine gekostet. Meist aus dem Bauchnabel des anderen. Jared lächelte breiter. »Ich sehe, du erinnerst dich«, erwiderte er.

Vor ihnen machte der Weinkeller einen Knick, und Jared führte sie um die Ecke. Auch hier waren überall Fässer und einige Nischen im Mauerwerk. In einer der Nischen hatte man eine großzügige Liege aufgestellt, die mit einem Tuch bedeckt war. Jared führte sie dorthin und bat sie leise, sich hinzulegen.

»Was soll das werden?«, fragte Sara, mehr aufgekratzt als nervös.

»Ich möchte dich zum Vergleich den Wein aus dieser Gegend kosten lassen. Wie du sicherlich gesehen hast, befindest du dich hier auf einem alten Weingut. Ich keltere hier nicht mehr, aber der Vorbesitzer hat mir einige seiner edelsten Tropfen überlassen.«

»Das muss ihn ein Vermögen gekostet haben«, meinte Sara mit einem Blick auf die Fässer um sie herum.

»Wohl eher hat es mich ein Vermögen gekostet, aber diesen Juwelen konnte ich nicht widerstehen.«

Sara gab lediglich einen amüsierten Laut von sich. »Und wie soll ich deine auserwählten Tropfen kosten?«, fragte sie und stützte sich rücklings auf ihre Ellbogen auf. Die Liege hatte am Kopfende eine Erhebung, aber noch wollte Sara sich nicht ganz hinlegen. Sie fixierte Jared, der noch immer vor ihr stand, die Hände lässig in den Hosentaschen. Er lächelte und wandte sich um. Kurz darauf kam er mit einem Gefäß zurück. Es war eine Art Glas, das oben offen war, einen bauchigen Mittelteil besaß und sich nach unten hin verjüngte. Die untere Öffnung hatte eine Kugel aus geätztem Glas, die den Ausgang verschloss, wenn man die Glaskugel nicht bewegte. Die obere Öffnung war mit drei Eisenringen versehen, die in drei Ketten mündeten, so dass man das Glas von oben festhalten konnte.

»Fangen wir mit etwas Leichtem an«, sagte er und ging zu einem Fass schräg gegenüber der Liege.

Sara legte sich nun doch zurück und wartete auf das, was da kommen mochte. Sie hörte das leise Rauschen von Flüssigkeit und dann das Klopfen von Holz gegen Holz, als der Stopfen des Fasses wieder zugezogen wurde. Jareds Schritte hallten durch den katakombenartigen Weinkeller, bis er wieder vor der Liege stand.

Sara sah eine rote Flüssigkeit im Innern des Glases. Sie legte sich ganz auf die Liege und schaute Jared erwartungsvoll an.

»Das Glas habe ich aus dem Erbe des Vorbesitzers übernommen«, erklärte er und trat hinter das Kopfende der Liege. Er sah spiegelverkehrt auf Sara herunter und ließ das Glas direkt über ihrem Gesicht nieder. Wenige Zentimeter vor ihrer Nasenspitze verharrte er. »Sein Vorfahr hat es benutzt, um die jungen Weinpflückerinnen aus der Umgebung zu verführen. Die Form des Glases machte sie neugierig, und er erlaubte ihnen, daraus den teuersten Wein des Gutes zu trinken, bis sie sich ihm völlig berauscht hingaben.«

Sara sah auf die glänzende Flüssigkeit in dem Glas. Das Licht brach sich darin und ließ den Wein edel und köstlich aussehen.

»Dabei konnten nur die geschicktesten Pflückerinnen genug Wein erhaschen. Wer eine ungeschickte Zunge hatte, ging leer aus und musste sich mit den Resten aus dem Stampfbottich begnügen.« Er lachte leise. »Bist du geschickt genug, mein Schneewittchen?«

Sara betrachtete das Glas. Ihr Ehrgeiz war angestachelt, wenn auch nur spielerisch, und sie wollte diesen Wein probieren – Jared würde bei so etwas nicht lügen, dieser Tropfen war es sicher wert, gekostet zu werden. Was konnte es schon schaden?

Sie legte den Kopf ein wenig weiter in den Nacken, bis die dünne untere Öffnung des Glases über ihren Lippen war. Versuchsweise ließ Sara ihre Zungensitze gegen das Glas tippen. Die Kugel war schwer, und alles, was Sara zu fassen bekam, war nur das kühle Glas. Sie gab einen verärgerten Laut von sich und drückte fester zu. Und tatsächlich, einige wenige Tropfen der rubinroten Flüssigkeit kamen aus der Öffnung und benetzten Saras Lippen. Sie leckte sie rasch auf und seufzte zufrieden, Jared hatte wirklich nicht gelogen. Sie wollte aber mehr davon. Um besseren Halt zu haben, legte sie ihre Lippen um die schmale Glasöffnung und ließ ihre Zunge spielen. Rasch drückte sie die Glaskugel so weit es ging in den Öffnungshals hinein und zog rasch den Kopf zurück, als zu viel Wein auf einmal ihren Mund füllte. Sara schluckte, ehe sie abermals ihre Lippen um das Glas legte, tupfte aber diesmal vorsichtiger gegen die Kugel.

Es brauchte einige Versuche, bis sie die richtige Dosierung gefunden hatte, wie sie die Kugel umzüngeln musste, um nicht zu viel und nicht zu wenig Wein kosten zu können. Viel zu schnell war das Glas jedoch leer. Sara ließ den Kopf auf die Liege sinken.

»Ich sehe, er hat dir geschmeckt«, stellte Jared zufrieden fest und entzog ihr das Glas. »Aber ich möchte dir noch einen Wein vorstellen, sozusagen die Krönung meiner Sammlung.«

Sara legte sich auf die Seite und beobachtete ihn diesmal dabei, wie er abermals Wein aus dem Fass in das bauchige Glas füllte. Jetzt wurde es wesentlich voller als beim ersten Mal.

Die Flüssigkeit war ein wenig dicker als zuvor, und das Licht brach sich kaum noch darin. Allein der Anblick ließ Sara das Wasser im Munde zusammenlaufen. »Das ist kein gewöhnlicher Wein, oder?«

Jared nickte. »Das hier ist eine besondere Mischung aus diesem Weingut. Es wird ein ähnliches Verfahren wie für Aceto Balsamico di Modena angewandt. Der Wein reift und wird durch Zugabe von Balsamessig verdickt. Er erhält dadurch eine interessante Note, süß und würzig.«

Sara blickte ein wenig skeptisch drein, legte aber bereitwillig den Kopf in den Nacken, als Jared das Glas über sie hob. Dieser Wein war schwerer zu erhaschen als der letzte. Durch seine Konsistenz floss er nur langsam herab, und es brauchte mehr Geduld und Zungenfertigkeit, um einige Tropfen davon abzubekommen.

Jared hatte sich mittlerweile zu ihr auf die Liege gesetzt und beobachtete fasziniert ihre Zungenspiele. »Ich zeige dir einen kleinen Trick, der das Glas beim alten Gutsbesitzer so beliebt gemacht hat«, meinte er lächelnd. »Zieh dich aus.«

»Was?«

»Ich habe dich schon mehrfach nackt gesehen, Schneewittchen. Glaub mir, es wird sich lohnen.«

Sara zögerte, stand dann aber auf. Sie wusste, dass nun eins von Jareds Spielen folgte, aber das war es auch gewesen, worauf sie sich vorbereitet hatte. Es hätte sie nicht überraschen sollen, dass so etwas passierte. Dennoch fühlte sie sich gehemmt, als sie aufstand und das leichte Sommerkleid über ihre Schultern gleiten ließ. Ihre vollen Hüften hielten es auf, und darunter trug sie keinen BH, nur die weichen schwarzen Locken bedeckten ihre Haut.

Jared saß noch immer vor ihr und betrachtete sie. »Ganz nackt«, sagte er nur und machte sich keine Mühe zu verbergen, dass ihr Anblick ihn erregte.

Sara spürte ein altvertrautes Kribbeln in ihrem Schoß, und sie presste die Schenkel fester aneinander. Sorgsam schob sie ihr Kleid über die Hüften, bis es zu Boden fiel. Nur noch mit Slip und Schuhen bekleidet, stand sie vor ihm und musste den Impuls unterdrücken, sich wegzudrehen, damit er aufhörte, sie so begehrlich anzuschauen. Jared legte das Glas auf die Liege und trat zu ihr, so nah, dass sein Atem sie streifte.

»Du bist so wunderschön, mein Herz, so geil«, raunte er und umfasste ihre linke Brust, deren Spitze unter der Berührung sofort hart wurde. »Ich könnte dich den ganzen Tag lang ansehen und es mir dabei selbst besorgen.«

»Du wolltest mir etwas zeigen«, sagte Sara hastig und blickte krampfhaft auf Jareds Adamsapfel. Am liebsten hätte sie ihm diese Weste und die Hose vom Leib gerissen und ihn angefleht, sie endlich zu ficken, immer wieder in sie zu stoßen, bis sie sich unter ihm wand und endlich kommen durfte. Aber damit würde sie alles wegwerfen, was sie in den letzten drei Jahren für sich selbst geschaffen hatte.

Jared nahm ihr die Ablehnung nicht übel. Er küsste ihre Stirn und ging dann vor ihr auf die Knie. So behutsam, als würde er Seidenpapier von ihrem Körper ziehen, streifte er ihr den Stringtanga ab und winkelte eins ihrer Beine an, um ihr ihn ganz auszuziehen. Dabei hauchte er einen kaum merklichen Kuss auf die Innenseite ihres Knies.

Sara konnte nicht verhindern, dass ihre Hand durch sein helles Haar fuhr, der Drang war zu mächtig.

Jared ging darauf nicht ein. Er stand wieder auf und führte Sara zurück zur Liege, hieß sie, sich auf den Rücken zu legen. Bestimmt schob er ihre Beine auseinander und stellte sich mit dem Glas neben die Liege. »Mit der Zunge ist es schwer, den Wein herauszubekommen«, meinte er. »Aber durch ein wenig Druck kann man den Inhalt ganz leicht erreichen. So.« Er beugte sich über sie, und die Spitze der Öffnung berührte Saras aufgerichtete Nippel. Nahezu mühelos wurde die Kugel zurückgedrückt, und dickflüssige rote Tropfen rannen heraus, liefen über die schneeweiße Haut ihrer Brüste. Es war kühl, und Sara stöhnte leise.

Jared nahm einen der Tropfen mit dem Finger auf und hielt ihn Sara an die Lippen, die ihn gierig ableckte. »Aber so können wir den teuren Wein ja nicht einfach in den Laken versickern lassen, stimmt's?«, flüsterte er, während sie den würzigschweren Tropfen von seinem Finger lutschte.

Er entzog sich ihr, und sie wollte frustriert aufschreien. Wenn sie schon nicht ihn haben konnte, wollte sie doch wenigstens mehr von dieser Süße!

Jared richtete sich ganz auf und winkte. Kurz darauf erschien ein Mann aus dem hinteren Gang. Er war nackt und nahezu riesig. Sein Kopf befand sich fast auf einer Höhe mit dem oberen Rand der Weinfässer – Sara keuchte leise, als sie sah, dass alles an ihm seiner Größe entsprach. Er war nicht nur nackt, sondern auch erregt, und sein Schwanz ragte wie eine Waffe zwischen seinen muskulösen Schenkeln hervor. Ohne ein Wort kniete er sich auf der anderen Seite der Liege nieder und beugte sich zu Saras Brüsten. Wild begann er, den Wein von ihrer Haut aufzulecken. Der Reiz kam so plötzlich und war so intensiv, dass sie sich ihm willenlos entgegenbäumte.

»Langsam, genieß es«, sagte Jared lächelnd, und seine Blicke waren auf sie beide gerichtet.

Sara schluckte, schon berührte das kühle Glas wieder ihren Körper, und wieder floss roter Rebensaft über ihre Haut. Die Flüssigkeit rann über ihren Bauch, sammelte sich in ihrem Bauchnabel und floss durch die heftige Atmung ihre Taille hinab. Der Hüne leckte sie ebenso gierig auf wie zuvor. Sara wand sich unter seiner Zunge, die tief in ihren Bauchnabel eintauchte und sie erzittern ließ. Sie spürte noch mehr Nässe, diese aber zwischen ihren Beinen. Ihre Klitoris war angeschwollen und heiß. Und als Sara die Schenkel zusammenpresste, spürte sie diesen Lustpunkt nur zu deutlich. Sie spreizte die Beine wieder so weit wie möglich und stützte die Hacken auf der Liege ab.

»Jared, dort«, wimmerte sie, während der riesenhafte Mann begierig über ihre Lenden leckte und hineinbiss. Der Biss erregte sie fast mehr als seine Zunge, und sie klammerte sich in das Tuch unter ihr. »Jared, bitte«, wimmerte sie erneut und stieß ihre Hüften hoch, bettelte darum, dass ihr ehemaliger Mann etwas von diesem süßen Wein auf ihre Pussy tröpfelte, damit sie diesen lüsternen Mund auch dort spüren konnte.

Dieser Wunsch wurde ihr nicht erfüllt. Die Öffnung des Glases glitt über ihren Hals, ihre Lippen, und nur einen Moment später drang die Zunge des Hünen in ihren Mund. Sara packte seine Schultern, hielt sich an den Muskeln fest, während ihre Zunge mit seiner rang. Er schob seine Hand unter sie, packte ihren Po und knetete ihn. Sie schrie in seinem Mund auf. Mittlerweile spürte sie ihre eigene Nässe an der Innenseite der Schenkel, und ihr Körper war nur noch ein williges, geiles Loch, das nach Befriedigung lechzte. Noch während sie den fremden Riesen küsste, erlöste Jared sie, und sie spürte den schlüpfrigen Ausgang des Glases zwischen ihre nassen Schamlippen gleiten. Er machte sich einen Spaß daraus, es hin und her zu bewegen, möglichst viel von dem Wein in ihr zu verteilen, bis ihr eigener Saft sich mit dem der Reben vermischte.

Es dauerte nicht lange, bis der Hüne bemerkte, was vor sich ging. Er hob den Kopf und beobachtete aufmerksam, wie Jared die Öffnung immer wieder tief zwischen Saras Beine schob und sie dann wieder zurückzog. Nach einer Weile hatte er genug gesehen – er schob das Glas weg und positionierte sich am Fuß der Liege. Ihre Blicke kreuzten sich, und die maßlose Gier in seinen Augen trieb sie weiter an. Er presste seinen Mund auf ihre Scham, schob die große Zunge tief in sie hinein.

Sara gab einen erstickten Laut von sich, auch noch, als er ihre Knöchel packte und ihre Beine höher schob, um ihre Pussy näher zu sich zu bringen. Erneut stieß er in sie, fickte sie regelrecht mit der Zunge, bis Sara fast die Beherrschung verlor. Sie machte sich los und zerrte ihn an seinem Arm höher. Es brauchte keine Ermutigung ihrerseits – er legte sich zwischen ihre Beine und nahm seinen riesenhaften Schwanz in die Hand, um sich mit einem einzigen langen Stoß in sie zu schieben. Er war groß, Sara wurde gänzlich von ihm ausgefüllt und schien ihn noch in ihrem Bauch zu spüren. Sie stöhnte und schlang ihre Schenkel um seine Hüften.

»Fick mich, bitte«, flehte sie, und er hielt sich am Kopfende der Liege fest, um gleich einen rauen fordernden Rhythmus anzuschlagen. Sara keuchte zufrieden, hielt sich an dem massigen Körper über sich fest und kam ihm in seinen Stößen so gut es ging entgegen.

Feucht und hitzig., wie sie war, war jeder Stoß dieses riesigen Schwanzes in ihr ein elektrischer Schlag, der ihren ganzen Körper durchfuhr. Die Spannung hielt sie fest im Griff, ihr Körper glich einer gestrafften Bogensehne, die kurz vor dem Zerreißen war. »Gut so«, keuchte sie willenlos, »mehr, besorg es mir fester, mach es mir!«

Er zeigte keine Anzeichen, ob er sie verstanden hatte. Nur einen Moment später verkrampfte er sich auf ihr, und Sara konnte spüren, wie sein wunderschöner Schwanz, der ihr solche Lust bescherte, noch ein wenig mehr anschwoll. Der Hüne kam tief in ihr, und das reichte ihr, um die eigene Spannung zu entladen.

Kapitel 10

Der nächste Tag begann erst spät. Sara war müde, aber nicht erschöpft – wieder einmal waren ihre Träume angefüllt gewesen mit Berührungen, Ekstase und schmutzigen Worten, und wieder einmal wechselte das Gesicht ihres nächtlichen Liebhabers zwischen Jareds und Alans. Dabei konnte sie sich sicherlich nicht beschweren, dass sie in den letzten zwei Tagen zu wenig Sex bekommen hätte.

Sara musste über sich selbst den Kopf schütteln, als sie im Spiegel ihr eigenes Grinsen sah. Sie fühlte sich sehr lebendig, und allein die Erinnerung an die vorangegangenen Stunden ließ sie feucht werden. Vielleicht sollte sie diese sieben Tage wirklich als Urlaub von und für sich selbst verstehen? Was hatte sie schon zu verlieren? Im besten Fall würde sie eine Woche wirklich ihren Vorlieben nachgehen und kam noch mit der Rettung für ihre Agentur zurück nach Hause. Der Gedanke gefiel ihr, und sie stand auf, um sich zu duschen. Diesmal frühstückte sie allein auf der Terrasse. Sie fand dort alles so vor wie schon am Tag zuvor, nur die Bedienung mit der Spitzenmaske und Jared fehlten.

Sara lauschte beim Essen eine Weile dem Cellospiel der nackten Frau und genoss die Aussicht.

Es war bereits später Nachmittag, als sie schließlich hinunterging. Im Flur mit den vielen Türen blieb sie jedoch stehen. Jared hatte ihr gesagt, dass sie jeden Raum dieses Gebäudes besuchen durfte, und Sara verspürte nicht übel Lust, das auch zu tun. Sie ging an den verschiedenen Türen entlang, und ihre Finger glitten über die verschiedenen Materialien und Formen. Dann blieb sie an der Metalltür stehen, die so vollkommen unpassend in der Wand prangte. Als Türklinke war ein einfaches schmales Stahlrohr angeschweißt worden.

Sara drückte die Tür auf. Dahinter befand sich ein kleiner Raum, ebenfalls ganz aus Metall. Alles glänzte sauber, und in der Mitte stand eine Art Bock aus Edelstahl. Eine Frau war darauf festgeschnallt worden. Ihre Arme und Beine waren an die Beine des Bocks fixiert, und das Erste, was Sara auf diese Weise präsentiert wurde, war ihre weit geöffnete Pussy. Der Anblick ließ Sara zurückprallen, aber sie drehte sich nicht weg.

Vor dem Bock standen an der gegenüberliegenden Wand zwei Männer. Sara erkannte einen der beiden als Armand. Sie standen mit aufgerichteten Schwänzen und eindeutiger Vorfreude im Blick dort, hielten sich aber zurück. Grund war eine weitere Frau neben dem Bock, die im Gegensatz zu den drei anderen etwas anhatte. Sie trug einen schmalen String und einen Strapsgürtel, an dem grobmaschige Netzstrümpfe befestigt waren. Ihre Brüste wurden durch eine Lederkorsage hervorgehoben und von einem durchsichtigen Oberteil bedeckt. Ihre langen Beine steckten in glänzenden roten Pumps, deren Absätze auf dem Metallboden klickten, während sie vor dem Bock hin- und herlief.

»Besuch?«, fragte sie in Saras Richtung.

»Ich wollte nicht stören, ich habe nur …«

»Schon gut. Mach die Tür zu und bleib da stehen. Ich will keinen Mucks hören«, befahl die Domina herrisch, und Sara kam ihrer Aufforderung nach. Sie lehnte sich an die geschlossene Tür und beobachtete interessiert das Geschehen.

Die Domina schien genau zu wissen, was sie tat und zog damit Saras Aufmerksamkeit auf sich. Die beachtete Sara aber nicht weiter, sondern schritt um die Frau auf dem Bock herum, begutachtete sie wie ein Zuchttier. Immer wieder griff sie ihr grob zwischen die Beine, zog den Kopf an den blonden Locken zurück und klatschte ihr auf die Seite.

Die beiden Männer standen noch immer reglos an der Wand, nur ihre mittlerweile zuckenden Schwänze, aus denen der erste Vorsaft perlte, verrieten ihre Erregung. Die Frau auf dem Bock gab keinen Laut von sich, und Sara konnte nur ahnen, was diese Prozedur mit ihr anstellte. Die weit aufklaffende Pussy und das feuchte Schimmern verrieten ihr genug.

»Ich denke, du bist bereit, bestiegen zu werden«, sagte die Domina knapp, nachdem sie noch einmal zwei Finger tief zwischen den Schamlippen hatte verschwinden lassen. Sie winkte Armand zu sich, der gehorsam näher trat.

Sara war beeindruckt von seiner Erektion und seinem Körper – er war wesentlich muskulöser, als sie vermutet hatte, auch wenn sie ihn bereits nur in seiner Toga gesehen hatte. Der Anblick des zitternden Schwanzes lenkte ihre eigenen Vorstellungen in die entsprechende Richtung, und sie verspürte einen heftig aufwallenden Neid auf die Frau auf dem Bock. Sara wünschte sich in diesem Moment, selbst derart dort festgeschnallt zu sein und gleich zwei Schwänze genießen zu dürfen. Hier war sie aber nur zum Zusehen verdammt.

Armand kniete sich hin und spreizte mit seinen Fingern die ohnehin schon weit offene Scham der Frau auf dem Bock. Um sie weiter zu reizen, nahm er die harte Perle zwischen zwei Fingerkuppen und rieb sie. Ein lautes Stöhnen war zu hören, was der Domina nicht zu gefallen schien. Bevor Sara es kommen sah, sauste auch schon ihre flache Hand klatschend auf den nackten Po der Frau, und diese schrie auf. »Keinen Mucks habe ich gesagt«, befahl die Domina mit schneidender Stimme, und das Opfer auf dem Bock wand sich. »Hast du das verstanden, du mieses kleines Flittchen?«

»Ja … ja, Herrin«, stöhnte die angebundene Frau.

Armand leckte über die deutlich sichtbare rote Klitoris der Frau, die sich wand, aber diesmal gehorsam den Mund hielt. Sara wurde neugierig und trat näher heran, sorgsam darauf achtend, dass sie weder der Domina noch dem zweiten Mann in die Quere kam. Sie stellte sich neben den Bock und konnte auch endlich das Antlitz der Frau erkennen. Sie war sehr jung und im höchsten Maße erregt.

Sara konnte bereits eine feuchte Spur ihren Oberschenkel hinabrinnen sehen. Die Domina trat vor den Bock und betätigte einen Knopf, der die Beine des Geräts verlängerte, so dass sich sowohl Pussy als auch der weit geöffnete Mund der Frau auf einer bequemen Höhe für die beiden Männer befanden.

»Du da, fang an«, wies sie Armand an, der nickte und sich hinter dem Schoß der Frau in Position brachte. Seinen Schwanz an der Wurzel umklammernd, schob er seine Lenden nach vorn und drang nur mit der Eichel in sie ein.

»Nein, tiefer«, schrie die Frau auf und erhielt einen weiteren heftigen Schlag auf den Arsch. Das Geräusch hallte in dem metallenen Raum laut wider. Unter dem Schock krampfte sich ihre Spalte zusammen, und Armand stöhnte, überrascht über den plötzlichen Reiz. Er zog sich wieder zurück und rieb sich an der nass glänzenden Pussy, feuchtete sein hartes Gerät nur an, ohne ihr wirklich das zu geben, was sie so sehnlich erhoffte.

Auf ein stummes Zeichen der Domina hin, näherte sich auch der zweite Mann. Er hielt seinen Schwanz umfasst und fuhr mit der Eichel quälend langsam die Lippen der Frau nach, die bettelnd den Mund aufgerissen hatte. Ihre Zunge wagte sich vor, aber auf einen drohenden Blick der Domina hin verschwand sie sofort wieder.

Der Mann zog die Tortur in die Länge – seine Eichel schob sich manchmal tiefer, zog sich aber immer wieder sofort zurück. Die Frau wand sich auf dem Bock, zerrte an ihren Fesseln und wimmerte leise. Ihr ganzer Körper war ein weit geöffnetes, sehnsuchtsvolles Loch, das nach etwas oder jemandem schrie, der es füllte.

Sara sah das Nicken der Domina nur deshalb, weil sie darauf geachtet hatte. Das Zeichen wurde von den beiden Männern mit einem Nicken wahrgenommen, und synchron schoben sie sich in die bettelnde Frau. Armand drang jedoch nicht in ihre Pussy ein – sein gut angefeuchteter Schwanz versenkte sich in dem festen Muskelring ihres Hinterns. Die Frau schrie laut auf, wurde aber sofort vom Penis des anderen Mannes geknebelt, der sich in sie schob.

Sein Schwanz war zu groß. Er war nur etwa zur Hälfte in ihr verschwunden, ehe er auf Widerstand traf. Die Frau auf dem Bock wagte es nicht, sich zu bewegen, aber es war auch nicht nötig. Beide Männer begannen, immer wieder in sie hineinzustoßen, harte Schäfte glitten in nachgiebiges nasses Fleisch.

Sara schluckte, gebannt von dem Schauspiel, das sich ihr bot. Sie bemerkte zu spät, dass die Domina zu ihr hingetreten war und sie beobachtete. »Gefällt dir, was du siehst?«, wollte sie wissen.

Sara konnte kaum den Blick von dem Trio nehmen. »Es ist … anregend«, murmelte sie.

»Das dachte ich mir. Willst du mitmachen?« Ganz anders als noch zuvor war da kein harter Zug im Gesicht der Herrin dieses Raums. Sie sah freundlicher aus, auffordernd und vertrauensvoll. Der abrupte Wechsel verwirrte Sara, aber die Einladung war verführerisch. Sie lächelte. »Warum nicht?«, meinte sie, und auch auf den vollen, blutrot geschminkten Lippen der Domina breitete sich ein zufriedenes Lächeln aus. »Wunderbar. Du bist auch gerne dominant, nicht wahr?«

»Das wechselt. Manchmal lasse ich mich gerne unterwerfen«, erwiderte Sara und sah wieder auf Armand und das Pärchen. Die Frau hatte sich ein wenig beruhigt und lutschte hingebungsvoll am Schwanz des zweiten Mannes, während Armand sie träge in den Arsch fickte.

Die Domina umfasste Saras Taille und führte sie näher an den Bock heran. Sie war kleiner als Sara, aber ließ keinen Widerspruch zu. »Weißt du, wie es ist, selbst jemanden zu ficken?«, fragte sie.

»Was meinen Sie damit?«

»Was meinen Sie damit, Herrin?«, ermahnte die Domina sie, und Sara nickte schuldbewusst.

Die Herrin winkte dem Mann, der mit dem Mund der Frau beschäftigt war, und er löste sich ohne ein Anzeichen von Widerwillen. »Luc, leg dich da auf den Boden.« Er tat es. Lautes Wimmern und Keuchen wurde hörbar – die Frau, ihres Spielzeugs beraubt, machte ihrer Lust und ihrem Verlangen Luft. Diesmal strafte die Domina sie nicht, Sara war interessanter. »Zieh dich aus!«

Sara tat es und wartete gespannt. Aufregung und die kühle des Raums sorgten für Gänsehaut und leises Prickeln in ihrem Schoß.

»Männer lassen sich auch gerne vögeln«, sagte die Domina lächelnd und streichelte die Stelle zwischen Saras Schenkeln. »Du bist schon weit genug, das ist gut. Knie dich hin.«

Noch immer gehorsam und voller Neugier kam Sara dem Befehl nach, und ihr Blick glitt über den Mann vor sich. Sein Brustkorb hob und senkte sich, und seine Blicke gingen nervös zwischen Sara, der Domina und dem Pärchen auf dem Bock hin und her.

Die Domina wies Sara an, sich zwischen seine Beine zu knien. »Nimm sein linkes Bein und leg es dir über die Schulter.« Sie tat es – er musste sich ein wenig zur Seite drehen, und die Muskeln unter der Haut bewegten sich anregend dabei. »Hak dein anderes Bein über seinen rechten Oberschenkel.« Es brauchte ein wenig Akrobatik, aber schließlich hockte Sara mit gespreizten Beinen über dem Schoß ihres Liebhabers, sein Bein auf ihrer Schulter.

Sie suchte seinen Blick und bemerkte ein Lächeln darin. Er sah auf eine grobschlächtige Art attraktiv aus, und der Gegensatz zwischen seiner muskulösen Gestalt, dem kantigen Gesicht und der doch hilflosen Pose, mit der er unter ihr lag, berührte sie.

Die Domina fasste seine Erektion und führte sie geschickt in Saras Spalte. Automatisch sank sie tiefer, um diesen Schwanz in sich ganz auskosten zu können. Es fühlte sich vollkommen an und weckte Saras Gier.

»Halt dich an seinem Bein fest, und nimm dir, was du brauchst«, raunte die Domina an ihrem Ohr.

Sara schmiegte ihre Wange gegen die muskulöse Wade an ihrem Hals und umklammerte den Oberschenkel mit beiden Armen. Jetzt verstand sie, was die Domina mit »jemand anderen ficken« gemeint hatte. Sara bewegte sich vor und zurück, es sah so aus, als wäre sie der Mann, der in die Pussy einer Frau stieß. Genug Halt fand sie an seinem Bein, und sie nutzte ihre Position aus, um sich selbst den besten Kick zu verschaffen.

Der Mann unter ihr konnte sich kaum bewegen, er war dazu verdammt stillzuhalten und konnte nur darauf hoffen, dass Sara ihm so bald wie möglich einen Orgasmus bescherte. Doch sie war noch nicht so weit wie er – als sie spürte, wie er in ihr noch weiter anschwoll, zog sie sich zurück. Die Domina hatte bemerkt, was vor sich ging, und kniete sich zu dem Mann. Sie griff zwischen Sara und ihn und zog seine Hoden tiefer. Er schrie gequält auf.

»Hab ich dir erlaubt zu kommen, du kleiner Bastard? Erst wirst du unseren Gast zum Kommen bringen, und dann darfst du deine Ladung loswerden!«

»Ja, Herrin«, keuchte er ergeben. Fast tat es Sara leid, dass er so behandelt wurde, aber die immer noch steife, heiße Erektion zwischen ihren Schenkeln machte deutlich, dass ihm diese Art von Sex gefiel.

Auffordernd nickte die Domina Sara zu. »Weiter.«

Sie nickte und drückte das muskulöse Bein wieder an sich. Sie nahm den Penis erneut in sich auf, verhielt aber erst und rieb ihre harten Brustwarzen an seiner Haut. Noch immer konnte sie das Stöhnen und die Schreie der Frau und Armands erregtes Knurren hören. Sara sah auf ihren Liebhaber herab und überließ sich ihrer Lust. Sie fickte ihn, sie nahm sich einfach, was er zu geben hatte. Nicht seine Lust zählte, sondern nur ihre, und genauso rücksichtslos widmete Sara sich ihrer eigenen Befriedigung. Wie von Sinnen ruckte sie gegen den harten Schwanz in sich, genoss das rutschende Gefühl ihrer beiden Körper aufeinander.

Wie aus weiter Ferne hörte sie den ekstatischen Schrei der Frau, die kam, und kurz darauf Armand, der sich in ihr ergoss. Sara brauchte noch einige Momente mehr. Sie knirschte mit den Zähnen, der Mann unter ihr verkrampfte sich. Sehnen traten an seinem Hals hervor, als er versuchte, seinen eigenen Höhepunkt aufzuhalten. Er tat alles, um dem Befehl seiner Herrin nachzukommen, aber an ihrem Hintern konnte Sara deutlich das Zusammenziehen seiner Hoden spüren. Er brauchte nicht mehr viel, und sie wollte während ihres Höhepunkts seinen heißen Saft in sich spritzen fühlen.

Gierig nahm sie ihn tiefer auf, umklammerte ihn mit ihren Muskeln, und schließlich hatte sie Erfolg – er presste die Lippen zusammen, seine Hände krampften sich auf dem Metallboden, und sein Schwanz drang so tief in sie wie nie zuvor – er überflutete sie regelrecht, und Sara hieß ihn willkommen. Sein Samen in ihr, der durch ihre Bewegungen verteilt wurde und wieder aus ihrer Spalte rann, ließ auch sie den Gipfel erreichen, und mit einem zitternden Seufzen sank sie einfach auf ihm zusammen.

Kapitel 11

Alan legte den Kopf in den Nacken und massierte ihn mit beiden Händen. Er saß auf dem Balkon vor Laurenes Zimmer, von dem aus er eine angenehme Aussicht auf die Landschaft um sich herum hatte. Doch Alan hatte keinen Blick dafür. Seit dem vorigen Tag war er, mal mit mehr, mal mit weniger Hilfe von Laurene, auf der Suche nach Susan Peters gewesen, aber immer wieder landete er in einer Sackgasse. Einige der Besucher konnten sich an die Blondine mit dem Muttermal erinnern, aber jedes Mal kam Alan zu spät.

Er atmete tief ein und rieb sich über die Stirn. Auf diese Weise kam er nicht weiter – er musste anders vorgehen. Auch wenn das bedeutete, dass er Sara aufsuchen und ihr alles erzählen würde. Außer … warum hatte er nicht schon zuvor daran gedacht?

Alan stand auf und ging ins Zimmer zurück. Seine Tasche lag noch immer neben dem Bett, von Laurene war nichts zu sehen. Er nahm ein Netbook aus der Tasche und setzte sich damit auf die Bettkante. Mit Hilfe einiger Klicks versuchte er, eine virtuelle Verbindung nach Amerika aufzubauen, aber immer wieder zeigte das Programm ihm »keine verfügbaren Netze« an.

Frustriert legte er den Computer wieder beiseite. Irgendwie musste er einen Beweis für Susan Peters' Anwesenheit und ihre Verbindung zu Jared finden, aber er hatte einfach keinen Ansatzpunkt. Allerdings hatte er auch noch nicht das ganze

Gut durchsucht. Wenn er es recht bedachte, hatte Laurene ihn durch alle Stockwerke des verwinkelten Baus geführt, nur das oberste Stockwerk mied sie. Ob mit Absicht oder nicht, würde er herausbekommen.

Sara lag in der Badewanne und entspannte ein wenig im heißen Wasser. Ihr Körper sog die Tage auf dem Gut gierig in sich auf, aber selbst ihre ewig unersättliche Libido brauchte mal eine Pause. Nach dem Besuch im Metallzimmer war sie zufrieden in ihrem Zimmer verschwunden, um ein bisschen zu schlafen und sich auszuruhen. Die anderen Zimmer spukten ihr jedoch immer noch im Hinterkopf herum. Alan hätte sicher … Sie stockte. Alan. Sie hatte ihn in den letzten beiden Tagen nahezu verdrängt, aber jetzt, wo sie den Gedanken an ihn einmal zugelassen hatte, war er so präsent, dass es sie beinahe schmerzte. Er hatte nicht gewollt, dass sie ging. Natürlich nicht. Allein die Vorstellung, dass sie wieder mit Jared zusammen war, musste ihm das Herz brechen.

Sara schnaufte leise und schob einige Schaumkronen auf der Wasseroberfläche hin und her. Sie ärgerte sich über sich selbst – was sollten solche Gedankengänge? Sie und Alan würden niemals ein Paar werden, das hatte Sara schon gleich zu Beginn ihrer Partnerschaft festgelegt. Sie wollte nicht riskieren, noch einmal alles zu verlieren. Alan war ihr immer ein Halt, eine Stütze gewesen, und mehr als einmal hatte sie sich gewünscht, einfach die Augen vor allen möglichen Risiken verschließen und sich ihm hingeben zu können. Aber genau das war es: ein Risiko, das sie nicht einzugehen wagte.

Frustriert hielt sie die Luft an und tauchte im warmen Wasser unter. Der Druck spülte ihr die Ohren und hoffentlich auch den Kopf frei. Als sie wieder nach oben kam, sah sie Jared auf einem niedrigen Schemel an der Wand sitzen. Sara japste und kreuzte instinktiv die Arme vor der Brust.

»Was soll das? Das ist mein Badezimmer!«, beschwerte sie sich wütend.

»Technisch gesehen ist es eigentlich mein Badezimmer«, erwiderte Jared leichthin. Er nahm den flauschigen Frotteebademantel und trat zur Wanne.

»Kein Grund, es mir unter die Nase zu reiben«, brummte Sara, noch immer über die Verletzung ihrer Privatsphäre empört. Sie stand auf, und der weiche Mantel wurde ihr um die Schultern gelegt. Sie wrang ihr Haar aus und stieg ganz aus der Wanne.

»Nun komm, das ist doch nicht das erste Mal, dass ich dich nackt sehen durfte«, zog Jared sie auf und umfasste ihre Oberarme. »Außerdem habe ich durch den ganzen Schaum kaum etwas sehen können.«

»Es geht einfach um Anstand«, schmollte Sara noch immer, was Jared zum Lachen reizte. Er küsste ihre Wange. »Anstand, ausgerechnet ich«, meinte er zwinkernd und ging vor ins Schlafzimmer.

Ihre feuchten Locken frottierend, folgte Sara ihm. Ihr Herz hatte unwillkürlich einen Satz gemacht, als Jared mit ihr gescherzt hatte – er konnte so verflucht charmant sein, wenn er es nur wollte. Fast wäre sie wieder darauf hereingefallen.

Jared nahm auf einen der Stühle Platz und wartete, bis Sara sich auf das Bett gesetzt hatte.

»Du bist doch sicher nicht einfach so hereingekommen, um dich als Spanner zu betätigen?«, fragte sie, was ein weiteres Schmunzeln Jareds provozierte.

»Ich würde gerne ja sagen, aber es gibt tatsächlich noch einen anderen Grund. Hast du Lust, mich heute zum Abendessen und zum Nachtmarkt zu begleiten?«

»Klingt ausgefallen.«

»Ist es nicht. Es wäre nur ein kleiner Ausflug in den nächsten Ort. Ich dachte, du solltest, wenn du schon einmal hier bist, auch etwas von der Umgebung mitbekommen.«

»Einverstanden«, meinte Sara. »Kann ich mich vorher trotz allem noch alleine umziehen?«

Jared erhob sich und küsste ihren Handrücken. »Was immer du willst«, sagte er und zwinkerte ihr zu.

Eine knappe Stunde später fand Sara sich in dem gleichen Hummer wieder, in dem Armand sie vom Flugplatz abgeholt hatte. Auch diesmal fuhr der Franzose wieder, aber Sara saß nicht allein auf der Rückbank. Jared, in einen leichten Sommeranzug mit blauem Hemd, war neben ihr. Das Blau lenkte den Blick automatisch auf seine Augen, deren Blicke immer wieder zu Sara wanderten.

Sie hatte seine Einladung als zwangloses Abendessen verstanden und trug einen legeren kurzen Rock und ein luftiges Oberteil. Aus einer Laune heraus hatte sie auf einen BH verzichtet und versuchte seitdem hartnäckig, die Stimme in sich zu ignorieren, die sich fragte, ob sie das nur getan hatte, um Jared zu beeindrucken.

Der Wagen fuhr durch die abendliche Provence. Die letzten Sonnenstrahlen tauchten die Landschaft in ein ganz besonderes Licht. Sara schaute aus dem Fenster. Jareds Hand legte sich auf ihre, und er beugte sich nah zu ihr. »Ich sagte doch, du solltest mehr von der Umgebung sehen. Es würde dir gefallen.«

»Das tut es«, murmelte Sara und zog ihre Hand nicht weg. Jareds Wärme, seine Finger, die sich um ihre legten, waren tröstlich. Hatten sie sich in ihrer Ehe jemals so berührt? Sie sah ihm einige Sekunden zu lange in die Augen, während sie sich selbst diese Frage stellte. Jared hob ihre Hand an seine Lippen und hauchte einen Kuss auf die Spitzen, ehe er sie wieder auf das Lederpolster senkte. Sara sah wieder aus dem Fenster. Bis zur Ankunft im Ort sprachen sie nicht mehr. Der Hummer musste sich durch kurvige Serpentinenstraßen quälen. Sie hatten Glück, dass ihnen kein anderes Auto entgegenkam, das breite Gefährt hätte kaum Platz zum Ausweichen gehabt. Schließlich hielt Armand auf einem Platz inmitten eines Städtchens mit verwinkelten Gassen und sehr hohen Häusern. Straßenlaternen spendeten warmes gelbes Licht.

Armand blieb im Wagen, Jared und Sara stiegen aus. Wieder fasste er ihre Hand und führte sie in eine nahegelegene Gasse. Seine Finger verschränkten sich mit ihren, und er deutete manchmal die Häuser hinauf, um sie auf ein altes Wappen aufmerksam zu machen.

»Du bist gerne hier, oder?«, fragte sie nach einer Weile. Jared ging gemächlich weiter, den Blick auf den Weg vor sich gesenkt.

»Ich breche gerne aus New York aus«, erwiderte er. »Hier finde ich ein wenig Ruhe.«

»Früher wolltest du nie aus New York weg – angeblich bestimmte die Stadt deinen Herzschlag«, erinnerte sie ihn. Jared schüttelte den Kopf. »Das ist lange her, Schneewittchen. Mein Herz ist ruhiger geworden.«

Über die Aussage erstaunt, sah Sara ihm ins Gesicht, aber Jared tat, als merkte er nichts. Stattdessen zog er sie plötzlich weiter, zum Ende der Gasse. Stimmengewirr wurde laut, und mit einem Mal fand Sara sich auf einem eckigen Platz wieder, der sich vor ihr auftat, wie eine Lichtung mitten im Wald. Auch hier herrschte das gelbe Licht der Laternen vor, um deren Glühbirnen Motten schwirrten. Zwischen den einzelnen Laternen hatte man kleine Girlanden mit Fähnchen aufgehängt. Quer auf dem Platz verteilt, fanden sich Buden und Stände mit den unterschiedlichsten Waren.

Sara wurde überwältigt von einer Vielfalt an Gerüchen, Geräuschen und Farben. Wie ein kleines Kind folgte sie Jared mit aufgerissenen Augen an den Marktständen entlang. An diversen Buden empfing sie der köstliche Duft von gebratenem

Fisch oder Fleisch. An einem Stand mit großen irdenen Krügen, in denen die verschiedensten gefüllten und ungefüllten Olivensorten schwammen, blieb Jared stehen. Er wechselte einige Worte mit dem französischen Verkäufer, der ihm daraufhin zwei schwarze Oliven an kleinen Zahnstochern reichte.

Jared gab ihr einen davon, und Sara kostete. Der würzige und zugleich milde Geschmack der eingelegten Olive breitete sich auf ihrer Zunge aus.

Jared verabschiedete sich von dem Verkäufer und schlenderte händchenhaltend mit Sara weiter über den Markt.

»Haben sie dir geschmeckt?«, fragte er, während Sara noch kaute.

Sie schluckte und nickte. »Wir hätten ruhig ein paar davon mitnehmen sollen«, erwiderte sie.

Jared drückte ihre Finger. »Ich besorge dir später mehr«, versprach er. »Aber wirklich satt machen sie nicht. Willst du etwas Richtiges essen?«

Sara wollte antworten, doch in dem Moment knurrte laut ihr Magen. Sara sah auf und fing im gleichen Moment an zu lachen, in dem auch Jared es tat. Er führte sie weiter über den Markt, vorbei an duftenden Käse- und prachtvollen Blumenständen.

Vor einem unauffälligen kleinen Restaurant am Rande des Platzes blieb er stehen. »Sie machen ein vorzügliches Hühnchen hier«, verriet er ihr. »Genau das Richtige für deinen knurrenden Magen.«

Sara musste gegen ihren Willen lächeln und folgte ihm in das schummrige Innere. Das Restaurant war winzig – es besaß höchstens sechs Tische, aber sie alle waren besetzt. »Scheint, als müssten wir uns etwas anderes suchen«, meinte Sara.

Jared schüttelte den Kopf. »Keine Sorge, ich habe vorgesorgt.« Der Kellner erschien, und nach einem kurzen Gespräch führte er sie beide durch den Gastraum in ein separates Zimmer, in dem sich nur ein Tisch befand, der für zwei Personen gedeckt war. Kerzenlicht erhellte das Zimmer und offenbarte einen Kamin am anderen Ende des Raums.

»Wieso habe ich mir eigentlich Sorgen gemacht?«, lachte Sara und nahm Platz. Jared tat es ihr nach und wartete auf den Kellner, um die Bestellung aufzugeben.

»Ich hoffe, du bist mit dem Hühnchen einverstanden?«, fragte er, nachdem der Mann wieder verschwunden war.

»Mir ist es recht.«

»Gut, etwas anderes servieren sie hier auch nicht.«

Sara lächelte und schüttelte den Kopf. Auch in Jareds Augen war wieder das leise Schmunzeln getreten. So allein, während sie auf das Essen warteten, überkam Sara ein Gefühl der Wehmut. So hätte es sein können, wenn ihre Ehe damals anders, besser verlaufen wäre. Sie musterte Jared, der wie damals und doch so anders war.

»Woran ist es gescheitert?«, fragte sie leise. Die Frage drängte aus ihr heraus, ohne dass sie sagen konnte, weshalb sie sie stellte.

Jared antwortete erst nach einer Weile. »An deiner Jugend, Schneewittchen. Und an meiner Gier nach dir.«

Mit dieser Antwort hatte sie nicht gerechnet. Der Jared aus ihrer Ehe hätte sie bedingungslos zur Schuldigen gemacht. »Es kann nicht nur das Alter gewesen sein.«

Der Wein wurde gebracht, und sie schwiegen, bis er eingegossen war und Jared ihn gekostet hatte. Erst als er zustimmend nickte, füllte der Kellner die Gläser auf und ging wieder. Jared schwenkte die rote Flüssigkeit in seinem Glas hin und her. »Das war es auch nicht. Aber wie ich bereits sagte, ich war gierig nach dir, hungrig. Ich wollte dich damals ganz für mich haben, und das sofort. Du wusstest kaum, worauf du dich da eingelassen hast, und wurdest von mir einfach mit der Situation überfahren.« Er senkte zerknirscht den Blick. »Wäre ich damals umsichtiger gewesen, dann wäre es niemals so weit gekommen. Du hast Zeit gebraucht, um dich an alles zu gewöhnen, an mich zu gewöhnen, aber die habe ich dir nicht gegeben. Ich bin selbst schuld daran, dass du gegangen bist.«

Sara schwieg. Sie wusste nicht, was sie sagen sollte. Solche Worte von ihrem Exmann zu hören war seltsam und auf ebenso beunruhigende Weise auch schmerzhaft. Er wirkte ernstlich betrübt, und sie legte ihm die Hand auf den Handrücken. Ihre blasse Haut zeichnete sich als starker Kontrast von seiner gebräunten ab.

Jared sah auf. »Schon gut, Schneewittchen«, sagte er sanft, »es geht schon.«

Sie musterte ihn, um sicherzugehen, dass er es so meinte, aber zum ersten Mal in ihrem Leben mied Jared ihren Blick. Die Speisen wurde serviert, und sie begannen zu essen. Jareds Geständnis hing noch immer wie eine Wolke zwischen ihnen, und Sara wusste nicht, ob sie Mitleid oder Bestürzung empfand. Die alten Zweifel, die sie während der Scheidung verspürt hatte, kehrten zurück, ebenso wie die Frage, ob es wirklich die richtige Entscheidung gewesen war, Jared zu verlassen.

»Ich wollte dir den Abend nicht verderben«, sagte er, als sie nach dem Essen zurück zum Auto schlenderten. Sara hatte sich bei ihm eingehakt und ihren Schritt seinem angepasst. »Das hast du nicht«, erwiderte sie leise. »Im Gegenteil, ich bin froh, dass du es mir gesagt hast.«

»Mhm.« Er war noch immer in Gedanken, wirkte aber nicht mehr ganz so bedrückt. Auf dem Weg zurück zum Gut hielt Sara seine Hand fest in der ihren.

Kapitel 12

Den dritten Tag in Frankreich verbrachte Sara mit Grübeleien. Der vorangegangene Abend und ihr Gespräch mit Jared gingen ihr nicht aus dem Kopf. Hinzu kam, dass sie wieder nicht richtig hatte schlafen können. Also hatte sie auch wenig Elan und Energie, sich der Erkundung des Guts zu widmen.

Die Tage zuvor waren wie eine Droge gewesen, ein süßer Weg, um für kurze Zeit alle Sorgen und Probleme ihres Lebens auszuschließen. Doch mit einem Mal waren sie wieder da. Sara konnte tun, was sie wollte, immer wieder kam ihr Jared in den Sinn, manchmal abgelöst durch Alan.

Seltsamerweise dachte sie kaum noch an ihre Agentur. Ob es daran lag, dass die wenigen Tage auf dem Gut so unwirklich, wie von einem anderen Planeten gewirkt hatten, oder ob sie Alan einfach so bedingungslos vertraute, dass er sich um alles kümmern würde, wusste Sara nicht zu sagen. Noch eins dieser Dinge, die sie für sich herausfinden musste.

Wut stieg in ihr auf, gepaart mit Trotz. Wie konnte Jared einfach wieder auftauchen und sie derart verwirren?! Sie hatte mit ihm abgeschlossen an dem Tag, an dem sie ihren Namen unter die Scheidungspapiere gesetzt hatte. Es war vorbei. Sie würde Jared McLaughlin nicht mehr hörig sein. Sara legte sich rücklings auf ihr Bett und sah an den stoffbespannten Himmel. Ja, mit Jared McLaughlin war sie fertig – aber wie viel hatte der Mann, mit dem sie den gestrigen Abend verbracht hatte, mit ihm gemein? Er war noch immer verführerisch, und ein Hauch Gefahr begleitete jede seiner Handlungen. Doch gestern Abend hatte er ihr eine verletzliche Seite an sich gezeigt, dieser Wesenszug an ihm war ihr neu.

Was hatte er noch vor ihr verborgen? War das alles schon vor ihrer Scheidung in ihm gewesen, oder hatte die lange Trennung dafür gesorgt, dass er tatsächlich ruhiger geworden war? Sara wusste es nicht, und sie fand auch keine Möglichkeit, es herauszufinden.

Müde setzte sie sich auf und entwirrte die dichten Locken mit den Fingern. Ihr Blick ging zum Fenster. Etwas frische Luft würde vielleicht helfen, ihre Gedanken zum Schweigen zu bringen. Sie stand auf und streifte sich eine lose flatternde Leinenhose und ein ärmelloses Top über. Die Haare mit einem Tuch im Nacken zusammengebunden, verließ sie ihr Zimmer und ging direkt in den Hofgarten hinaus. Außer ihr waren noch andere Gäste des Guts auf die Idee gekommen.

Sara zuckte schon gar nicht mehr beim Anblick der halb oder gänzlich unbekleideten Menschen zusammen. Sie war in ihrem Alltagsoutfit schon nahezu overdressed, aber das schien niemanden zu stören. Ein Mann nickte ihr sogar deutlich zu, und Sara erwiderte den kleinen Gruß lächelnd. Dass er dabei eine sichtbare Erektion unter einem viel zu losen Handtuch verbarg, machte ihr nichts aus.

Sie schlenderte über den Hof, hinüber zu einem Häuschen, das sich in einer Ecke unter Weinranken verbarg. Sara trat näher und lugte durch eins der Fenster. Im Innern des Häuschens gewahrte sie zwei Personen. Lächelnd bemühte sie sich, Genaueres auszumachen: Eine nackte zierliche Frau schmiegte sich gerade an den Rücken eines Mannes. »Bitte«, gurrte die Frau mit schwerem französischen Akzent. »Du hast mich so lange nicht mehr besucht.« Ihre Arme lagen um seinen Bauch, und Sara konnte sich nur zu gut vorstellen, was ihre Hände an seiner Vorderseite taten. Sie beobachtete gespannt, was der

Mann tun würde, aber der schien nicht sonderlich an einem Rendezvous mit seiner Gesellschafterin interessiert zu sein. Er packte ihr Handgelenk und drehte sich zu ihr um. Sara duckte sich augenblicklich tiefer in den Schatten der Weinranken – der Mann war Jared!

»Ich sagte dir doch, heute nicht«, erklärte er harsch.

»Wie lange soll ich denn noch warten?!«, klagte die zierliche Frau, aber Sara wollte nicht wissen, was Jared darauf antworten würde. Sie wandte sich ab und hasste sich selbst für den bitteren Geschmack der Galle in ihrem Mund. Eifersucht kochte in ihr hoch wie ein giftiges Gebräu; zu stark und zu wild, als dass sie es einfach ignorieren konnte.

Sara überquerte den großen Hof und blieb im kleinen stehen. Sie unterdrückte ein heiseres Schluchzen und presste die Hände auf die Augen, um zu verhindern, dass sie weinte. Schritte ertönten, und sie atmete heiser ein, um sich wieder zu beruhigen. Fast erwartete sie, Jared zu erblicken, aber es war nur ihr kleiner Flirt mit dem viel zu kleinen Handtuch. »Alles okay?«, fragte er.

Sara nickte fahrig, schüttelte den Kopf, nickte noch einmal.

Er kam näher und strich ihr über das Haar. »Nein?«, fragte er. Sie wollte antworten, sah aber in diesem Augenblick über seine Schulter, dass Jared das Häuschen verlassen hatte und nun auf dem Weg zu ihnen war. Gesehen hatte er sie anscheinend noch nicht.

Es war die immer noch schwelende irrationale Eifersucht, die sie den Mann vor sich greifen und an sich ziehen ließ. Sie küsste ihn ohne weitere Vorwarnung, öffnete seine geschlossenen Lippen mit der Zunge.

Im ersten Moment war er zu perplex, um ihren Kuss wirklich erwidern zu können, aber schnell erholte er sich und packte sie ebenso herrisch, wie sie ihn an sich gezogen hatte. Seine Zunge drang in ihren Mund. Sara versuchte, etwas

Tempo aus seinen Küssen zu nehmen, aber er machte weiter. Sie wurde gegen die Wand gedrückt – aus dem Augenwinkel sah sie Jared, der sie nun auch entdeckt hatte. Er betrachtete sie beide, wobei Sara so tat, als wäre sie ganz in dem Kuss versunken.

Nach einem Moment wandte Jared sich ab und ging ins Innere des Hauses. Sara stieß den Mann von sich, aber er war, trotz seiner sehr schlanken, fast schlaksigen Figur, erstaunlich kräftig. Er hielt Sara fest und wollte den Kuss fortsetzen, aber sie ließ ihn nicht. »Hör auf, das reicht«, keuchte sie, doch er schüttelte den Kopf.

»Ich glaube nicht – du wolltest mich doch«, meinte er siegessicher und drückte sie hart gegen die Wand. Das Handtuch öffnete sich und fiel zu Boden. Die bisher verhüllte Erektion war nun deutlich zu sehen.

Sara musste mit ihrer momentanen Hilflosigkeit kämpfen. Sie drückte die Panik nieder und sah ihm fest in die Augen. »Lass mich los«, sagte sie so eindringlich wie möglich, aber er grinste nur. Sara wurde es zu viel. Mit einem kurzen, heftigen Schlag ihres Knies nach oben sorgte sie dafür, dass er sich mit schmerzverzerrtem Gesicht zusammenkrümmte.

»Was soll das, du …«, presste er mühsam hervor.

Sara sah auf ihn herab. »Wag es nicht, den Satz zu Ende zu führen, und ich richte ernsthaften Schaden an«, knurrte sie. Ihr Angreifer blieb stumm und bemühte sich, sich so wenig wie möglich zu bewegen, um den Schmerz einzudämmen.

Sara lief ins Haus, ohne ihn noch eines Blickes zu würdigen.

Alan wartete, bis auch der unglückliche Möchtegernvergewaltiger den Schauplatz verlassen hatte. Fast empfand er so etwas wie Bedauern für den Kerl – Saras Knie hatte ihn verdammt präzise getroffen, und sie hatte Schwung in ihren Schlag gelegt.

Alan lächelte. Von seinem Beobachtungsposten aus hatte er das Schauspiel haargenau beobachten können. Was ihn dabei am meisten störte, war die offensichtliche Eifersucht, der Sara erlegen war. Sie tat immer so, als wäre sie eine Eiskönigin, aber Alan hatte einmal mehr und sehr eindrucksvoll vorgeführt bekommen, wie intensiv der Gefühlsstrom in ihr brodelte. Dass es aber ausgerechnet Eifersucht wegen dieses Jared sein musste …

Der Zwischenfall bestätigte Alan, dass er die Beweise besorgen musste. Eigentlich hatte er sich unter der Treppe platziert, um zu einer versteckten Tür unter den Stufen zu kommen, als Sara urplötzlich aufgetaucht war. Die Tür hatte er erst nach langer Suche entdeckt. Und nachdem er Jared mitten in der Nacht dahinter hatte verschwinden sehen, war für ihn klar, dass sie ihn dahinführen würde, wohin er wollte.

Alan schaute sich noch einmal um, aber niemand war zu sehen. Er schlich zur Tür und untersuchte sie – die Klinke bestand nur aus einem Knopf, und die Tür selbst war wie die sie umgebende Wand angestrichen. Sie verschwand fast unter der dunklen Treppe, außer man wusste, wo man suchen musste. Er rüttelte probehalber am Knauf, aber wie er es schon geahnt hatte, war die Tür verschlossen. Aus seiner Hosentasche zog er eine alte Kreditkarte und schob sie zwischen den Spalt von Türrahmen und Tür. Das Plastik hieb einige Male gegen den Türbolzen und schob ihn dann vollständig zurück. Alan konnte sie problemlos am Knauf aufziehen.

Er drehte noch einmal suchend den Kopf und schlüpfte dann durch den halboffenen Spalt. Ein automatisches Licht aktivierte sich, kaum dass er die Tür hinter sich geschlossen hatte. Er befand sich in einem winzigen Korridor, der zu einer massiven Feuerschutztür führte. Sie war nicht abgeschlossen, aber schwer, dennoch gelang es Alan mit einiger Anstrengung, sie aufzuschieben.

Hinter der Tür fand er sich in einem tadellos sauberen Büro wieder. Jared musste wohl selbst dafür sorgen, dass hier alles derart glänzte. Das Büro bestand aus einem schmalen Schreibtisch mit Rollschränken. Über dem Schreibtisch, in bequemer Sichtweite, hingen mehrere Monitore. Sie flackerten bläulich und zeigten diverse Orte des Guts. Die Plätze wechselten im Zehnsekundentakt, nur ein Monitor war allein für Saras Zimmer reserviert. Er schaltete nicht um, und Alan sah Sara deutlich auf dem Bett legen, das Gesicht in den Händen vergraben. Ihre Schultern bebten, sie weinte.

Alan ballte die Fäuste und zwang sich wegzusehen. Schnell schob er den Schreibtischstuhl zur Seite und öffnete die Rollschränke. Er förderte Akten zutage, alle fein säuberlich mit Namen und Angaben zur Person versehen. In jeder Akte klebten eine kleine Papiertasche mit einer selbst beschriebenen DVD und Fotos. Sie zeigten ausnahmslos Menschen auf dem Gut, die sich irgendwelchen Sexpraktiken hingaben.

Alan sah Orgien, schwule und lesbische Begegnungen, Männer, die sich diverse Spielzeuge einführen ließen, und Frauen, die sich freiwillig erniedrigten.

Er blickte auf die beiden Rollschränke. Jared sammelte das Zeug, um die Gäste auf seinem Gut zu erpressen. Und der Größe der Schränke nach waren es nicht wenige Gäste.

Alan stopfte die Akten zurück und suchte nach einer ganz bestimmten. Er fand sie erst nach einer Weile, da er ihren Nachnamen nicht kannte. Laurene sah auf ihrem Profilfoto in der Akte vollkommen anders aus. Im züchtigen Kostümchen, die Haare am Hinterkopf zusammengedreht, lächelte sie steif in die Kamera. Das Infoblatt gab ihm Auskunft darüber, dass sie Vorsitzende eines bedeutenden Konzernimperiums war, das sich mit neuartigen Handymodellen eine goldene Nase verdient hatte.

Auch Laurene war in Jareds Falle getappt – er gaukelte seinen Gästen das sexuelle Paradies auf Erden vor, filmte und fotografierte sie dabei jedoch heimlich, um sie früher oder später ausnehmen zu können. Laurene hatte er bisher verschont, oder aber sie war eine gute Schauspielerin. Alan zumindest hatte ihr ihre Zufriedenheit hier auf dem Gut abgenommen.

Er nahm diese Akte vorsichtshalber heraus und legte sie auf den Schreibtisch. Er durchsuchte die Pappakten. Sein Beweis war ganz nah, das wusste er, aber unter »Peters« fand er Susan nicht. Auch nicht unter einem anderen Namen. Er fluchte und blätterte durch Hunderte von Fotos.

Schließlich wurde er doch noch fündig. Susan Peters war auf einem Foto abgelichtet, auf dem sie einen älteren, dicken Mann mit einem Dildo befriedigte. Die Akte, in der das Foto lag, galt nicht ihr, sondern dem Mann namens Harris. Aber Alan fand einen Vermerk auf der Rückseite des Bildes: »Irena, ideal für spezial«. Alan ahnte, was mit spezial gemeint war. Er hatte Susan Peters und die Verbindung zwischen ihr und Jared gefunden. Er wandte sich um und schaute direkt in die Mündung einer Pistole. Jared stand lässig in der Tür und betrachtete Alan mit der gleichen liebevollen Aufmerksamkeit, die man einem seltenen Käfer zuteil werden ließ. »Alan«, sagte er in unverfänglichem Plauderton, »ich muss zugeben, ich bin überrascht, dich hier zu sehen. Noch dazu mit den Fingern in meinen Süßigkeiten.«

Alan deutete mit dem Kinn auf die Aktenschränke. »Erpressung, Schein und Lügen, nichts weiter ist das«, knurrte er.

Jared lächelte. »Damit liegst du sicher nicht ganz falsch. Aber ich muss mich absichern. Heutzutage kann man ja niemandem mehr ein Wort glauben.«

»Dir am allerwenigsten«, erwiderte Alan. »Warum tust du Sara das an?«

»Antun? Was denn? Ich verwöhne sie, gebe ihr alles, was sie

will. Ihr geht es bei mir besser. Alleine manövriert sie sich in genau solche Situationen wie mit Erie.«

Alan biss die Zähne zusammen, bis sein Kiefer knirschte. »Sie wäre nicht in dieser Situation«, ahmte er Jareds Tonfall nach, »wenn du sie nicht dahin gebracht hättest! Susan Peters oder Irena – du hast sie in unsere Agentur geschmuggelt, stimmt's?«

»Hätte ich es nicht getan, dann wäre so etwas früher oder später von alleine passiert. Ich habe den Prozess nur etwas beschleunigt«, erklärte Jared.

»Verfluchter Bastard.« Alan wandte sich angeekelt ab. »Und jetzt? Knallst du mich auch noch ab, damit du vollkommen freie Hand bei Sara hast?«

»Das wäre viel zu einfach.« Jared schüttelte den Kopf. »Ich denke, ich werde noch ein bisschen Spaß mit dir haben und Sara zeigen, dass sie mit dir und dieser lächerlichen Agentur nur ihre Zeit verschwendet.«

»Was?!«, entfuhr es Alan.

»Du hast mich sehr gut verstanden. Das, oder ich bringe dich gleich zu ihr und werde ihr sagen, dass du ihr geliebtes Herzblut alleingelassen hast, um ihr wegen irrationaler Eifersucht nachzusteigen. Was meinst du, wird sie dazu sagen?«

»Du glaubst doch nicht ernsthaft, dass das funktioniert?«, meinte Alan, aber Jared lachte nur.

»Es wird funktionieren. Vielleicht sollte ich das wirklich direkt tun, damit du endlich erkennst, dass du verloren hast.« Seine grauen Augen funkelten wie rauchdurchsetzte Diamanten und waren ebenso kalt. Er beugte sich vor, bis ihre Gesichter sich fast berührten. »Sara gehört mir. Sie ist mein Eigentum, und weder du noch sonst irgendwer wird sie jemals wieder anfassen, außer ich erlaube es. Sie ist meine Frau, und das wird sie auch bleiben. Du bekommst sie nicht, du kleiner Loser. Niemals.«

Kapitel 13

Zum ersten Mal seit ihrer Ankunft in Frankreich schlief Sara durch. Nicht ein einziger Traum störte ihre Nachtruhe, auch wenn sie noch am Abend zuvor gedacht hatte, dass sie viel zu aufgewühlt war, um einschlafen zu können. Umso missmutiger war sie, als es an der Tür klopfte.

»Wer ist da?«, rief sie, ohne den Kopf zu heben.

»Wach auf, Schneewittchen«, ertönte Jareds Stimmer hinter der Holztür.

In Saras Bauch krampfte sich etwas zusammen. »Ich bleibe noch etwas liegen.«

»Komm schon«, lockte er, »ich will mit dir frühstücken. Steh schon auf.«

»Nein.«

Eine Pause entstand, und Sara hoffte schon, dass er gegangen wäre, aber kurz darauf ertönte abermals seine Stimme: »Versprich mir, wenigstens später nachzukommen.«

Sara verlegte sich darauf zu schweigen. Sie zog die Decke über den Kopf und wartete, bis Jareds Schritte sich endlich entfernten. Dann erst stand sie auf und richtete sich für den Tag her.

Hunger hatte sie keinen und auch kaum Lust, Jared zu begegnen. Der Zwischenfall vom Vorabend lag ihr noch immer schwer im Magen, und sicherlich würde das nicht besser werden, indem sie in aller Seelenruhe mit Jared frühstückte, als wäre nichts gewesen. Er hatte sie früher schon immer leicht durchschauen können; wenn sie in einem derart desolaten Zustand vor ihm sitzen würde, würde er sie gleich durchschauen.

Sara ging hinaus und sah sich um. Weder von Jared noch von irgendeiner anderen Menschenseele war etwas zu sehen. Unschlüssig blieb Sara auf dem Flur stehen und konnte sich nicht recht entscheiden, wohin sie gehen sollte. Sie brauchte Ablenkung, etwas, das sie auf andere Gedanken brachte. Schließlich gab es dafür nur eine Lösung: Ihre Schritte führten sie hinauf in den Korridor der vielen Türen, auch wenn sie fürchten musste, dort auf Jared zu treffen. Daher zögerte sie mit ihrer Wahl einer Tür auch nicht – beherzt öffnete sie eine mit eingeritzten Herzen auf dem oberen Türrahmen und dem Wort »Spielzimmer«.

Rasch schloss sie die Tür hinter sich und sah sich plötzlich zwei Frauen gegenüber, die in einen innigen Kuss vertieft waren. »Oh«, entfuhr es Sara, als die beiden Frauen ihre Lippen voneinander lösten und sie überrascht, aber nicht abgeneigt musterten.

»Du bist Sara, stimmt's?«, sagte die Jüngere von beiden und kam näher. Sie hatte ihre dunklen Haare in Korkenzieherlocken gelegt und trug ein langes Korsett in der Mode des Barock, das bis auf ihre Schamhöhe reichte und ihre Brüste hervorhob. Sie hatte ein niedliches Gesicht, mit herzförmigen Lippen und runden Wangen.

»Ja. Ich wollte euch nicht stören«, meinte Sara betreten.

Die Barockdame schüttelte den Kopf so heftig, dass ihre Locken nur so flogen, und lachte herzlich. »Keine Sorge, wenn wir uns gestört fühlen würden, hätten wir dich gleich wieder verscheucht, nicht wahr?« Die Bestätigung war an ihre Freundin gerichtet. Die trug einen androgyn geschnittenen Smoking und hatte fast ebenso wallende schwarze Locken wie Sara, die sie aber auf dem Oberkopf streng nach hinten gekämmt hatte. Erst im Nacken durfte die Lockenpracht sich wieder entfalten. Ihr Gesicht war schmal, ein wenig spröde, aber mit sinnlichen Lippen. Sie nickte. »Mein Name ist Estelle«, stellte sie sich vor und ergriff Saras Hand, aber nicht, um sie zu schütteln, sondern um einen sanft vibrierenden Kuss auf den Rücken zu setzen. Sara lächelte, die charmante Begrüßung gefiel ihr.

Estelle umfasste die Taille der jüngeren Frau und zog sie vertraulich an ihre Seite. »Das ist mein Augapfel Joline. Sag guten Tag, Schätzchen.«

Joline kicherte über das Spiel. »Guten Tag«, sagte sie artig in Saras Richtung und führte einen formvollendeten Knicks aus. Amüsiert deutete Sara eine Verbeugung an.

»Du bist sicherlich hierhergekommen, weil du Lust auf ein bisschen Spaß hast, oder?«, fragte Joline und ließ sich auf einer Couch nieder. Sie war mit violettem Samt bezogen und spiegelte den Farbton des gesamten Zimmers wider. Die Wände waren mit Stofftapeten bedeckt, in denen goldenen Fäden Muster in den violetten Grundton flochten. An den Wänden hingen zahlreiche ovale und rechteckige Spiegel in protzigen goldenen Rahmen. Neben der Couch waren die einzigen Möbel noch zwei Stühle und mehrere Glasvitrinen, in denen verschiedene Dildos und Vibratoren aus den unterschiedlichsten Materialien und den raffiniertesten Formen gekonnt ausgeleuchtet wurden.

Sara nickte zu Jolines Frage und näherte sich neugierig einer Vitrine, in der verschiedene Dildos aus Holz aufgereiht waren. Einige waren fast schwarz, mit eingesetzten erotischen Bildern aus Elfenbein, andere waren mit Bernstein durchzogen. Direkt darunter war ein Regal mit Glasdildos, die von der Form her von den »Echten« kaum zu unterscheiden waren. Nur ihre Durchsichtigkeit verriet sie.

»Deshalb also Spielzimmer«, sagte sie mehr zu sich selbst.

Estelle stellte sich neben sie. »Nicht nur deshalb. Willst du mit uns spielen?«

Sara sah sie an und blickte in schelmische braune Augen. Sie las darin ein Versprechen von Lust und eine Möglichkeit, für einige Zeit alles zu vergessen, was sie quälte. In diesen Augen lag genau das, was sie suchte. »Warum nicht?«, erwiderte sie, und Estelle umfasste ihre Hand. Sie führte sie zu den beiden Stühlen, die wie in einem Theater vor der violetten Couch drapiert worden waren. Auf Estelles Geheiß sank Sara auf dem Stuhl nieder. Estelle setzte sich auf den zweiten Stuhl und nickte Joline zu. »Fang an, mein Liebling.«

Die junge Frau nickte gehorsam und lehnte sich auf der Couch zurück. Die schmalen Arme darauf ausgebreitet, präsentierte sie Sara und Estelle ihre langen Beine und die keck hervorstehenden kleinen Brüste. Quälend langsam hob sie die angewinkelten Schenkel an, immer höher und höher, bis Sara dachte, der Kraftakt wäre zu groß, aber die zierliche Frau war stärker, als sie aussah. Immer höher hob sie ihre Beine, streckte sie, bis ihre Nasenspitze ihre Knie berührten und sie die Schenkel senkrecht in die Luft gestreckt hielt.

»Das kann sie in fast jeder Position«, raunte Estelle ihr zu, und Sara schaute dem Schauspiel beeindruckt zu. Joline hatte nun begonnen, ihre Schenkel zu öffnen und sie weit auseinander gleiten zu lassen. Durch ihre Stellung wurden der pfirsichförmige Po und ihre Pussy entblößt. Die Haut darum war hell, nur im Innern zeigte sich zartes Rosa und die ersten Andeutungen von Rot.

Estelle klatschte Beifall, und Sara tat es ihr nach. Joline zwinkerte ihnen zwischen ihren Beinen hervor zu und griff nach einem überdimensionalen Dildo, der neben ihr auf der Couch lag. Er war fast so dick wie Saras Faust und lang. Der Phallus bestand aus Latex oder einem ähnlich elastischen Material und hatte eine ebenso violette Farbe wie der Rest des Raums.

Joline nahm den künstlichen Penis zwischen ihre Beine und rieb die Eichel an ihrer Spalte. Es dauerte nicht lange, bis er nass glänzte.

Sara bekam große Augen. Joline wollte doch nicht wirklich dieses riesige Ding in sich hineinbekommen! Doch genau das schien ihr vorzuschweben, und unter Saras ungläubigen Blicken schob sich der Phallus Zentimeter um Zentimeter tiefer in die junge Frau. Kurz bevor er ganz in ihr verschwand, atmete sie dreimal tief durch, entspannte sich merklich und ließ ihn ganz in sich hinein, begleitet von einem rauen Schrei.

»Außergewöhnlich, nicht wahr?«, sagte Estelle, ohne ihre Blicke von Joline zu nehmen. Deutlicher Besitzerstolz klang aus jedem Wort. Sara nickte nur wieder, ausnahmsweise sprachlos.

Estelle stand auf und setzte sich neben Joline. Sie legte den Arm um deren Schultern, streichelte sie und flüsterte ihr Dinge ins Ohr, die die lustverzerrte Miene der hübschen Joline mit feiner Röte überzogen. Estelle liebkoste sie weiter, griff derweil mit einer Hand nach dem Dildo und drehte ihn in Jolines weit geöffneter Pussy. Die schrie ein zweites Mal, und ihre Schenkel knickten ein. Die Beine angewinkelt, aber noch immer weit gespreizt, hob sie ihr Becken den Liebkosungen entgegen. Estelle lächelte und begann, in Joline hineinzustoßen, nicht wild, sondern langsam und zärtlich. Bei der Dicke des Dildos reichte dies aus, um die junge Frau bald wie von Sinnen stöhnen und schreien zu hören.

Der Anblick blieb nicht ohne Eindruck auf Sara – längst spürte die eine wohlvertraute Hitze in ihrem Schoß, ein Sehnen, das nur durch einen Höhepunkt gelöscht werden konnte. Estelle sah das deutlich. Wieder flüsterte sie Joline etwas ins Ohr und küsste ihre Schläfe. Die sah zu Sara und nickte eifrig. In einer fließenden Bewegung hatte sie den Dildo aus sich gezogen, und unbeachtet rollte er hinter die Couch.

Sie trat vor Sara und umfasste ihre Hände. »Jetzt bist du dran«, meinte sie, aber Sara schüttelte den Kopf.

»Der ist zu groß«, protestierte sie, was Joline wieder kichern ließ.

»Keine Sorge, Dummchen, ich werde dich sicher nicht mit meinem eigenen Lieblingsspielzeug spielen lassen.« Sie brachte Sara dazu, sich auf den Rücken zu legen. Ihr kurzes Sommerkleid rutschte hoch und entblößte ihre milchweißen Schenkel.

Joline setzte sich zu ihr auf die Couch und bettete Saras Kopf auf ihren Schoß. »Hier geschieht nichts, was dir nicht gefällt«, schnurrte sie und strich ihr liebevoll durch die schwarzen Locken.

Sara schluckte und schielte zu Estelle, die vor ihren Beinen kniete und den Saum des Kleides ein wenig hochschlug. Noch einmal zwinkerte sie Sara zu und tauchte mit dem Kopf unter das Kleid.

Sara konnte nur noch auf das Fühlen zählen, und jeder Reiz erschien ihr auf diese Weise doppelt so intensiv wie sonst. Estelles Zunge war flink, sie malte verworrene Muster auf Saras Innenschenkel und zog mit den Fingern an ihrem Slip. Er flog auf den Boden. Locken kitzelten Saras Haut, und dankbar spürte sie einen zarten Kuss auf ihrem Geschlecht.

»Sie kann das gut, nicht wahr?«, flüsterte Joline. Sie streichelte noch immer Saras Haar, doch die andere Hand hatte sich in ihr Dekolleté geschoben und zupfte abwesend an den harten Nippeln. Jedes Zupfen glich einem elektrischen, sehr angenehmen Schlag.

Sara stöhnte leise. »Ja«, wisperte sie und spreizte ihre Schenkel, als Estelles Zunge neckisch gegen ihre Klitoris stieß.

Joline zupfte an dem anderen Nippel. »Sie kann andere Dinge noch viel besser. Wenn du Glück hast, ist sie heute in der richtigen Stimmung.«

»Wofür?«, brachte Sara schwach hervor, aber Joline schüttelte den Kopf und lächelte schelmisch. In diesem Moment schob sich Estelles harte Zunge tief in sie, und Sara zuckte zusammen. »Das ist gut«, flüsterte sie und fuhr ihr mit den Händen zwischen die Schenkel.

Gerade, als sie Estelle tiefer drücken wollte, machte diese sich los und stand auf. Nichts an ihr deutete darauf hin, dass sie eine Frau mit dem Mund befriedigt hatte – ihr Lippenstift war nicht verschmiert, aber der Mund glänzte ungewöhnlich.

Sara sah Joline fragend an, die nicht aufgehört hatte, mit Saras Brüsten zu spielen, und nickte. »Was habt ihr vor?«, fragte sie schwach und schob ihre Hand zwischen ihre eigenen Beine. Estelles Mund hatte sie schon weit vorangebracht, und sie brauchte einen Höhepunkt, unbedingt!

»Eine Überraschung. Sieh hin«, ermunterte sie Joline, und Saras Blicke blieben fest auf Estelle gerichtet.

Die ging zu einer der Vitrinen und holte eine gürtelähnliche Vorrichtung heraus, ähnlich wie die von Bergsteigern. Allerdings hatten Bergsteiger sicherlich keine langen Dildos auf der Vorderseite ihrer Gürtel und ganz sicher keinen auf dem Gurt zwischen ihren Beinen. Estelle zwinkerte Sara zu und streifte ihre Anzughose ab. Geübt kletterte sie in den Strap-on und führte den Dildo am inneren Gürtel zwischen ihre Schenkel. Er verschwand, Millimeter für Millimeter, in der feuchten Pussy.

Estelle schloss mit deutlichem Genuss die Augen und fickte sich einige Male selbst mit dem Gürtel, ehe sie ihn festzog, bis er wie angegossen saß. Auf ihrem Venushügel ragte nun der zweite Dildo hervor, gut zwanzig Zentimeter lang und drei Fingerbreit dick. Saras Spalte zog sich allein beim Anblick des Latexphallus erwartungsvoll zusammen.

»Ich sagte doch, sie kann andere Sachen noch besser«,

kicherte Joline. Sie beugte sich zur Seite und spreizte Saras Schamlippen mit den Fingern.

Estelle rieb ihren Gummipenis und stellte sich vor die Couch. »Der ist noch nicht nass genug«, sagte sie zu Sara und ging ein wenig in die Knie, bis die Spitze des Strap-ons direkt vor deren Lippen war.

Sara liebte es sonst, einen steifen Schwanz in ihrem Mund zu haben, aber dieser hier war aus Plastik und gehörte zu einer Frau. Der Gedanke war befremdlich und erregend zugleich. Versuchsweise öffnete Sara ihre Lippen und nahm die nachgeformte Eichel in den Mund. Es schmeckte ein wenig bitter, aber das seidige Gefühl auf ihrer Zunge war das gleiche. Sie schloss die Augen und führte den Dildo in ihren Mund, lutschte und leckte daran und bediente Estelle, als wäre sie ein Mann mit einem echten Penis, immer darauf bemüht, den Schwanz auch genug anzufeuchten.

Nach einigem Lecken erschien es Estelle genug, und sie trat wieder zwischen Saras Schenkel. Sie umfasste die blassen Knie und schob sich quälend langsam zwischen die nassen geschwollenen Schamlippen. Es gab ein schmatzendes Geräusch, als sie sich ganz versenkt hatte.

Sara keuchte und rutschte nach vorn, näher an den Dildo.

»Ruhig, genieß es doch«, hielt Joline sie zurück. Sie fuhr fort, Saras Brüste zu streicheln und manchmal auch zu kneifen. Jedes Mal wimmerte Sara und wand sich. Immer noch in langsamem Tempo zog Estelle sich zurück, bis die Eichel aus Saras nasser Muschi rutschte. Das Fehlen des großen Dildos in ihr war eine unerträgliche Folter.

»Steck ihn wieder rein, mach's mir endlich«, wimmerte Sara und rieb ihre Perle mit zwei Fingern.

»So, ganz tief und hart?«, erwiderte Estelle und schob ihren Gummischwanz wieder zentimeterweise in Sara. Gerade, als die ein weiteres Mal betteln wollte, vollführte Estelle einige heftige Stöße, und erleichtert stöhnte Sara auf. Die Freude währte jedoch nicht lange, denn wieder zog Estelle sich zurück, ließ Sara warten, nur um sie dann wieder zu nehmen und sie betteln zu lassen.

Sara warf den Kopf hin und her und krallte sich in den violetten Stoffbezug, um irgendwo Halt zu finden. Sie wollte, brauchte endlich Erlösung, aber alles, was sie erhielt, war eine immer neue Stufe der Ekstase, gerade dann, wenn sie dachte, sie würde nicht noch höher steigen können.

Aber sie hatte sich geirrt. Estelles und Jolines Sex brachte sie auf ganz neue Wege, Lust zu empfinden. Und als sie den Höhepunkt endlich erreichte, glich er einer riesenhaften Welle im Meer, die alles mit sich riss und Sara vollkommen überschwemmte. In dieser Welle hatte nichts mehr Bestand – sie nicht, Jared nicht und Alan nicht. Erleichtert und befreit schrie Sara ihren Orgasmus hinaus.

Kapitel 14

Es war bereits später Nachmittag, als Sara das Spielzimmer verließ. In den vergangenen Stunden hatte sie sich vollkommen in den Umarmungen, den Küssen, Lippen und Händen von Joline und Estelle verloren, aber jetzt hatte sie Hunger. In ihrem Zimmer wartete mit Sicherheit ein Tablett mit ihrem Mittagessen – es war die letzten Tage schon so gewesen, und Sara beeilte sich, die Treppe hinunterzulaufen. Auf der Hälfte blieb sie jedoch stehen. Unter sich hörte sie Stimmen, sie waren laut, schienen sich zu streiten, wobei eine der beiden eher abwehrend klang und so, als würde sie bald aufgeben. Ein kurzer Blick über das Geländer der Treppe zeigte ihr zwei Männer – einer war Jared. Um den zweiten zu erkennen, brauchte es einige Sekunden, denn er stand halb abgewandt zur Treppe. Das letzte Mal, als Sara ihn gesehen hatte, hatte er nicht, wie jetzt, Jeans und T-Shirt getragen, sondern nur ein Handtuch und hatte sich wegen Saras beherztem Zuschlagen noch schmerzverzerrt am Boden gewunden.

»Ich dachte, es wäre klar gewesen«, sagte Jared gefährlich leise in diesem Moment, und Sara presste sich so gut es ging an die Wand, damit sie keiner der beiden Männer bei einem zufälligen Blick nach oben bemerkte. »Von euch rührt keiner Sara an, wenn sie es nicht selbst will. Was hatten deine verdammten Griffel auf ihr verloren?!«

»Sie wollte es doch«, verteidigte der Mann sich, aber es klang nicht wirklich überzeugend. »Sie hat angefangen, mich zu küssen.«

»Ich habe das Video gesehen«, knurrte Jared. »Sie hat dich sicherlich nicht in die Eier getreten, weil sie mit dir ins Bett wollte.«

»Sie hat mich getreten, weil sie eine prüde Schlampe ist«, erwiderte der andere.

Sara biss in ihrem Versteck die Zähne zusammen und ballte die Fäuste. Plötzlich hörte sie ein ersticktes Ächzen und spähte wieder über das Geländer. Jared, der einen Kopf kleiner war als der andere Mann, hatte diesen einfach rücklings gegen die Wand gedrückt und seinen Unterarm gegen dessen Kehle gepresst. »Du wirst sie nicht noch einmal anfassen«, grollte er so leise, dass Sara ihn kaum noch hören konnte. »Du wirst sie weder ansehen noch es wagen, mit ihr zu sprechen. Falls du das nicht kapierst, reiße ich dir den Arsch auf. Hast du das verstanden?«

Der Angegriffene rang sichtbar nach Luft, doch Jared lockerte seinen Griff nicht, bis er nickte. Erst dann verschwand der Arm, und Jared trat einen Schritt zurück. »Es wäre das Beste, du packst und verschwindest von dir«, erklärte er.

Für einen Moment sah es so aus, als wollte der andere ihm einen Kinnhaken verpassen, doch dann wandte er sich ab und verschwand nach draußen. Jared strich sich die kurzen Haare zurück und zog sein Hemd zurecht, das durch den kurzen Kampf verrutscht war.

Sara konnte ihn nur anstarren. Jared wusste, was dieser Kerl vorgehabt hatte! Er hatte ihn für sie bestraft und sich für sie eingesetzt. Sara dachte nicht mehr wirklich nach – sie lief einfach die Treppe hinunter, schlang ihre Arme um den Nacken des überraschend aufsehenden Jared und küsste ihn auf die Lippen. Sie schmiegte sich an ihn, seufzte in seinen leicht geöffneten Mund, und ihre Zunge streichelte die seine. Jared blieb stocksteif stehen, konnte ihren Kuss noch nicht erwidern, aber als Sara anschmiegsamer wurde, begann er, ihre Liebkosungen nachzuahmen. Seine Arme legten sich um ihre Taille, zogen sie nah an sich, und er rang mit ihr um die Vorherrschaft im Spiel ihrer Zungen. Sara gab ihm nach einiger Zeit nach.

Jared war der Erste, der sich löste. Er sah ihr in die Augen – in seinen standen Zufriedenheit und Überraschung. Er musterte sie, als würde er sie das erste Mal anschauen. »Schneewittchen«, flüsterte er und griff in ihr dichtes schwarzes Haar. »Schneewittchen.« Immer wieder erklang der geliebte Kosename, und Sara verbarg lächelnd ihr Gesicht an seiner Halsbeuge. Er ließ es zu, drückte sie wieder an sich. »Hast du mir vergeben?«, murmelte er. »Auch wenn ich nicht wirklich weiß, warum du mir böse warst.«

»Was meinst du damit?«, fragte sie und hob den Kopf.

Jared küsste sie auf die Stirn. »Du warst heute Morgen wütend auf mich, oder nicht? Was habe ich deiner Meinung nach falsch gemacht?«

Sara spürte heiße Röte in ihre Wangen aufsteigen. »Der Kerl da gerade ...«, begann sie unsicher.

»Ja?«

»Ich glaube, ich war seinetwegen wütend. Weil du mich mit ihm gesehen, aber nichts gesagt hattest.«

Er runzelte merklich die Stirn, und seine Umarmung verlor etwas an Innigkeit. »Weil ich nicht eifersüchtig geworden bin?«, fragte er nach einer Weile.

Die Röte vertiefte sich, schien sich regelrecht in Saras Haut einzubrennen. »Ja«, sagte sie mit brüchiger Stimme.

Jared löste die Umarmung ganz und umfasste ihre Oberarme. »Und die Szene gerade hat dich umgestimmt«, meinte er mehr zu sich selbst, als die Erkenntnis langsam einsickerte. »Deshalb bist du jetzt zu mir gekommen.«

»Ändert es etwas?«, hakte sie besorgt nach. Sie war sich in dem Moment so sicher, dass sie Jared wollte, dass es fast schmerzte. Er konnte doch jetzt unmöglich nein sagen?

Jared atmete tief durch und hob ihr Gesicht an. »Ich glaube, es ist keine gute Idee, wenn wir das jetzt fortsetzen«, sagte er matt und streichelte ihr die Wange. »Ich will nicht, dass du Dankbarkeit mit echtem Begehren verwechselst.«

»Hältst du mich etwa für ein Kind?!«, fuhr Sara auf.

Jared schüttelte ruhig den Kopf. »Nein, das ganz bestimmt nicht, aber du solltest dir sicher sein, dass du das aus den richtigen Gründen tust.« Er nickte ihr aufmunternd zu und drehte sich dann einfach um.

In ihrem Zimmer fand Sara wie gewohnt ein Tablett mit Mittagessen: mittlerweile kalte Suppe, eine Karaffe Weißwein und frisches Brot. Sie aß nur wenig, ihr Hunger war wie weggeblasen. Was Jared gesagt hatte, lag ihr noch immer in den Ohren. Sie lief im Zimmer hin und her.

Sie hatte sich darauf eingestellt, dass sie hier einem Mann begegnen würde, der sie erniedrigen würde, der es genoss, sie in einer Notlage ausnutzen und ihr vorhalten zu können, dass sie ohne ihn ein Nichts war. Stattdessen war sie hier Jared begegnet, einem Mann, der sich so sehr von dem unterschied, den sie vor drei Jahren verlassen hatte.

Sara hatte sich gewehrt, aber jetzt konnte sie es nicht mehr verleugnen – sie wollte diesen Mann, sie wollte Jared mit allen Sinnen besitzen und von ihm besessen werden. Selten war sich Sara so sicher gewesen, aber gerade, als ihr das bewusst wurde, war er zurückgewichen. Nicht um sie zu quälen, sondern um sie zu schützen, damit ihre Gefühle nicht einmal mehr verletzt wurden, weil sie einen Fehler beging. Er sorgte sich um sie.

Sara lehnte am Fenster und sah hinaus. Sie würde noch zwei Tage auf diesem Gut verbringen und dann Frankreich wieder verlassen. Was auch bedeutete, dass sie Jared vielleicht nie wiedersah. Der Gedanke war unerträglich. Wenn sie wirklich etwas tun wollte, musste sie es jetzt tun. Egal, ob Jared der Meinung war, sie beginge einen Fehler, oder nicht. Entschlossen griff Sara nach dem Telefonhörer und wählte Armands Nummer. Nach dreimaligem Klingeln nahm er ab. »Was kann ich für Sie tun, Mrs McLaughlin?«

»Ich möchte gerne Jared sprechen. Wissen Sie, wo er sich gerade aufhält?«, fragte sie, bemüht, ihre Stimme ruhig klingen zu lassen.

»Mr McLaughlin war heute Abend sehr verstimmt. Ich denke, Sie finden ihn in seinem Zimmer.«

»Wo befindet sich das?«

»Gehen Sie einfach die Treppe hinauf. Die erste Tür im Gang ist es.«

Sara bedankte sich hastig und lief eilig hinauf, bis sie vor Jareds Zimmer stand. Sie schob die Tür auf. Es war nicht abgeschlossen. Und einen Moment lang wunderte sie sich darüber, Jared reagierte zuweilen paranoid, aber der Gedanke verschwand schnell wieder.

Er saß am Kamin und schaute nachdenklich in die Flammen, ein Glas mit einer bernsteinfarbenen Flüssigkeit in der Hand. Ihr Exmann hatte es sich bequem gemacht. Er trug nur ein weißes Hemd, dessen Kragen er gelockert hatte, und eine Anzughose. Als er Sara bemerkte, sah er auf, und sie konnte die Überraschung in seiner Miene erkennen. »Was tust du hier?« Er schien zu ahnen, weswegen sie mitten in der Nacht in seinem Zimmer stand, aber er wollte, dass sie es ihm sagte.

Sara löste den Knoten ihres Morgenmantels, den sie sich nach dem Duschen übergestreift hatte, und kam näher. Sie schaute ihm ins Gesicht. Seine Blicke wanderten immer wieder zwischen dem Streifen bloßer Haut, der unter dem offenen Mantel hervorblitzte, und ihrem Gesicht hin und her.

Sie lächelte und bewegte sich nur langsam, um ihm wenig

Sicht auf ihre Haut und das flaumige Dreieck zwischen ihren Schenkeln zu gewähren. Ihr Lächeln spiegelte sich in Jareds Gesicht wider. Er genoss ihr Spiel.

»Du sagtest, du würdest darauf warten, bis ich zu dir komme«, sagte sie leise und blieb direkt vor ihm stehen. »Also – hier bin ich.« Sie stemmte die Hände in die Hüften und sah ihn herausfordernd an.

Jared stellte das Glas auf ein niedriges Tischchen neben dem Sessel und stand auf. Sara wich nicht zurück, und so war er sehr nah, als er sich zu seiner vollen Größe aufgerichtet hatte. Unter dem dünnen Stoff des Mantels spürte sie ihre Brustwarzen, sie zogen sich hart zusammen, allein durch seine Nähe.

»Ja, du bist hier«, murmelte er an ihren Lippen, und seine Hand glitt über die Seide ihres Morgenmantels und blieb auf ihrem Rücken liegen. Nur einen Moment später spürte sie seine Lippen auf ihren. Seine Küsse waren noch genau so, wie sie sie in Erinnerung hatte: hart, heiß und fordernd. Sara gab sich ihnen ganz hin, ließ ihn ein und bot ihm gerade genug Widerstand, dass er sie erobern konnte, ohne Angst haben zu müssen zu verlieren.

Ebenso bestimmt zog er sie näher an seinen Körper, aber Sara ließ es nicht zu. Sofort drückte sie ihn zurück, löste so auch den intensiven Kuss, den sie geteilt hatten. Zum ersten Mal in ihrem Leben sah Sara echte Überraschung in Jareds Augen. Er runzelte die Stirn, aber sie ließ ihn nicht zu Wort kommen. Rasch drehte sie ihn um und stieß ihn gegen die Wand neben dem Kamin.

»Ich bin hier, aber ich habe dir auch etwas mitgebracht«, hauchte sie an seinem Nacken. Einen Moment lang sah es so aus, als würde Jared sich wehren wollen, aber sie hatte ihn in jeder Hinsicht überrumpelt.

Jareds Neugier war geweckt – er wollte wissen, was sie vorhatte. »Und was?«, fragte er, die Hände vor sich an der Wand abgestützt.

»Ein paar neue Ideen«, erwiderte Sara lächelnd. Sie schmiegte sich an seinen Rücken. Der Stoff seines Hemdes knisterte leise, als er gegen Saras Brust gedrückt wurde. Sie schloss die Augen und genoss die Struktur der weichen Baumwolle und Jareds heißen Körper darunter.

»Das merke ich«, sagte er rau. Eine seiner Hände löste sich von der Wand und griff hinter sich. Er berührte ihre Taille und zog sie ruckartig näher, bis sie an seinen breiten Rücken gepresst wurde.

Sara drängte sich aber von sich aus dichter an ihn. »Du solltest nicht so ungeduldig sein«, schnurrte sie, während ihre Hände den Weg zu Jareds Brust fanden und langsam das Hemd aufknöpften. Sara vergrub ihr Gesicht an seinem Nacken und atmete tief ein. Sein Duft war für sie immer etwas Besonderes gewesen, und nur wenn sie ihm so nah gewesen war, hatte sie ihn wahrnehmen können. Hatte sie das über die Jahre wirklich vergessen? Anscheinend. Umso bereitwilliger und gieriger sog sie diesen besonderen Duft ein.

Jared löste seine Hand von ihrer Taille und umfasste Saras Handgelenk. Wortlos führte er ihre Hand über die entblößte Haut seiner Brust und seines Bauches, und tiefer zur Gürtelschnalle seiner Hose. Sara löste sich von ihm und glitt tiefer, zwischen seine Beine.

Unter dem dunklen Stoff reckte sich ihr Jared bereits hart und hungrig entgegen. Sara seufzte auf, zeitgleich mit Jared, der ein dunkles Grollen von sich gab. Er hatte seine Hand zurückgezogen und sie wieder gegen die Wand gelegt. Er wartete auf das, was weiter geschehen würde, aber es hatte etwas von einem lauernden Raubtier. Und einem solchen Raubtier näherte man sich entweder unterwürfig, oder man griff als Erstes an, um es zu überrumpeln.

Sara packte zu und rieb Jared plötzlich und überraschend. Ihr Griff war fest, das Tempo hart. Jared keuchte laut auf und drängte sich ihr entgegen. Sie lachte heiser und bewegte sich gegen ihn, nagelte ihn durch ihren eigenen Körper und ihre Hand um seine Erektion an Ort und Stelle fest. »Gefallen dir meine neuen Ideen?«, flüsterte sie an seinem Ohr und biss ihn ins Ohrläppchen.

Jared lachte unsicher. »O ja. Wo hast du das gelernt?«

»Ich habe nach dir viel geübt«, sagte sie und steigerte ihr Tempo.

Jared zuckte unter ihrer Hand. »Nein«, knurrte er mit einem Mal, riss Saras Hand zurück und drehte sich um. Nur einen Moment später fand sie sich mit dem Rücken gegen die Wand wieder. Jared sah auf sie herab, das Gesicht gerötet und schwer atmend. Er musterte Sara und küsste sie besitzergreifend. Hart presste er sich gegen ihren Bauch.

Mit einem Arm stützte er sich neben ihrem Kopf ab, der andere fuhr unter den offenen Morgenmantel und berührte weiche Haut und nachgiebiges Fleisch.

Sara klammerte sich an seine Schultern, erwiderte den Kuss und hielt Jared stand, so gut es ging. Sie wollte, dass er sie auf diese Weise besaß, sie schrie danach, dass er sie unterwarf und sie zeichnete.

Jared markierte sie regelrecht, riss sich aus dem Kuss, aber nur, um seine Zähne über ihren weichen Hals wandern zu lassen und rote Spuren darauf zu hinterlassen. Bei jedem einzelnen Biss stöhnte Sara auf, den Kopf in den Nacken gelegt, um ihm ihre weiche Kehle darzubieten. Sie unterwarf sich ihm vollkommen.

Jared packte ihren Nacken und zog sie von der Wand weg zu dem Sessel. Er bedeutete ihr, sich daraufzuknien, die Hände auf der Rückenlehne. Sie tat es und sah hinter sich, als er sich entfernte. Ihr Herz machte einen Sprung, als sie bemerkte, womit er zurückkam: ein biegsamer Rohrstock lag in seinen Händen.

Sara wusste nicht, ob sie vor Erregung oder Angst zitterte – Jared hatte sie während ihrer Ehe niemals gezüchtigt. Aber die Art, wie geübt er den Stock hielt, ließ sie ahnen, dass er mit anderen Frauen bereits solche Spiele gespielt hatte. Bevor sich jedoch Eifersucht in ihre Gedanken mischen konnte, war er schon bei ihr und beugte sich über ihren ausgestreckten Rücken.

»Angst, Schneewittchen?«, fragte er an ihrem Hals, auf dem noch immer die Abdrücke seiner Zähne zu sehen waren. Zärtlich schob er ihre dichten Locken auf die andere Seite, um ihre Schultern und den Nacken freizulegen. Umsichtig hauchte er einen Kuss darauf. »Die brauchst du nicht zu haben. Du weißt, ich würde dir niemals schaden – aber ich weiß, wie ich dein Verlangen noch steigern kann und dir Genuss bereite, und mir auch. Der Anblick deines weißen wunderschönen Hinterns, wenn er sich unter dem Kuss des Stocks rosig verfärbt ... ah, ich kann es mir so gut vorstellen.«

Jared streifte ihr den Morgenmantel ab und umfasste ihre Pobacken mit einer Hand. Sara genoss die Berührung, aber im nächsten Augenblick surrte der Rohrstock durch die Luft und landete mit einem lauten Klatschen auf ihrem Po. Sara schrie auf.

Jared bückte sich und küsste den roten Striemen, der auf Saras Haut brannte. »Wie ein Gemälde«, hauchte er und rieb seine Wange gegen ihren Po. Sein Atem streifte ihre weit offene nasse Scham und entlockte ihr ein weiteres Keuchen. Jared ließ ihr aber nicht viel Zeit, um zu Atem zu kommen, denn wieder sauste der harte Stock auf ihr Fleisch nieder, und mit jedem Schlag wurde sie nasser und willenloser.

Immer wieder klatschte der Stock auf ihr Hinterteil, bis Sara nicht mehr wusste, wie oft Jared sie auf diese Weise gezüchtigt hatte. Sie war nur noch ein erregtes Bündel, das nach Erlösung lechzte.

»Jared, bitte«, wimmerte sie und spürte seine Hüften, die sich gegen ihren Po drückten. Schmerz und Lust schossen gleichermaßen durch ihren Körper, und Tränen stiegen ihr in die Augen.

»Das willst du?«, fragte er heiser. Sara hatte das Gefühl, wahnsinnig zu werden, denn noch trennte seine Hose sie von der ersehnten Lust durch seinen Schwanz.

»Nein, ich will dich«, bettelte sie. »Jetzt!«

Es schien eine Ewigkeit zu dauern, in der er nicht antwortete, aber endlich erhörte er sie. Sara spürte seine Eichel, die sich zwischen ihren angeschwollenen Schamlippen rieb, sich anfeuchtete und noch größere Lust verhieß, bis er mit einem einzigen Stoß in sie drang.

Stöhnend sackte Sara in sich zusammen, klammerte sich an die Rückenlehne des Sessels, um irgendeinen Halt zu haben. Sie versank vollkommen in der Ekstase, wand sich, wimmerte und schrie, während Jared sie erbarmungslos ritt.

Anfangs variierte Jared seine Stöße noch, wurde manchmal langsamer, dann wieder schneller, drang in einem anderen Winkel in sie ein, aber jetzt hielt auch er sich nicht mehr zurück. Er hielt ihre Hüften gepackt, und immer wieder klatschte Haut auf die gerötete, vom Rohrstock geküsste Haut. Es war wild, heiß, einfaches, unerbittliches Ficken, und Sara genoss es. Sie war einmal mehr Jareds Spielzeug, und zum ersten Mal seit Jahren war sie es wieder aus eigenem Willen.

Sie ließ sich einfach fallen und wusste, Jared würde sie auffangen. Atemlos löste sie sich einfach von allem und wurde von ihrem eigenen Orgasmus überrascht. Er packte sie, schüttelte sie und raubte ihr jede Kraft, bis sie am Rande einer Ohnmacht einfach in sich zusammensank.

Kapitel 15

Warme, weiche Finger wanderten über ihren Rücken. Sara seufzte, weigerte sich aber noch, die Augen aufzuschlagen. Sie war gefangen in dem Zustand zwischen Wachen und Träumen und fühlte sich dort sehr wohl.

Die Finger wurden hartnäckiger, kitzelten ihren Nacken. Sara wand sich und drehte sich auf den Rücken. »Lass das«, beschwerte sie sich gespielt und sah in Jareds lachende graue Augen. Er war noch immer nackt, wie sie auch. Sein Körper war warm. Sara kuschelte sich an ihn. Jared kam ihr nicht sonderlich entgegen, streichelte ihre Arme.

»Heute wieder Frühstück auf dem Dach?«, sagte sie an seiner Brust.

»Ich muss leider weg, aber heute Abend bin ich wieder da.«

Sara hob den Kopf und strich sich die schwarzen Locken aus dem Gesicht. »Ich dachte, du hast mich für eine ganze Woche herbeordert.«

»Das habe ich auch. Mir ist nur eine kleine Transaktion in die Quere gekommen – nichts Aufregendes, aber verschieben kann ich sie nicht.«

Sara seufzte, beklagte sich aber nicht weiter. Er beugte sich über sie und küsste ihren Hals. »Heute Abend bin ich ja wieder da. Und dann stelle ich dich meinen Freunden hier auf angemessene Art und Weise vor.«

Sie lächelte. »Was ist denn in diesem Sexresort die angemessene Art und Weise?«

Er erwiderte ihr Lächeln, blieb ihr aber eine Antwort schuldig, indem er aufstand und im Bad verschwand. Das Rauschen der Dusche drang aus der halboffenen Tür, und Sara gestattete es sich, Jareds Duft einzuatmen, der noch zwischen den Laken hing. Zufrieden rollte sie sich ein und beobachtete ihren Liebhaber, wie er nach der Dusche durch das Zimmer ging und sich seine Kleidung zurechtlegte. Sie schwieg, und er verlor auch kein Wort, obwohl er ihre Blicke immer wieder flüchtig lächelnd erwiderte. Als er komplett angekleidet war, kam er noch einmal zum Bett und setzte sich auf die Kante. »Ich rufe dich gegen Mittag noch einmal an«, versprach er und küsste sie.

Sara erwiderte seinen Abschiedskuss. »Dann also bis heute Mittag.«

Alan schwang die Beine über die dünne Pritsche, die ihm als Bett diente. Seit zwei Tagen wurde er schon in diesem Kellerloch festgehalten, und die Zeit hatte er nur anhand eines Gitterfensters in der Wand einschätzen können. Jared hatte ihn mit Wasser, einigen Scheiben Brot und einem Stück hart gewordenem Käse versorgt. Alan hatte die Hälfte davon an die Ratten in seinem Gefängnis verfüttert, weil es einfach ungenießbar war.

Mittlerweile konnte er förmlich spüren, wie der Essenmangel an seinen Kräften zehrte. Den ersten Tag hatte er damit verbracht, irgendeinen Weg aus diesem Loch herauszufinden, hatte aber bald wütend aufgeben müssen.

Der Keller war durch eine einzelne Tür gesichert – massiver Stahl, keinerlei Risse oder weicher Kitt im Türrahmen. Unmöglich, dort herauszukommen. Das Gleiche galt für das Fenster. Es war vergittert, ohne Glas, wodurch es nachts auch empfindlich kalt wurde. Tagsüber bot der feuchte Keller wenigstens Kühle, so dass seine Gefangenschaft nicht allzu unangenehm war.

Ein Blick aus dem Gitterfenster hatte ihm nur weites Land gezeigt, und seit zwei Tagen hatte Alan keine Menschenseele gesehen.

Jared hatte ihm die Augen verbunden, nachdem er ihn im Büro erwischt hatte, und sie waren mit einem Wagen etwa eine halbe Stunde gefahren, bis er, angetrieben durch den kalten Pistolenlauf in seinem Nacken, in diesen Keller gestolpert war.

Alan rieb sich über den Hinterkopf. Er war müde, ausgelaugt und voller Hass. Wut auf sich selbst paarte sich mit dem Wunsch, Jared die Fäuste in das schöne Gesicht zu schlagen. Er war allein mit Sara und konnte mit ihr anstellen, was er wollte, ohne dass Alan irgendeine Möglichkeit hatte, sie zu warnen oder zu schützen.

Er spuckte in die Ecke und schreckte eine Ratte auf, die am Rest einer Käserinde nagte. Ein Schlüssel wurde in das Schloss der Tür gesteckt und rasselnd herumgedreht. Alan stand hastig auf und drückte sich an die Wand. Wer auch immer hereinkam, er würde demjenigen eins überbraten und dann von hier verschwinden. Er spannte die Muskeln an, bereit zuzuschlagen.

Die Tür schwang auf, und Jared hieb Alan seinen Ellbogen in den Magen, bevor der auch nur daran denken konnte zu reagieren. Der Schlag presste ihm alle Luft aus den Lungen, und mit einem heiseren Röcheln sank er auf die Knie. »Dachte ich mir doch, dass du so was ausheckst«, drang Jareds Stimme durch dichte rote Schwaden aus Schmerz zu ihm. »Aber das ist dein Problem – ich bin einfach zu schnell für einen Versager wie dich.«

Alans Hände wurden auf seinen Rücken gedrückt und gefesselt. Klebeband drückte sich auf seine Lippen und verschloss sie. Er wehrte sich, aber Jared schob seine gefesselten Arme hoch, bis der Schmerz unerträglich wurde. Hinter seinem Knebel schrie Alan auf.

»Jetzt beruhige dich«, brummte Jared fast sanft und hockte sich zu dem am Boden liegenden Alan. »Es wird dich freuen zu hören, dass ich dich schon bald hier herauslasse.«

Alan konnte ihn nur wütend anstarren. Die Situation gefiel Jared. Er stand wieder auf und setzte sich auf die Pritsche. »Außer natürlich, du möchtest deine kleine Herberge hier behalten«, plauderte er munter weiter und sah sich um. Sein Blick ruhte schon bald wieder auf Alan. Er stieß mit der Spitze seines Lederschuhs gegen dessen Stirn. »Bevor ich dich aus deinem heimeligen Käfig lasse, musst du noch ein bisschen für meine Zwecke herhalten. Es ist einfach zu anregend, dich leiden zu lassen.« Jared beugte sich tiefer, und die Blicke aus seinen grauen Augen bohrten sich in Alans azurblaue. »Genau das will ich noch ein bisschen auskosten. Soll ich dir einen kleinen Vorgeschmack geben?« Er zwinkerte verschwörerisch. »Gestern hab ich Sara flachgelegt.«

Alan, der bisher stillgehalten hatte, weil es zwecklos war, sich gegen die Fesseln zu wehren, wand sich plötzlich. Weißglühender Hass durchströmte ihn, und er hätte alles dafür gegeben, jetzt freie Hand haben zu können. Seine Reaktion sorgte aber nur für ein belustigtes Schnaufen von Jared.

»Ich dachte mir, dass dir das nicht gefallen wird. Aber warte, es wird noch besser«, meinte er grinsend und zog sein Smartphone aus der Tasche. Rasch tippte er eine Nummer ein und kurz darauf erklang, deutlich für Alan hörbar, das Freizeichen. Jemand hob ab, und schon nach dem ersten »Hallo« erkannte Alan Saras Stimme.

»Hallo, Schneewittchen«, sagte Jared und lächelte dabei. »Habe ich dich geweckt? Ich hoffe doch nicht.«

»Schon, aber es ist nicht schlimm«, versicherte sie mit einer Leichtigkeit in der Stimme, die Alans Herz einen Stich versetzte. »Ich wollte mich nur für heute Nacht etwas ausruhen«, fuhr sie fort.

»Ah, hast du dir etwa schon ausgemalt, was ich alles mit dir anstellen werde?«, erwiderte Jared, ohne Alans Blick loszulassen. Der wollte vor Frustration aufbrüllen.

Saras Antwort kam zögerlich. »Woher weißt du das?«

»Ich kenne dich, mein Herz. Du hast sicherlich auf meinem Bett gelegen und dich daran erinnert, wie ich dich gestern genommen habe«, sagte er. »Wie du gebettelt und gewimmert hast, weil mein Schwanz so tief in deiner schönen nassen Pussy steckte, stimmt's?«

Alan wusste, dass man ihm seine Qual zu deutlich ansah, aber er konnte nichts dagegen tun. Hilflos musste er mit anhören, wie sein Rivale über den Sex mit seiner Geliebten sprach und ihn damit quälte, je mehr Details er enthüllte. Das Grausamste war jedoch Sara selbst. Sie lauschte offenbar gebannt Jareds Worten, und Alan hörte ihren schneller gehenden Atem.

»Lass das«, murmelte sie nach einigen Minuten und schnitt Jared erstaunlich bestimmt das Wort ab. »Ich will das heute Abend von dir hören, wenn du wieder bei mir bist.«

»Wie du es wünschst, Schneewittchen«, tat Jared reumütig. Er verabschiedete sich und schaltete das Handy aus. Mit einem geringschätzigen Lächeln sah er auf die Beule in Alans Schritt herunter. »So nötig hast du es?«, meinte er abfällig und drückte die Sohle seines Schuhs darauf.

Alan stöhnte gequält auf. Jared nickte ihm zu, als würde er sich von einem Freund verabschieden, und verließ den Keller. Der Schlüssel drehte sich im Schloss, und Alan war wieder allein in seinem Gefängnis.

Sara legte das Telefon zur Seite und leckte sich genüsslich über die Lippen. Sie hatte Jared direkt gesagt, dass sie ihn wollte, und seine Andeutungen, dass er heute Abend wieder alles Mögliche mit ihr anstellen würde, machten sie richtig an.

Das Gespräch hatte sie mehr als nur angeregt. Eigentlich hatte sie schlafen wollen, aber so feucht, wie sie mittlerweile war, war an Schlaf nicht mehr zu denken.

Sie dachte an Jareds heisere Stimme, die Worte, die er benutzt hatte, um sie einzustimmen. Fast von allein wanderte Saras Hand zwischen ihre Schenkel und streichelte sich dort. Einen Slip trug sie nicht, und so fand sie sofort, wonach sie gesucht hatte. Ihre Klitoris reckte sich ihr entgegen, als ihre Fingerkuppe dagegenstupste, aber Sara zog ihre Hand schnell zurück. Sie wollte es noch ein wenig hinauszögern, es genießen.

In ihrer Vorstellung war es Jared, der sie am frühen Morgen auf diese Weise weckte. Seine Hand würde genau wie ihre zu ihrer nassen Spalte wandern und ihre Tiefe erkunden, ihre Schamlippen spreizen und erst einen, dann zwei Finger in sie führen.

Sara ließ die zweite Hand folgen und schloss die Augen. Bilder aus ihren Träumen vermischten sich mit ihren Tagtraumphantasien. Jareds Hand widmete sich noch immer ihrer nassen Pussy, aber auf der anderen Seite des Bettes lag nun Alan und küsste Sara. Seine Zunge war zärtlich, ebenso wie seine Hände, die ihre Brüste liebkosten. Er nahm ihre Nippel zwischen Daumen und Zeigefinger und zog sie lang. Feiner Schmerz raste durch Saras Körper und mündete an ihrer Pussy, die mittlerweile offen und bereit war.

Sara wand sich und spreizte sich selbst mit der linken Hand, während die rechte noch immer zwei Finger in sie schob. Saras löste ihre linke Hand und zupfte an ihren eigenen Brustwarzen. Das Gefühl war fast ebenso gut wie in ihren Träumen, und sie rieb ihre Finger heftiger gegen ihre Scham. Bilder der beiden Männer huschten in ihrer Vorstellung vor ihrem inneren Auge vorbei.

Sara schmeckte wollüstige Muskeln, heiße Haut. Ein riesiger Schwanz wurde ihr in den Mund geschoben, während ein anderer Mann sie von hinten bestieg und sie erbarmungslos fickte. Saras Bewegungen wurden schneller. Sie presste die Lippen zusammen, um nicht zu laut zu werden, aber ihre Gedanken drehten sich nur noch um eins.

Endlich gestattete sie sich, ihre prall geschwollene Klitoris zu berühren. Nur ein einziges Antippen reichte, um sie am ganzen Körper zittern zu lassen.

In Saras Phantasie war es Alans Zunge, die um die Erhebung kreiste, während es nun Jareds Mund war, der sich ihren Brüsten widmete. Er biss in die Warzen, und Sara kniff sich in dem Moment selbst in ihre harten Nippel. Sie wimmerte und schob drei Finger in sich. Ihr Handballen rieb sich automatisch an ihrer Perle, und Sara hielt es kaum mehr aus. Sie spreizte die Beine bis zum Äußersten, zerwühlte das Laken unter sich und stöhnte ihr Begehren heraus.

Ihre nassen Finger steckte sie sich in den Mund, schmeckte sich selbst und spürte ihre Lust ins Rasende ansteigen, als sich der würzige Geschmack in ihrer Mundhöhle ausbreitete wie kostbarster Wein.

Sie wand sich, rieb sich und hatte die Bilder in ihrem Kopf vor sich. Kurz bevor es ihr kam, hielt sie jedoch inne. Sie wartete, bis ihre Lust etwas abgeklungen war, und drehte sich dann auf den Bauch.

In ihren Träumen lag sie so auf Alan, Jared über ihr, und sie hatte beide Schwänze in sich – Alan in ihrer Pussy und Jared in ihrem Anus. Neugierig schob Sara die Finger beider Hände in ihren Schoß, feuchtete sie gut an und spreizte die Beine. Während ihre linke Hand an ihrer Perle und in ihrer Spalte blieb, ließ Sara die rechte zaghaft über die Rundung ihres Pos wandern.

Sollte sie es wirklich tun? Auf diese Weise hatte sie sich selbst noch nie verwöhnt, dafür war die Neugier umso größer.

Versuchsweise schob sie einen Finger zwischen die beiden runden Pobacken, und durch ihre eigenen Säfte glitt sie mühelos bis zu ihrem straff gespannten Anus.

Das Gefühl war seltsam, aber nicht unangenehm. Sara massierte ihn ein bisschen, wartete, bis er lockerer wurde, und schob ihren Zeigefinger hinein. Er fühlte sich in ihr viel größer an, als er eigentlich war. Ihre andere Hand rieb unermüdlich über ihre Klitoris, hielt ihre Erregung konstant weiter oben, während nun der ganze Finger in Saras Po verschwand. Sie verhielt in jeder Bewegung und atmete langsam ein und aus. Es fühlte sich fremd an.

Versuchsweise spannte sie ihren Anus an und keuchte, als sie spürte, wie ihr Finger regelrecht in ihren Arsch gesogen wurde. Sara wiederholte das, rieb sich diesmal aber gleichzeitig an ihrer Klit und musste stöhnen.

Sie schauderte und tat es wieder. Ihre Finger fuhren in ihren Schoß, der Handballen rieb über ihre Perle, und ihr Finger bohrte sich tief in ihren Po.

Sara keuchte und kniete sich hin, das Gesicht in den Kissen vergraben. Es dämpfte ihre lustvollen Schreie etwas, aber selbst wenn es das nicht getan hätte – sie hatte längst den Punkt überschritten, an dem sie das kümmerte. Sara fickte sich selbst, gleichzeitig vorn und hinten. Und hinter ihren geschlossenen Augenlidern waren es wahlweise Jared oder Alan, die ihr an beiden Stellen mit ihren harten Schwänzen Lust verschafften und sie reizten.

Sara wimmerte, bewegte ihre Hände kaum noch, dafür ihre Lenden. Egal, wohin sie sich wand, immer erwartete sie einer ihrer Finger, um noch tiefer in sie zu gleiten. Ruckte sie nach vorn, wurde ihr Klit an ihre Haut gepresst, und Zeige- und Ringfinger schoben sich noch über den Knöchel hinaus in sie.

Floh sie vor diesen Fingern, erwartete sie schon ein anderer, der sich in ihren Anus grub und sie dort weitertrieb. Sara seufzte selig, ruckte mit den Hüften vor und zurück. Sie stöhnte, keuchte und dachte an Jared, an Alan, einfach an einen harten Schwanz, der es ihr genau so besorgte, wie sie es in diesem Moment brauchte.

All ihr Denken konzentrierte sich auf die Feuchte zwischen ihren Schenkeln. Ein dicker Tropfen löste sich und rann die Innenseite ihres Schenkels herunter, versickerte im Bettlaken.

Sara gab nach. Immer heftiger bewegte sie sich, immer tiefer drang sie in sich selbst ein, und mit einem letzten Reiben über ihre Klit kam sie mit heiserem Keuchen in ihre Kissen. Dann sackte Sara einfach nach vorn weg und brauchte einige Augenblicke, um wieder zu sich zu kommen.

Dass es ausgerechnet Alan und Jared gewesen waren, die ihr zu diesem nachmittäglichen Höhepunkt verholfen hatten, überraschte sie nicht, aber ein leises Schuldgefühl breitete sich in ihr aus. Aber sie konnte nicht leugnen, dass jeder von ihnen etwas an sich hatte, was Frauen und in diesem speziellen Fall Sara ansprach, ihnen neue Gipfel und Höhen verhieß, die sie allein niemals erreicht hätten.

Der Gedanke amüsierte sie, selbst dann noch, als sie unter die Dusche ging und sich den Schweiß ihres kleinen Abenteuers abwusch. Das warme Wasser war belebend. Als sie wieder ins Schlafzimmer kam, fühlte sie sich keineswegs ausgelaugt, wie sie befürchtet hatte, sondern erfrischt und bereit für den Abend. Gutgelaunt ging sie zu ihrem Schrank, um ihr Outfit für den Abend auszusuchen.

Einige Stunden später bürstete sie ihre schwarzen Locken und betrachtete sich im Spiegel. Im sanften Licht der angezündeten Kerzen schimmerte ihre nackte Haut wie die Oberfläche eines zugeschneiten Sees. Sie nahm die Lockenpracht, schob sie über ihre rechte Schulter und band ein schwarzes Samtband darum. Wieder betrachtete sie sich und nickte, zufrieden mit der Auswahl, die sie getroffen hatte. Das erste

Frühstück hier in Frankreich gemeinsam mit Jared war ihr nicht aus dem Kopf gegangen, und in Anbetracht dessen hatte sie diesen Abend zum Anlass genommen, um ihm in einem besonderen Outfit zu begegnen.

Sie hatte rote Spitzenunterwäsche gewählt. Der Slip war ein Hauch aus feingewebten Fäden, die Blütenmuster bildeten. Die zarten Blätter dieser Blüten wanden sich unregelmäßig über Saras Schamhügel, und ein verirrter Zweig mit einer winzigen Knospe darauf schlängelte sich bis zur linken Seite ihres Bauchnabels. Durch die Spitze konnte man die fleischigen Hälften ihrer Scham durchblitzen sehen.

Das Blütenmuster war auch auf dem BH zu sehen, der sich um ihre vollen Brüste schmiegte und sie nahezu mühelos in Form hielt. Auch hier gab es einzelne Ranken, die neckisch über ihre Haut wanderten und ihren Rippenbogen nachzeichneten. Die rosafarbenen Nippel schimmerten zwischen den Blüten hervor, wie kleine Knospen, inmitten der rosigen Höfe.

Eine Spitzenmaske, die über ihren Augen lag, und eine Art Spitzenarmstulpe auf ihrem linken Arm komplettierten ihr Outfit.

Sie drehte den Kopf, als die Tür sich öffnete. Ein Lächeln erschien auf ihrem Gesicht – Jared war zurückgekommen. Sie ging ihm entgegen. Er musterte sie, und sie sah deutliches Wohlwollen in seiner Miene. Er küsste sie zur Begrüßung auf den Mund. »Schneewittchen«, sagte er zufrieden.

Sie legte ihm die Hände auf die Schultern. »Du willst mir doch nicht etwa erzählen, du wärst mein Prinz, oder?«, fragte sie lächelnd, und er lachte leise.

»Nein, sicher nicht. Aber nun muss ich mir etwas einfallen lassen, um dir gerecht zu werden. Immerhin will ich mich heute mit dir zeigen.« Er küsste sie inniger. »Warte so lange in deinem Zimmer auf mich.«

Sara löste sich nicht sofort nach seiner Aufforderung. Sie schmiegte sich an seine Vorderseite, rieb sich an ihm und seufzte ob der Gegensätzlichkeit zwischen ihrem nur halbbedeckten Körper und seinem fast vollkommen verhüllten. Ihr Kuss war tief – sie konnte nicht anders. Allein sein Anblick machte sie willenlos. Tief in ihr war das alte Begehren neu entfacht, und Saras Mund sprach eine deutliche Sprache. Bestimmt schob Jared sie dennoch wieder von sich. »Warte noch, Schneewittchen«, sagte er. »Nur noch etwas, dann darfst du alles mit mir machen, wovon du geträumt hast.«

Sie schluckte, nickte aber. Sie warf einen letzten Blick auf Jared.

Eine Stunde später war es zu ihrer Überraschung Armand und nicht Jared, der an ihre Tür klopfte. Auf ihren enttäuschten Blick hin, lächelte der Franzose. »Sie haben jemand anderen erwartet, nicht wahr?«

Sara versuchte zu lächeln. »Es ist dennoch schön, Sie zu sehen.«

Er neigte leicht den Kopf. Einige Haarsträhnen fielen ihm ins Gesicht und verliehen ihm etwas Jungenhaftes. Er trug einen sehr knappen Lendenschurz, unter dem sich bei jeder Bewegung sein Penis abzeichnete. Der Stoff war blau und rechteckig geschnitten, so dass man genug von Armands wundervoll geformtem Po sehen konnte.

»Mr McLaughlin bat mich, Sie abzuholen«, erklärte er und bot ihr seinen Arm an. Sara konnte nicht leugnen, dass sie erleichtert war. Sie hakte sich bei Armand unter und schlenderte mit ihm durch den Gang. Zu ihrer Überraschung gingen sie weder hinauf auf die Terrasse noch hinaus in den Hofgarten. Stattdessen führte er sie durch den kleinen Hof in Richtung des großen Eingangs zum Gut.

Nachtluft ließ sie frösteln. Beruhigend zog Armand sie näher an sich. »Wir sind gleich da, dann wird es wärmer.«

Sie nickte, und er führte sie zu der großen Scheune, die sie bei ihrer Ankunft schon hatte bewundern dürfen. Vor den beiden hölzernen Flügeltüren entzog Armand ihr seinen Arm. »Bitte, gehen Sie hinein. Er erwartet Sie bereits.« Sara schluckte, nickte dann aber und schob die Türen auf.

Warmes Licht strömte ihr entgegen, ausgestrahlt von Kerzen in hohen Lüstern, Kronleuchtern an der Decke und mehreren Kaminen, die den Raum wärmten. Den Boden bedeckten flauschige Teppiche, und überall in dem riesigen Raum hatte man kleine Oasen mit Kissen, Decken und Fellen geschaffen. Auf fast allen lagen oder saßen Menschen und vergnügten sich miteinander.

Saras Auftauchen wurde bemerkt und mit leisem Murmeln und heiser geflüsterten Gesprächen quittiert. Viele Blicke lagen auf ihr, streichelten ihre Haut und suchten auch noch nach ihrem letzten Geheimnis unter dem Spitzenstoff ihrer Kleidung.

Sara fühlte sich wie eine Prinzessin auf einem sehr verqueren, aber unbestreitbar erregenden Märchenball. Selbst ihr Prinz fehlte nicht. Jared stand auf der anderen Seite des Saals und betrachtete sie aufmerksam, mit hungrigem Blick. Sie blieb in der Mitte des Raums stehen und wartete, bis er zu ihr kam. Den Anzug hatte er gegen eine Hose aus weichem Leder eingetauscht. Das schwarze gegerbte Tierfell schmiegte sich eng an seine Hüften. Dazu trug er ein weißes Hemd, das bis zum Bauchnabel offen stand. Der Blick wurde gekonnt auf seine glatte, straffe Brust, das harte Kinn und die überaus verführerischen Lippen gelenkt.

Sara erwartete ihn, und kaum, dass er bei ihr war, zog sie ihn in eine süße Umarmung und einen ebenso zarten Kuss. Jared leckte ihr jedoch nur flüchtig über die Lippen und schlang seine Arme um sie. Wie ein hungriger Wolf knurrte er leise und biss ihr in die Unterlippe.

Saras Körper zitterte, und sie sah ihren Exmann ergeben an. »Sag mir, was du vorhast«, bat sie Jared leise, ohne den Blick von ihm zu nehmen.

»Ich will dir deinen Abschied hier versüßen. Und dir Gelegenheit geben, dich zu entscheiden, was du in Zukunft willst.«

»Was ich in Zukunft will?«, fragte sie überrascht und streichelte abwesend seinen Nacken.

»Ich möchte mehr von dir als nur eine Woche in meinem Bett«, erwiderte er und drückte seine Hände auf ihren Po, drückte ihren Schoß gegen seine deutlich spürbare Erektion. Sara stöhnte überrascht auf und krallte sich in seine Schultern.

»Lass uns später darüber reden«, wisperte sie. Jared schien mit dieser Antwort nicht einverstanden zu sein, aber er kam nicht dazu zu antworten, denn Joline und Estelle waren zu ihnen getreten. Sie begrüßten Sara mit einem Kuss auf die Wange. »Schön, dass du auch endlich da bist«, flüsterte die dunkelhaarige Frau an Saras Ohr.

Joline hakte sich vertrauensvoll bei Jared unter. »Können wir dann endlich beginnen?«, fragte sie fröhlich. Er nickte und reichte Sara die Hand. Vertrauensvoll ergriff sie sie und folgte ihnen zu einer Art niedrigen Bühne inmitten der alten Scheune. Rings herum waren Liegen und flache, breite Bänke aufgestellt, auf denen die Besucher des Guts nun nach und nach Platz nahmen.

Sara setzte sich auf eine der Liegen und Jared neben sie. Die Liege war bequem und mit dickem Samt bezogen, der das Sitzen und sicherlich auch das Liegen darauf sehr angenehm machte.

»Hast du etwa eine Show vorbereitet?«, flüsterte Sara Jared

ins Ohr. Er wandte den Kopf leicht zur Seite, und sie spürte seine Wange gegen ihre Nasenspitze streichen.

»Lehn dich einfach zurück, und sieh zu. Ich bin mir sicher, es wird dir gefallen, was ich für dich arrangiert habe.« Er legte ihr den Arm um die Hüfte und fuhr mit den Fingerspitzen über ihren Oberschenkel.

Sara seufzte wohlig und sah auf die Bühne – Joline hatte sie betreten, gefolgt von Armand und zwei weiteren Männern, die Sara nicht erkannte. Die Männer waren allesamt nackt. Joline trug diesmal nicht mehr als einen winzigen violetten String. Ihre Haare fielen ihr offen über die Schultern.

Sie hob in einer aufreizenden Pose, die ihre Brüste zum Hüpfen brachte, die Arme und drehte sich einmal elegant um sich selbst. Die Pirouette wiederholte sie, langsamer diesmal, und noch einmal, bis sie so viel Schwung verloren hatte, dass sie kippte. Doch Joline machte es nichts aus.

Sara zuckte hoch, als die zierliche Frau mit einem strahlenden Lächeln auf den Lippen einfach rücklings umkippte. Bevor sie auf dem Boden aufschlug, erschienen wie aus dem Nichts Armands Hände, und er fing sie auf. Sie sank vollständig in seinen Armen zusammen, wurde schlaff, und er beugte den Kopf tiefer, um seine Lippen über ihre emporragenden Brüste gleiten zu lassen.

Saras Blicke suchten Estelle, und sie sah sie, ihnen gegenübersitzend. Auch ihr Blick war nur auf Joline und Armand gerichtet. Der hatte seine nackte Last den beiden anderen Männern übergeben. Sie stellten sie vorsichtig auf ihre Füße, ließen aber nicht los. Einer von ihnen stand hinter der Französin, die ihm gerade einmal bis zur Schulter reichte. Sein breiter Brustkorb und die Muskeln waren im Licht der Kerzen deutlich zu erkennen, und als er sich bewegte, blitzte seine langsam anschwellende Erektion hervor.

Der Anblick sorgte dafür, dass es Sara deutlich wärmer

wurde. Jared küsste ihren Hals und dann den Ansatz ihrer Brüste. Ein kurzer Blick zur Seite verriet Sara, dass er sie betrachtete und jede ihrer Reaktionen studierte.

»Sieh nicht mich an«, flüsterte er. »Schau weiter zu.«

Sie nickte, schmiegte sich aber wesentlich enger an ihn und seufzte nur, als sein Arm um sie herumfuhr und seine Hand sich über ihre Brust schob, um sie sanft zu streicheln.

Auf der kleinen Bühne stand Joline zwischen den beiden Männern. Ihr Liebhaber hinter ihr streichelte noch immer ihre Brüste, zwirbelte die kleinen Nippel auf den runden Warzenhöfen deutlich sichtbar hin und her. Joline stöhnte leise, auch wegen des Mannes vor ihr, der zu ihren Füßen kniete. Eins ihrer Beine lag über seiner Schulter, und sein Mund war tief in ihren Schoß vergraben.

Sara saß in der ersten Reihe und konnte dadurch sehr gut sehen, wie seine Zunge die fleischigen Lippen Jolines teilte, sie anstupste und mit ihnen spielte. Jared drückte in diesem Augenblick zu, und Saras Brust wurde gequetscht. Sie wimmerte unterdrückt auf; Schmerz und Lust wurden zu einer erregenden Mischung, die durch ihren ganzen Körper prickelte. Aber ihr Blick blieb auf die Bühne gerichtet. Der Anblick weckte ihre eigene Lust zu spielen. Sie schob ihre Hand zwischen Jareds Beine, der sie willig spreizte, und umfasste die Beule zwischen seinen Schenkeln. Unter dem Leder der Hose spürte sie seine Hitze pulsieren, die verheißungsvolle Härte, die er ihr und nur ihr allein anbot.

Joline wand sich mittlerweile und hielt sich an den Armen des Mannes hinter ihr fest. Sie hielt inne, als Armand zu ihr kam. Er hielt ein weißes Seil in den Händen und hob es hoch, so dass jeder es deutlich sehen konnte. Joline leckte sich über die Lippen und streckte ihre Hände aus. Die Innenseiten der Handgelenke aneinandergepresst, hielt sie Armand ihre Finger entgegen, der sie kunstvoll aneinanderfesselte.

Er nickte dem Mann hinter Joline zu, der seinem Kumpanen auf die Schulter klopfte, damit er sich aufrichtete und ihm half. Bald standen beide hinter der aufgeregt atmenden Joline, die noch immer Armand ansah. Der trat näher, seine angeschwollene Erektion drückte sich gegen Jolines weichen Bauch. Die hielt seinem Blick stand und öffnete ihre Lippen, um sich ihm im Kuss anzubieten.

Armand kam ihr entgegen, fasste dabei ihre gefesselten Hände und zog sie plötzlich über ihren Kopf, so weit, bis sie ihre Arme anwinkeln musste und ihre Handgelenke sich hinter ihrem Kopf befanden. Die herabhängenden Enden des langen Seils baumelten wie verirrte Haarsträhnen über dem Rücken der kleinen Französin und schlängelten sich auf dem Boden.

Joline keuchte leise. Armand kniete sich kurz hin, doch nur, um zwischen ihre Beine zu greifen und die Seilenden hervorzuziehen. Er zog sie straff und ließ sie gegen die feuchte Pussy seines Opfers reiben. Joline schloss die Augen und gab einen zitternden erregten Laut von sich.

Es hatte etwas Bettelndes an sich, das Sara die Knie weich werden ließ. Sie massierte Jared fester durch seine Hose hindurch und spreizte ihre eigenen Schenkel, um seine Aufmerksamkeit dorthin zu lenken. Jared folgte ihrem Wunsch, doch seine Finger ruhten einfach nur auf ihrer von der Spitze verhüllten Scham. Er spielte nicht mit ihr, streichelte oder kniff sie nicht. Er ließ einfach das Gefühl und die Wärme seiner Finger wirken. Sara bewegte sich unruhig auf der Liege, seiner Hand entgegen, aber es brachte nicht viel. Frustriert zerrte sie an der Öffnung seiner Hose, bis sie hineingreifen konnte. Er reckte sich ihr warm entgegen, und Sara entfuhr ein Seufzen. Sie rieb ihn und sah weiter dem Schauspiel zu.

Armand hatte mittlerweile den Rest des Seils kunstvoll auf Jolines Körper verknotet: Die beiden Seilstränge verschwanden zwischen ihren nassen Schamlippen, tauchten auf ihrem

Venushügel wieder auf und bildeten auf ihrem Bauch ein kompliziertes Muster aus Knoten, nur um bei ihren Brüsten zwei Schlaufen zu bilden, die die weichen Halbkugeln festschnürten und größer erscheinen ließen. Die Enden des Seils waren an Jolines Handfesseln befestigt, so dass sich jedes Mal, wenn sie die Arme über den Kopf ziehen wollte, die Konstruktion um ihre Brüste fester zog und die Seilstränge aufreizend an ihrer Pussy rieben.

Sie war wehrlos und bereit. Das Seil verlieh ihr etwas von einem Kunstwerk, das nicht nur dazu einlud, es zu betrachten, sondern auch zu berühren, zu kosten und damit zu tun, was immer man wollte.

Joline wand sich, zerrte an ihren Fesseln, aber ihrer Mimik nach nicht, um freizukommen. Sie verschaffte sich selbst Lust, indem sie ihre Brüste quetschte, ihre nasse Pussy an dem Seil rieb und lauthals keuchte.

Armand hob ihr Kinn an und küsste sie tief, ihre Zungen rangen für jeden deutlich sichtbar miteinander. Die Männer hinter Joline traten näher. Einer von ihnen griff mit der Hand zwischen ihre Beine.

Armand trat zurück und bedeutete Joline, sich vorzubeugen. Ihr Blick verriet Skepsis, doch ihr Zaudern half ihr nicht. Der zweite Mann fasste ihre Schultern und drückte sie einfach nach vorn. Das Seil straffte sich, Joline schrie, und Sara neigte sich zur Seite, um genau zu sehen, was es zwischen Jolines Beinen anstellte. Die geröteten Lippen wurden von zwei strammen weißen Strängen geteilt und Jolines Hintern zuckte.

Armand erleichterte ihr die sicherlich unbequeme, aber erregende Pose, indem er ihre Schultern umfasste, damit sie nicht umkippte. Seine Penisspitze befand sich direkt vor Jolines Gesicht. Sie hatte jede Beherrschung verloren. Egal, ob es die Zuschauer, die Pose oder das Seil zwischen ihren Beinen und auf ihrem Körper war – mit einer raubtierhaften Gier beugte sie sich nach vorn, getragen von Armands Händen, und nahm seinen Penis tief in den Mund. Er verschwand fast bis zum Ansatz in ihr, und Armand warf den Kopf in den Nacken, stöhnte rau auf.

Das war genug Ansporn für die beiden anderen Männer. Einer von ihnen legte seine Hände auf Jolines Po und schob seinen Schwanz mit einem Ruck in sie. Joline brach der Schweiß aus, sie stöhnte, gedämpft durch Armands Penis. Der dritte Mann beobachtete seinen Freund, wie er begann, Joline in einem trägen Rhythmus zu ficken, und rieb sich selbst dabei. Nach einigen wenigen Strichen streckte er seine Hand aus, und sein Daumen kitzelte ihr enges Loch. Im Rhythmus seines Freundes drückte er seinen dicken Daumen immer wieder in Jolines Anus, die ächzte, ihren Blowjob aber nicht unterbrach. Armand hatte aufgehört, in sie zu stoßen, ging einfach in den Bewegungen mit, die der andere Mann Jolines Körper aufzwang. Die junge Frau wand sich, bewegte sich, so gut es ging, und nach wenigen Stößen verspannte Armand sich, und weißer Samen quoll aus Jolines Mundwinkel.

Noch während sie die Zeichen von Armands Orgasmus schluckte, keuchte auch der Mann hinter ihr auf und kam. Sein Freund brauchte etwas länger, aber auch er kam, und sein Samen spritzte aus seiner Eichel und landete auf Jolines Hintern. Armands noch immer harter Penis glitt aus ihrem Mund, und sie kreischte ihren Höhepunkt heraus.

Sara wandte sich von der Bühne ab und drängte sich an Jared. Ihr Mund legte sich über seinen, ihre Zunge suchte ihn und erhielt bald angemessene Antwort. Er drückte sie rücklings auf die Liege und legte sich zwischen ihre Beine.

Sara schluckte und betrachtete ihn dabei, wie er seine Hose tiefer schob, um seinen heißen Schwanz zu entblößen. Gier leuchtete in seinen grauen Augen auf, als er sich zu ihr beugte und sie küsste. Seine Finger fuhren zwischen ihre Beine; die

Spitze des Slips war vollkommen feucht von ihrem eigenen Saft, aber das kümmerte Sara nicht. Auch nicht, dass Jared die Spitze einfach in Fetzen riss und ihre Schenkel so weit spreizte, dass ihre Waden über beide Seiten der Liege hingen und ihre Füße den Boden berührten.

Ihr gesamtes Denken, jeder ihrer Sinne war nur noch auf Jared, seine prächtig angeschwollene Erektion und den Geruch von Sex in der Luft gerichtet.

Auch Jared wollte diesmal keine Spiele. Er legte sich auf Sara und drang in sie ein, verfiel sofort in einen harten fordernden Rhythmus. Sara schrie spitz und hob ihre Beine an, schlang sie ihm um die Lenden, damit er so nah und lange wie möglich in ihr blieb.

Sein Stöhnen an ihrem Ohr war ein Aphrodisiakum, und es dauerte eine Weile, bis sie Liebkosungen auf ihren Armen, den Schultern, ihrem Po spürte.

Sara blinzelte zur Seite und bemerkte erst jetzt die Menschen, die sich um die Liege geschart hatten und sie und Jared berührten, streichelten, küssten. Suchende Finger strichen über ihren Anus, ein fremder Mund küsste sie. Sara ließ es zu, genoss es sogar.

Jareds Stöße trieben sie unerbittlich weiter zum Höhepunkt ihrer Lust, und jeder Kuss, jedes Streicheln, jede Liebkosung waren ein weiterer Schritt darauf zu. Sara hieß es willkommen, ebenso wie das Wissen um ihren Orgasmus, der sich in ihrem Körper aufbaute. Eine Qual, eine Lust, Verheißung und Verdammnis zugleich.

Sara wusste nicht, ob sie den Höhepunkt herbeisehnte oder sich wünschte, es würde ewig anhalten, aber diese Wahl wurde ihr bald genommen – Jared entlud sich in ihr, ihren Namen auf seinen Lippen. Sara konnte es nicht mehr zurückhalten, sie gab nach und kam, kam immer wieder, bis sich endlich Schwärze um sie legte und sie nichts mehr fühlte.

Kapitel 16

Mit einem bedauernden Seufzen packte Sara das letzte Kleidungsstück in ihren Koffer. Ihr Flug würde in wenigen Stunden gehen. Sie hatte Jared versprochen, mit ihm zusammen nach New York zurückzufliegen. Über mehr hatten sie noch nicht sprechen können, aber Sara kam es vor, als wäre das gar nicht nötig. Zwischen ihnen war etwas, das sie an die alten Zeiten erinnerte, aber es beinhaltete noch so viel mehr. Jared war wieder an ihrer Seite, er akzeptierte sie jedoch endlich als das, was sie war – eine eigenständige Person, eine ebenbürtige Frau an seiner Seite.

Alan würde das bestimmt früher oder später verstehen und sich mit ihr freuen. Sicherlich nicht sofort, aber mit der Zeit würde es besser werden, davon war Sara überzeugt.

Sie zog den Reißverschluss des Koffers zu. Das Zimmer um sie herum wirkte noch genau so wie bei ihrer Ankunft, aber in diesen wenigen Tagen war so viel passiert, dass es Sara wie ein ganzes Leben vorkam.

Jemand stand hinter ihr, Sara spürte die Blicke deutlich im Nacken. Sie drehte sich um und lächelte, als sie Jared im Türrahmen erkannte, der ihr beim Packen zusah.

»Freust du dich auf die Staaten?«, fragte er.

»Ein bisschen. Gegen ein paar Tage mehr hätte ich aber auch nichts einzuwenden gehabt«, meinte sie schmunzelnd.

»Wir werden sicherlich noch einmal hierherkommen«, versprach Jared.

Sara legte leicht den Kopf schief. »Werden wir?«

»Sicherlich«, bestätigte Jared. »Oder möchtest du nicht?«

»Ich bin nur etwas erstaunt, dass du tatsächlich wir sagst.«

»Willst du das nicht?«

»Doch, natürlich. Es fühlt sich … richtig an.«

Er trat auf sie zu und zog sie an sich. Sein Duft war mit einem Mal überall um Sara, und sie lächelte zufrieden. »Das ist es auch. Es ist richtig, dass wir wieder zusammen sind. In den Staaten, hier, egal wo.«

Sara seufzte über seine Worte und küsste ihn aufs Kinn. »Und was machen wir noch, bis es Zeit ist, nach Hause zurückzukehren?«

»Ich dachte, wir machen noch einen kleinen Spaziergang.« Seine Hand legte sich auf ihren Po und drückte ihn an sich. »Genießen ein wenig die gute Luft hier und die Umgebung.«

Sara schauderte wohlig und nickte. »Tun wir das.«

Alan versuchte, nicht das Gleichgewicht zu verlieren. Der Wagen, in dem er saß, raste über die steinigen holprigen Wege, und Alan konnte sich nicht auf die Kurven und Huckel einstellen, weil er nichts sah.

Ein fremder Mann war vor etwa einer Stunde in sein Gefängnis gekommen und hatte ihm einen Jutesack über den Kopf gestülpt. Alan hatte sich gewehrt, aber der Mann war ihm etwa zwei Kopflängen überlegen gewesen.

Alan saß nun in diesem Wagen und versuchte, sich auf seine Umgebung zu konzentrieren. Es musste doch irgendeinen Weg raus aus dieser verfluchten Falle geben! Doch es blieb ihm nichts anders übrig, als abzuwarten.

Nach einer Weile wurde der Wagen langsamer und kam schließlich ganz zum Stehen. Die Tür wurde aufgerissen und Alan aus dem Auto gezerrt. Brutal schob man ihn einfach weiter.

Für kurze Zeit spürte er Wind auf seiner Haut und Sand unter den Schuhen, aber bald gingen sie ein Gebäude – die Geräusche hallten in Alans Ohren nach.

Man schob ihn eine Treppe hinauf, dann bedeutete sein Wächter ihm, stehen zu bleiben. Alan schluckte, als der Mann sich an seiner Kleidung zu schaffen machte und sie ihm bis auf den Slip auszog. Die Hände wurden ihm vor dem Bauch gefesselt und der Sack von seinem Kopf gezogen. Alan blinzelte desorientiert über das plötzliche Licht. Er konnte kaum sehen, und schon wurde ihm eine weitere Maske über den Kopf gezogen. Sie fühlte sich an, als wäre sie aus Leder, und bedeckte sein Gesicht fast völlig. Nur die Augenpartie blieb frei, ebenso wie der Mund. Sein Wärter schob etwas hinein, eine Kugel aus Gummi, und schnallte sie mit einem Riemen an Alans Hinterkopf fest.

Er wand sich und erhielt daraufhin einen harten Schlag ins Gesicht.

»Halt still!«, forderte der Wärter und drückte Alan auf die Knie. Seine gefesselten Hände hob er in die Höhe und befestigte sie über ihm – Alans Arme durchfuhr ein schmerzhaftes Ziehen.

Der Mann vor ihm begutachtete die Konstruktion und nickte zufrieden. Dann drehte er sich um und ging hinaus. Alan blinzelte abermals und versuchte, sich umzusehen. Er befand sich in einem verhangenen Raum – keine Fenster, nur die Tür als Öffnung. Das Licht war nicht besonders hell, hatte aber ausgereicht, um ihm für eine Sekunde die Sicht zu nehmen; es strahlte von einigen Lampen an den Wänden.

Der Boden bestand aus kühlem Marmor, und außer zwei Stühlen konnte Alan keinerlei Einrichtung ausmachen.

Er kniete sich etwas höher, um seine Arme zu entlasten. Noch tat es nicht allzu sehr weh, aber wenn er länger so verharren musste, würde es schmerzhaft werden. Was sollte er überhaupt hier? Jared hatte ihm zwar angedroht, ihn noch weiter leiden zu lassen, aber Alan hatte es nicht wirklich glauben können. Andererseits hatte dieser Mistkerl schon genug getan, um zu beweisen, wozu er fähig war. Alan knurrte unterdrückt und bewegte seine Schultern, so gut es ging, um nicht zu versteifen. Was also hatte dieser Bastard mit ihm vor? Während er noch nach einer Antwort suchte, ging die Tür auf.

Sara trat ein, gefolgt von Jared. Sie strahlte und sah sich immer wieder nach ihrem Exmann um. Alan konnte kaum wegschauen, ihr Gesicht leuchtete regelrecht. Als sie Alan angekettet auf dem Boden sah, stutzte sie. Er versuchte zu sprechen, sich irgendwie verständlich zu machen, aber der Knebel dämpfte seine Stimme und verhinderte jedes Wort.

»Wer ist das?«, wollte Sara an Jared gewandt wissen. Ihr Blick wanderte immer wieder zu Alan. Er versuchte, ihren Blick festzuhalten, aber sie erkannte ihn einfach nicht. Frustriert knurrte er.

Jared deutete mit einem Nicken auf Alan. »Das ist ein Freund von mir, der sich gerne benutzen lässt. Ich dachte, es wäre ein schönes Abschiedsgeschenk von Frankreich, wenn du dich noch einmal austoben könntest.«

Sie lachte und schüttelte ungläubig den Kopf. »Du hättest ihm auch gleich noch eine rote Schleife umbinden sollen«, meinte sie kichernd und kniete sich vor Alan nieder.

Er riss die Augen auf, wollte ihr begreiflich machen, wer er war, aber Jared hatte sie bereits vollkommen verblendet. Alles, was sie vor sich sah, war ein Lustobjekt, mit dem sie spielen konnte. Sara berührte die Ledermaske und küsste sie. Alan wurde es merklich wärmer.

»Probier ruhig aus, was dir gefällt, Schneewittchen«, forderte Jared sie auf und blieb hinter ihr stehen. Sara konnte es durch ihre Position nicht sehen, aber das Lächeln in Alans

Richtung zeigte reinen Triumph. Er hatte gewonnen und ließ es Alan nur zu deutlich wissen.

Der wandte den Kopf ab, wollte Saras Nähe nicht, zumindest nicht auf diese Weise.

»Ah, du willst störrisch sein?«, fragte sie mit einem lasziven Lächeln und drehte seinen Kopf wieder zu sich. Sie presste ihren Mund auf das Leder, als wollte sie ihn küssen. Alan sog scharf die Luft durch die winzigen Löcher unter seiner Nase ein. »Spiel lieber mit, dann wird es dir gefallen«, schnurrte sie und schmiegte sich aufreizend an ihn. Durch seine Position konnte er deutlich in den Ausschnitt ihres Kleides schauen und die weichen Halbkugeln erkennen, die sich auf seiner Brust platt drückten. Fast augenblicklich regte sich sein Schwanz.

Sara bemerkte die Reaktion und sah hinunter. »So ist es viel besser«, sagte sie schmunzelnd und schob den Stoff des Slips zur Seite. Alan stöhnte kehlig auf, kühle Luft streifte ihn und nur Sekunden später Saras ebenso kühle Hand. Sie kicherte wieder leise und ließ seinen aufgerichteten Schaft nur leicht durch ihre Finger gleiten.

»Wie weich die Haut ist«, murmelte sie wie abwesend, »und doch so hart.« Sie sah ihn an und legte ihre flachen Hände auf seine nackte Brust. Die Finger formten sich zu Klauen, kratzten in einer fließenden Bewegung über die Muskeln bis zu seinem Bauchnabel. Alan keuchte.

»Zu hart? Ich kühle es dir«, sagte sie neckend und beugte sich tiefer. Ihre Zunge fuhr jeden einzelnen der roten Striemen, die ihre Nägel auf ihm hinterlassen hatten, nach. Die weichen Lippen kosteten seinen Bauchnabel und wanderten den winzigen Streifen Haares hinunter, bis sie vom Bund seines Slips aufgehalten wurde.

Alan biss auf den Knebel. Nach all den Jahren des Sehnens, nach der langen Zeit der Wünsche, Träume und Vorstellungen spürte er wirklich Saras Lippen auf seinem Körper. Er war ihr so nah, wie er es immer gewollt hatte, aber gleichzeitig ferner als jemals zuvor.

Sein Blick richtete sich wütend auf Jared, der mit verschränkten Armen auf einem der Stühle saß und das Schauspiel aufmerksam beobachtete. Alans Wut beeindruckte ihn nicht im mindesten.

Sara schob den Bund des Slips herunter und hakte ihn unter Alans Hoden, um sich ungehindert seiner Erektion widmen zu können. »Was für ein schöner Schwanz«, raunte sie und sah auf. »Lang, gerade und so wunderbar dick. Ich glaube, ich will wissen, wie er schmeckt.«

Alan schloss die Augen. Die Vorstellung, Saras Mund um seine Erektion zu fühlen, war überwältigend und trieb ihn auf den Höhepunkt zu, wurde aber schnell von der Wirklichkeit abgelöst. Gekonnt nahm sie ihn in ihren Mund auf und saugte an seiner Eichel.

Egal, welche Umstände ihn hierhergeführt hatten, diese Sensation war unbeschreiblich. Fast gegen seinen Willen genoss Alan, was Sara mit ihm machte. Er war willenlos unter ihren Händen, der kundigen Zunge, die sich um seinen Schwanz wand, um die Eichel kreiste, und ihren Fingern, die so teuflisch zärtlich über seine prallen Hoden kraulten.

Mit einem Ruck wurde ihm jede Stimulanz entzogen. Jared hatte sich hinter Sarah gekniet und sie rücklings an sich gedrückt. Sie war überrascht, aber nicht verärgert, nur Alans bester Freund ragte frustriert zitternd in die kühle Luft.

»Das reicht«, raunte Jared Sara zu, laut genug, dass Alan ihn hören konnte. »Von jetzt ab darf er nur noch zusehen.« Sara lachte und griff hinter sich, um in Jareds Nacken eine Stütze zu finden. Sie schmiegte sich willig an ihn, blickte Alan immer wieder in die Augen und genoss es sichtlich, ihn zu reizen. Frustration traf auf Wut, gepaart mit einer Geilheit, die körperlich schmerzte. Alan wusste nicht, welches Gefühl vorherrschte, und jedes klare Denken ertrank in diesem Wirbel. Er konnte nur Sara anstarren, die sich in Jareds Arme schmiegte, der ihr den Saum des Kleides hochzog und sie vor Alans Augen befingerte. Die Finger unter ihrem Höschen waren deutlich zu sehen – Alan musste sich kaum vorstellen, was genau sein Rivale dort tat. Ein dunkler Fleck breitete sich auf dem Stoff aus und zeigte, wie erregt Sara bereits war.

Jared zog ihr den Slip herunter, und Alan konnte ungehindert auf das sorgfältig getrimmte schwarze Schamhaar zwischen ihren Schenkeln blicken. Die samtigen Schamlippen blitzten verlockend dazwischen hervor und forderten jeden Betrachter auf, sie zu berühren und zu streicheln.

Alans Schwanz zuckte in seinem Schoß und war bereits rot. Er brauchte es, er brauchte Sara!

Jared strich ihr durch die dicken Locken und zog sich eng an sich, bis sie vollkommen an ihm lehnte. Zwischen ihren gespreizten Beinen war nun deutlich Jareds Erektion zu sehen, die sich an der weichen Haut rieb.

Er musste nicht lange warten – mit einem letzten herausfordernden Blick über Saras Schulter drang Jared in sie ein und nahm sie, wie Alan sie in diesem Moment hatte nehmen wollen. Er hielt den Arm um ihren Bauch geschlungen, und sie klammerte sich an ihn, als würde sie ohne ihn den Halt verlieren und einfach auf dem Boden zusammenbrechen. Ihre Hüften kreisten über ihm, den Mund hatte sie zu einem stummen Schrei geöffnet, die blauen Augen waren dunkel umwölkt. Sie fickte sich selbst mit Jareds Schwanz, bestimmte ihren eigenen Rhythmus.

Wann immer ihr Blick auf Alans traf, lächelte sie katzenhaft, bewegte sich absichtlich aufreizender und drückte ihre Brüste durch das Kleid hindurch.

Alan hatte mittlerweile die Befürchtung, seine Hoden würden platzen. Er konnte sich nicht einmal selbst Erleichterung verschaffen, war lediglich zum Zusehen verurteilt. Sara wand sich hektischer auf Jared, und auch er kam ihr mehr entgegen. Sie keuchte, seufzte und fuhr mit der Hand zu ihrer Spalte. Ihre Fingerspitze rieb über die Klitoris, bewegte die kleine Perle, um den letzten Schritt bis zu ihrem Höhepunkt zu gehen. Ihr Kopf rollte zur Seite, sie wimmerte und presste sich hart auf Jareds Schwanz.

Ihr Liebhaber ließ von ihr ab und zog sich aus ihr zurück. Jared war offensichtlich nicht gekommen, und Alan wusste genau, warum – er hatte seinen Kick schon bekommen, in dem Moment, in dem er mit Sara hereingekommen war und Alan verstanden hatte, was vor sich ging. Diesem arroganten Mistkerl war das mehr als genug. Alan hingegen war noch immer schmerzhaft aufgegeilt und unfähig, sich zu rühren. Jared flüsterte Sara etwas ins Ohr. Sie lachte und stieß ihn gegen den Arm. Sie zog sich den Slip zurecht und beugte sich über Alan, um seine lederbedeckte Wange zu küssen. »Danke«, sagte sie und stand dann auf. Ohne einen weiteren Blick auf ihn drehte sie sich um.

Jared kniete sich auf ein Bein vor ihn. Er schloss seine Hose und lächelte breit. »Genau diesen Blick wollte ich bei dir sehen. Das reicht mir – meinetwegen kannst du jetzt in dein mieses kleines Loch in New York zurückkriechen.« Er erhob sich und ging Sara nach.

Alan biss die Zähne zusammen. Er schloss die Augen und versuchte, sich zu sammeln. Der Schmerz in seinen Armen, bisher von der Lust überdeckt, half ihm dabei. Er brüllte durch seinen Knebel hindurch auf.

Einige Minuten später tauchte der Wärter wieder auf und befreite Alan von den Fesseln und der Maske. Er hielt ihn für wehrlos und wurde dadurch unvorsichtig – auch wenn Alan durch die angestaute Erregung in seinem Körper noch wackelig auf den Beinen war, sprang er auf und griff nach der Kette, die neben ihm auf dem Boden lag. Sie hatte ihn anscheinend an der Decke gehalten und sah schwer aus. Der Wärter, der sich nach Alans Sachen gebückt hatte, merkte, dass etwas nicht stimmte, und wirbelte herum. Er stürzte sich auf ihn, doch diesmal war Alan schneller. Er holte mit der Kette weit aus und ließ sie schwungvoll gegen das Gesicht des Mannes krachen. Irgendetwas knirschte, und wie ein gefällter Baum fiel er einfach um und blieb bewusstlos auf dem Boden liegen.

Alan zog sich hastig an und durchsuchte den Wärter nach Waffen. Er fand keine, nur einen großen Schlüsselbund. Vorsichtshalber steckte er ihn ein und lief nach draußen. Es verwunderte ihn kaum, dass er sich auf einem der Flure des Guts wiederfand. Dieser Mistkerl hatte ihn für einige Tage irgendwo in der Provence isoliert, um ihn schachmatt zu setzen und dieses perfide Spiel mit ihm zu treiben. Aber Alan würde ihm einen Strich durch die Rechnung machen, koste es, was es wolle.

Er lief weiter, versuchte, sich zu orientieren und den Weg zu Jareds Geheimbüro zu finden. Die Flure sahen ähnlich aus, und er verlief sich anfangs, doch bald hatte er den Weg wiedergefunden.

Eilig hastete er die Treppe hinunter, bis er wieder vor der Metalltür unterhalb der Stufen stand. Fahrig tastete er nach der alten Kreditkarte in seiner Hosentasche und knackte das Türschloss wie schon beim ersten Mal.

Alan schob die Tür hastig auf und lief ins Büro. Er musste diese Akten finden und dann …

»Alan?« Saras Stimme. Alan erstarrte, als hätte ihn ein Schuss in den Rücken getroffen. Er wagte es nicht, sich zu der Tür umzudrehen, in der sie stand. »Alan, was tust du hier?«, fragte sie, und nun musste er sie doch ansehen. Sie stand gegen das Sonnenlicht, eine von Gold umrahmte Göttin, die ihn mit Unglauben und Misstrauen anschaute.

»Ich bin hier, um dich zu warnen, Sara. Jared spielt mit dir – es war alles fingiert. Der Unfall mit Erie, dieser Millionen-Deal, alles nur, um dich zurückzubekommen«, erklärte er hastig.

Das Letzte hatte sie als Beleidigung aufgefasst, und seine Worte gefielen ihr nicht. Auf ihrer Stirn bildete sich eine zornige Falte. »Das ist nicht wahr! Hörst du dir eigentlich gerade zu, was für absurdes Zeug du da von dir gibst? Jared würde das niemals tun.«

»Genau deswegen hast du ihn doch damals verlassen, weil er so etwas tun könnte!«, erwiderte er eindringlich. »Sara, er benutzt dich nur.«

»Nein, alles hat sich verändert«, widersprach sie. »Jared hat sich verändert.«

Alan knurrte frustriert. Ihre Meinung über Jared hatte sich so vollkommen ins Gegenteil verkehrt, dass es schon einer Gehirnwäsche gleichkam. »Was für ein Schwachsinn – du bist zu blind, um zu sehen, dass er dich manipuliert.«

»Was ist hier los?«, hörte Alan Jareds Stimme von draußen. Er kam rasch näher und fand Sara und Alan in seinem Büro vor. Die Falte auf Saras Gesicht hatte sich vertieft, und sie ballte die Fäuste. Alan wurde es heiß und kalt. Er musste Sara dazu bringen, ihm zu glauben, bevor Jared sie ganz für sich vereinnahmte.

»Ich habe Alan hier gefunden«, sagte sie an Jared gewandt. »Er sagt … die Sache mit Erie wäre fingiert und von dir eingefädelt gewesen.«

Ein mitleidiger Zug deutete sich um Jareds Mundwinkel an, als er Alan musterte. Dieser Bastard schauspielerte grandios. »Ich habe befürchtet, dass so etwas passieren würde. Alan, ich dachte, wir hätten das in New York bereits geklärt?«

»Was sollen wir geklärt haben?!«, gab Alan zurück.

»Dass du keine Szene machst. Ich habe versucht, offen und ehrlich zu dir zu sein. Gut, es war falsch von mir, Sara zu verheimlichen, dass ich mir eine Zukunft mit ihr wünsche und sie bitten würde, es noch einmal mit mir zu versuchen, aber du hattest versprochen, dich nicht einzumischen, nur wegen deiner Eifersucht.«

»Gar nichts habe ich versprochen, du Arschloch!«, brauste er auf. »Du hast doch alles eingefädelt, um Sara hierherzulocken und sie wieder an dich zu binden. Du willst ihre Agentur und sie nur zurück, um dir selbst etwas zu beweisen.«

»Alan, hör auf, das ist nicht wahr!«, fuhr Sara ihn scharf an.

Er biss die Zähne zusammen. »Und was soll ich dann hier tun? Warum hat er dieses Büro vor dir versteckt?«, fragte er sie.

»Das Büro ist keineswegs versteckt«, mischte Jared sich ein, und Alan musste sich bemühen, ihn nicht einfach niederzuschlagen, aber so würde Sara ihm niemals glauben. »Es liegt nur an dieser Stelle, weil es ein ehemaliger Abstellraum ist. Und was du hier tust … na ja, ich hätte wirklich gedacht, du hättest dich etwas besser im Griff.«

Alan erstickte fast an den Worten voller Abscheu, die er Jared ins Gesicht brüllen wollte. Er sah Sara an, aber diese hatte demonstrativ Jareds Hand ergriffen und sich an seine Seite gestellt. Ihr Gesichtsausdruck zeigte eine Mischung aus Unglauben, Trauer und Wut. »Ich habe dir gesagt, dass es zwischen uns niemals etwas werden kann«, sagte sie leise, und jedes Wort war ein Dolchstoß in Alans Herz. »Du bist wirklich zu weit gegangen. Viel zu weit.«

Alan starrte Sara, die Frau, die er so sehr liebte, an. Er hätte ihr von den Akten im Büro erzählen können, von den Videobändern und den anderen Beweisen. Aber ihr Blick, diese Enttäuschung und endgültige Kälte hinderten ihn.

»Wie du meinst«, sagte er schließlich. »Dann werde ich dafür sorgen, dass es kein zweites Mal geschieht. Leb wohl, Sara.« Er wartete nicht auf ihre Reaktion, sondern ging einfach an den beiden vorbei hinaus, um dieses verdammte Gut hinter sich zu lassen.

Kapitel 17

Frankreich hatte sie mit Sonne verabschiedet, New York begrüßte sie mit Regen. Sara sah den Regentropfen zu, die über die Fensterscheiben liefen. Jareds Penthouse hatte viele Fenster, wo immer man sich auch in seinem Zuhause aufhielt, von überall her hatte man einen wunderbaren Blick auf New York. Selbst, wenn es regnete, so wie jetzt.

»Wirf deine Sachen einfach in den Wäschekorb. Wir besorgen dir morgen neue«, ertönte Jareds Stimme aus dem Schlafzimmer, während er seine Sachen auspackte.

Sara sah auf den Koffer, der neben ihr stand, und runzelte die Stirn. »Warum das denn?«, fragte sie und ging ins Schlafzimmer.

Jared hatte sich bis auf die Hose seines anthrazitfarbenen Anzugs ausgezogen und löste gerade seine Rolex. Er sah nicht auf, als Sara eintrat. »Warum nicht?«, antwortete er mit einer Gegenfrage. »Dann brauchst du nicht immer hin- und herzufahren.«

»Ich muss nicht hin- und herfahren – meine Sachen sind in meiner Wohnung gut aufgehoben.«

Nun sah Jared doch auf. »Ich dachte, du bleibst die ersten Tage erst einmal bei mir.«

»Nein.« Sara schüttelte den Kopf. »Ich wollte dich hierher begleiten und dann weiterfahren.«

Er wandte den Blick ab und ihr den Rücken zu. »Verstehe«, meinte er leise.

Schlechtes Gewissen breitete sich in ihrer Magengrube aus. Sie trat auf ihn zu und legte die Wange an seinen nackten Rücken. »Entschuldige, ich wusste nicht, dass es für dich so unklar war, dass ich es langsam angehen möchte. Es wäre nicht gut, wenn wir gleich wieder so eng zusammenleben.«

Jared drehte sich um, und für den Bruchteil einer Sekunde blitzte etwas in seinen Augen auf, was Sara schaudern ließ. Es verschwand mindestens ebenso schnell wieder, und sie fragte sich, ob sie es sich nicht nur eingebildet hatte. »Du hast recht, wir hätten über solche Dinge reden sollen. Was willst du jetzt tun?«, wollte er wissen.

»Ehrlich gesagt, möchte ich nach Hause und mich etwas ausruhen. In der Agentur ist viel liegen geblieben, das heißt, ich muss morgen fit sein, um das alles bewältigen zu können.«

Jared nickte. »Dann lass uns morgen Abend gemeinsam essen gehen.«

Sara lag eine Absage auf der Zunge, aber sie hatte ihn gerade schon einmal vor den Kopf gestoßen. Das konnte sie nicht noch mal tun. Daher nickte sie, auch wenn sie jetzt schon wusste, dass sie auf ein gemeinsames Abendessen keine Lust haben würde. Nach einem anstrengenden Tag wollte sie duschen, etwas essen und dann schlafen gehen. Außerdem saß ihr der Jetlag in den Knochen. Sie schob diese Überlegungen beiseite.

»Hast du … denkst du noch an unseren Deal?«, hakte sie unsicher nach. Das Thema war ihr unangenehm, vor allem, da diese eigentlich als Geschäft gedachte Zeit zu so viel mehr geführt hatte.

Jared fuhr sich durch die Haare. »Ah ja, das Geld. Es dauert noch etwas, bis ich dir die Million zur Verfügung stellen kann. Das verstehst du sicherlich.«

Sara zuckte zusammen. »Ich dachte, du hättest das Geld schon?«

Er lachte, als hätte sie etwas furchtbar Dummes gesagt. »Aber Schneewittchen, so viel Geld habe ich nicht in der Hinterhand. Du kannst deinen Schuldner sicher noch ein bisschen vertrösten«, meinte er väterlich und strich ihr über die Wange.

Sara drehte den Kopf zur Seite, seine Berührung war ihr in diesem Moment unangenehm. »Jared, es geht um meine Existenz. Und wir hatten eine klare Abmachung.«

Er verdrehte deutlich genervt die Augen. »Es ist doch nichts weiter als ein kleiner Escort Service, du solltest dein Herz nicht so sehr daran hängen.«

»Wie bitte?!« In Sara begann es zu brodeln. »Das ist alles, was ich mir allein aufgebaut habe, Jared«, wurde sie lauter. »Und nicht irgendein Escort Service. Ich stehe kurz vor dem Aus – das war der einzige Grund, warum ich mich auf diese Woche mit dir eingelassen habe.«

»Also geht es hier lediglich um mein Geld?«, fragte er kühl.

Sara stutzte. Sie fuhr sich mit beiden Händen über das Gesicht und seufzte. »Nein. Nein, natürlich nicht. Verzeih mir, ich wollte dich nicht so unter Druck setzen.«

Er fasste in ihr Haar und streichelte ihr den Nacken. »Schon in Ordnung«, antwortete er versöhnlich und küsste sie auf die Stirn. »Wir sind beide müde und erschöpft. Fahr nach Hause, ruh dich aus. Wir reden morgen, ja?«

Sara nickte müde und verließ Jareds Wohnung mitsamt ihrem Gepäck.

Um sechs Uhr klingelte der Wecker, und Sara hatte nicht übel Lust, ihn einfach gegen die Wand zu werfen. Sie wollte die Welt da draußen nicht sehen. Ihr war danach, einfach die Decke über den Kopf zu ziehen und nichts mehr zu sehen und zu hören. Egal, wohin sie sich wandte, alles löste sich in einem riesigen Scherbenhaufen auf, sobald sie es berührte. Das Geld für die Rettung ihrer Agentur fehlte, sie hatte sich mit Jared gestritten, und Alan … Sara kniff die Augen zusammen, als könnte sie somit auch jede Erinnerung an Alan aussperren, aber es gelang ihr nicht. Nur zu deutlich sah sie sein verletztes Gesicht vor sich, die Resignation darin und den Unglauben.

Auch wenn sie wusste, dass sie im Recht war, schmerzte sie seine Reaktion. Er hätte ihr nicht nachfliegen dürfen und sich in einem solchen Lügengebilde verstricken sollen. Wenn seine Gefühle für sie zu solchen Situationen führten, war es vielleicht besser, wenn er sich für eine Weile von ihr fernhielt. Irgendwann würde sich das doch hoffentlich wieder beruhigen. Das zumindest versuchte sie sich einzureden. Aber es funktionierte nicht.

Irgendwann wurde es unter der Decke zu warm, und Sara musste wohl oder übel doch aufstehen. Im Bad mied sie den Spiegel, so gut es ging, und zog sich passend für das noch immer verregnete New Yorker Wetter an. Während ihrer Fahrt zum Büro betrachtete sie die Hochhäuser, die vorbeieilenden Menschen mit den Regenschirmen und den hochgeklappten Kragen, die schnellstmöglich der Nässe entkommen wollten. Bei diesem Anblick wirkte Frankreich so fern, fast, als hätte es diese Tage unter der Sonne niemals gegeben.

Die melancholische Stimmung ließ sich einfach nicht abschütteln. Auch nicht, als Sara das Büro betrat. Die Sekretärin Mrs Poultry begrüßte sie mit einem knappen, aber freundlichen Nicken. »Wie schön, dass Sie wieder da sind, Mrs McLaughlin.«

Sara erwiderte ihren Gruß. »Hab ich viel verpasst?«, wollte sie wissen.

»Nichts Wichtiges, ich habe mich um alles gekümmert. Die aktuelle Post liegt auf Ihrem Schreibtisch und …«

Zum ersten Mal sah Sara die gestandene Dame zögern. »Und was?«, hakte sie nach.

Mrs Poultry schob unbehaglich einige Papiere zusammen. »Mr Evans hat Ihnen einen Umschlag dagelassen.«

Sara spürte, wie ihr alle Farbe aus dem Gesicht wich. »Hat er gesagt, warum?«

»Es hing wohl mit seinem Abschied zusammen.«

Sara murmelte einen Dank und ging gerade schnell genug in ihr Büro, dass es nicht aussah, als würde sie rennen. Sie lief zum Schreibtisch, und tatsächlich, neben dem Stapel der ungeöffneten Post fand sie einen großen Umschlag. Sara konnte ihn nicht gleich öffnen – Abschied, hatte Mrs Poultry gesagt, Abschied. Dieses Wort hallte immer wieder in ihrem Kopf nach, aber es konnte unmöglich wahr sein.

Alan konnte nicht einfach so aus ihrem Leben verschwinden. So etwas durfte nicht wahr sein. Mit zitternden Fingern griff sie nach dem Umschlag und öffnete ihn. Als sie den Inhalt herausholte, schossen ihr Tränen in die Augen: Alan hatte ihr sämtliche Anteile an der Agentur überlassen.

Diese wenigen Blätter sagten alles. Sara war nun die alleinige Besitzerin der Agentur, Alan hatte alle Brücken zu ihr abgebrochen. Er war fort.

Stunden später lag Sara wie erschlagen auf ihrer Couch. Ihre Augen waren rot geweint und sie selbst erschöpft. Keine einzelne Träne war mehr in ihr, aber sie wollte weinen, noch viel mehr. Sie wusste einfach nicht, wie sie ihren Schmerz sonst loswerden konnte. Doch ihr Körper verweigerte ihr das. So lag sie einfach eingerollt auf ihrer Couch, versuchte, jeden Blick auf die Agentur-Anteile auf ihrem Tisch zu vermeiden, aber schließlich wanderten ihre Blicke doch immer wieder dorthin. Sie konnte einfach nicht ertragen, sie anzusehen.

Das letzte Mal hatte sie sich so gefühlt, als ihre beste Freundin Annie gestorben war, aber damals war Alan an ihrer Seite gewesen. Sie hatten den Schmerz geteilt, irgendwie hatte er es damals geschafft, sie zu stützen, bis sie wieder am Leben teilnehmen konnte. Diese gemeinsame Zeit hatte sie auch derart fest zusammengeschweißt. Seitdem war er immer da gewesen.

Und plötzlich war alles anders. Die Dinge hatten sich verändert, und ein Teil von Sara wollte über diese Tatsache schreien, brüllen und mit den Fäusten gegen die Wand trommeln. Aber alles, was sie tun konnte, war, hier zu liegen und zu versuchen, sich wieder zu sammeln.

Das Telefon klingelte, wie schon mehrmals zuvor an diesem Tag, aber einmal mehr ignorierte Sara es. Der Anrufbeantworter sprang an, aber niemand sprach. Sie hörte nur das Tuten eines aufgelegten Hörers. Sie schloss die Augen und zog die Decke bis zur Nasenspitze. Am liebsten wollte sie einfach nur schlafen und alles vergessen.

Das Weinen musste sie so sehr ausgelaugt haben, dass sie tatsächlich eingeschlafen war – und Sara schreckte auf, als jemand heftig gegen ihre Tür klopfte. Sie blinzelte, nicht sicher, ob sie es sich nur eingebildet hatte, aber in dem Moment klopfte es erneut. Laut, fordernd, unerbittlich. Mühsam schälte sie sich aus der Decke.

»Was denn noch?«, murmelte sie mehr zu sich selbst und öffnete die Tür.

Jared stand davor, Sorge und Ärger deutlich in seinem Gesicht zu lesen. »Sara, geht es dir gut?«

»Natürlich«, antwortete sie.

Er trat ein und schloss die Tür hinter sich. »Was ist los?«, wollte er wissen. »Hat dir jemand etwas getan?«

Sie schüttelte den Kopf und setzte sich wieder auf die Couch.

Jared folgte ihr und legte ihr den Arm um die Schultern. »Was ist es dann?«

»Alan«, konnte sie sich nach einer Weile durchringen zu antworten. »Er hat mir seine Anteile der Agentur überlassen.«

»Und?«

Sara biss sich auf die Unterlippe. »Er ist … war mein bester Freund. Ich hätte gedacht, er würde bei mir bleiben, aber er ist einfach gegangen, ohne noch ein Wort mit mir zu wechseln.«

Jareds Kiefer zuckte. Er zog Sara an sich, und sie verbarg ihr Gesicht an seiner Schulter. »Vielleicht ist es besser so«, sagte er vorsichtig und strich ihr immer wieder über den Rücken. »Er war eifersüchtig auf uns, und früher oder später hätte es zu mehr Problemen geführt.«

»Meinst du?«, schniefte Sara und putzte sich die Nase.

»Ganz sicher«, erwiderte Jared und küsste sie auf den Scheitel. »Es ist schwer, ihn gehen zu lassen, aber du bist alleine ebenso gut dran wie mit ihm. Ich helfe dir.«

Wieder schniefte sie und schmiegte sich an Jared. »Danke«, flüsterte sie, und er wandte sich ihr zu, um seine Lippen flüchtig über ihre streichen zu lassen. Sara brauchte in diesem Augenblick Nähe, und sie ließ ihn nicht gleich wieder gehen, sondern küsste ihn tiefer, klammerte sich regelrecht an ihn.

Ihre heftige Reaktion überraschte ihn nicht im Geringsten. Er drückte sie rücklings auf die Couch, und sein Kuss wurde tiefer. Ungeduldig streifte er sich das Jackett ab, den Mund noch immer auf Saras.

Sara rutschte die Decke von den Schultern, und sie half ihm, keuchte ungeduldig in seinen Mund. Jared löste sich, doch nur, um Krawatte und Hemd zu lockern. Seine Finger wanderten über Saras noch verhüllten Körper wie suchende Schlangen, sie waren überall und gleichzeitig nirgends.

Sara schluckte und riss sein Hemd auseinander. Der Anblick seines nackten Körpers weckte ihren Hunger, Trauer und Lust vermengten sich, wurden zu einer explosiven Mischung, zu der Jared gerade das Zündholz lieferte.

Sie schob ihn zurück und löste seine Krawatte. »Bitte leg dich hin«, raunte sie ihm ins Ohr. Er zögerte, tauschte dann aber mit ihr die Position und beobachtete sie, um herauszufinden, was sie vorhatte.

Sara streifte sich die Bluse und Hose ab. BH und Slip folgten bald darauf, und vollkommen nackt kniete sie sich über ihn. Ihre Locken fielen auf seine Brust, streichelten ihn, während sie sich über seine Brustwarzen beugte und an ihnen leckte. Vorsichtig knabberte sie daran, rieb ihren ganzen Körper wollüstig an ihm, um die Trauer durch jeden Zentimeter Körperkontakt zu kompensieren. Lust ergriff sie wie ein Fieber. Sie widmete sich der anderen Brustwarze auf die gleiche Weise, und Jared stöhnte, vergrub seine Finger in den schwarzen Locken.

Sara rutschte tiefer. Ihre Hände folgten den Lippen, streichelten seine Brust, während ihr Mund sich bereits auf dem Weg hinunter zu seinem Bauchnabel befand. Als sie den Hosenbund erreichte, richtete sie sich wieder auf und knöpfte seine Hose auf.

Jared beobachtete sie, aber es war egal. Die Hitze pulsierte und klopfte in ihrer Pussy, fokussierte sich nur noch auf eins. Und Sara wusste, wie sie es bekommen würde. Sie öffnete Jareds Hose und schob seinen Slip tiefer.

Seine Erektion war noch nicht hart genug für sie. Sara rutschte noch tiefer und rieb ihn. Es ging ihr nicht schnell genug, daher platzierte sie Jareds Penis zwischen ihren Brüsten, massierte ihn und tippte mit der Zungenspitze gegen seine Eichel. Der Trick zeigte Wirkung – Jared stöhnte und wurde mit jedem Zungenschlag immer härter zwischen ihren Brüsten.

Sara leckte ihn noch ein wenig weiter, bis es ihr reichte. Sie kletterte wieder auf seinen Schoß und sah auf ihn herab. Jareds Hände lagen auf ihren Hüften, aber ansonsten tat er nichts weiter, um ihr entgegenzukommen. Er wartete darauf, dass Sara ihn in sich führte. Es passierte, aber wesentlich schneller, als er damit gerechnet hätte. Wie ein hungriges Maul klaffte Saras Spalte auf, und sie schob ihn mit einer ebensolchen Gier in sich, dass er überrascht keuchte.

»Schneewittchen, verdammt, was tust du da?!«, raunte er. Sara schloss die Augen.

»Sei still«, wisperte sie schwach und rotierte mit den Hüften. Sie wollte nur noch diesen heißen Schwanz in sich spüren, der ihr Vergessen schenken sollte.

Jareds Eichel drückte gegen einen der empfindlichsten Punkte in ihr, und Sara musste zurückweichen, um nicht überreizt zu werden. Aber kaum, dass sie sich ein wenig entfernt hatte, vermisste sie es und drückte ihr Becken wieder tiefer, fest auf Jareds Eichel. Wieder zu viel, wieder zu wenig – in einem unregelmäßigem Rhythmus wiederholte Sara ihre Bewegungen, brachte sich selbst zum Stöhnen und Jared dazu, unkontrolliert zu ächzen.

Er versuchte einige Male, ihr entgegenzustoßen, aber Saras bestimmtes Niederdrücken verurteilte ihn bald zum Stillstand. Sie allein bestimmte das Tempo und machte ihm das mit jeder Bewegung klar.

Sie stützte sich auf seiner Brust ab, um mehr Halt zu haben. Sara schrie immer wieder, ließ sich vollkommen in ihrer Lust treiben und bewegte sich wilder auf Jared, bis sie den Höhepunkt erreichte.

Er folgte ihr Sekunden später und ergoss sich in sie. Das Weinen hatte sie erschöpft, der Sex nahm ihr die letzte Kraft – noch während ihr Unterleib in den Nachbeben ihres Orgasmus zuckte, brach Sara auf Jared zusammen.

Es dauerte, bis sie wieder zu Atem kam. Jared erholte sich schneller. Er schob sie von sich und kleidete sich an.

Sara zog die Decke über sich und setzte sich auf. »Wo willst du hin?«, fragte sie irritiert.

Er band sich die Krawatte. »Ich muss heute Abend noch die letzten Zahlungen für ein Projekt erstellen und mich darum kümmern, das Geld für dich zu organisieren«, erklärte er.

Sara war sich nicht sicher, ob sie glücklich oder unglücklich darüber war. Sie wollte allein sein, und gleichzeitig brauchte sie Gesellschaft. Die Bitte, dass er blieb, lag ihr bereits auf der Zunge, aber letztlich sagte sie doch nichts.

»Ich rufe dich morgen an, in Ordnung?«, meinte er, und Sara nickte. Sie küssten sich, und er verschwand. Sara blieb allein zurück.

Kapitel 18

»Vorsicht, Mrs McLaughlin«, war das Erste, was Mrs Poultry ihr am nächsten Morgen sagte, nachdem Sara die Agenturräume betreten hatte. »Der Anwalt von Mr Erie, Mr Nicols, sitzt in Ihrem Büro. Ich wollte ihn abwimmeln, und er sollte sich einen Termin geben lassen, aber …«

Sara unterbrach sie mit einer erhobenen Hand. »Schon gut, Mrs Poultry. Machen Sie sich darüber bitte keine Gedanken. Ist er allein da drin?«

Die Sekretärin nickte. Sara atmete tief durch. »In Ordnung. bringen Sie mir doch bitte einen Kaffee, ich kümmere mich währenddessen um unseren Anwalt.« Sara fühlte sich nicht halb so zuversichtlich, wie sie die Worte aussprach, aber anscheinend vermittelte sie den Eindruck von Ruhe, denn Mrs Poultry eilte davon.

Sara fuhr sich über die sorgsam zurückgebundenen Haare und straffte die Schultern. Dann betrat sie das Büro. Mr Nicols saß, wie schon Tage zuvor, in ihrem Büro und stand auf, um sie zu begrüßen. Sara hätte darauf wetten können, dass er sogar denselben Anzug trug.

Sie schüttelte seine Hand und setzte sich an ihren Schreibtisch. »Ich hätte nicht gedacht, dass wir uns so schnell wiedersehen. Mein Partner, Mr Evans, hatte mit Ihnen doch eine Fristverlängerung ausgehandelt. Soweit ich mich erinnere, läuft diese erst in einer Woche aus.«

»Aus genau diesem Grund bin ich hier. Mein Mandant hat

seine Meinung geändert und kann Ihnen nur noch eine Frist bis zum dreiundzwanzigsten einräumen.«

Sara blieb der Mund offen stehen. »Das ist in zwei Tagen!«, empörte sie sich.

»Tut mir leid«, sagte er, und Sara sah ihm deutlich an, dass es ihm absolut nicht leidtat. »Ihr Partner sprach von einer Geldquelle, die Sie erschließen wollten. Hat sich in der Richtung etwas getan?«

Sara bemühte sich, ruhig zu bleiben. »Ich denke, das ist für Sie nicht von Interesse. Machen Sie sich keine Sorgen, ich werde Ihnen das Geld rechtzeitig beschaffen.«

»Das hoffe ich für Sie. Die Konsequenzen, falls Sie es nicht schaffen, sind Ihnen ja bekannt.«

»Das sind sie, in der Tat«, erwiderte Sara und war erleichtert, als Mrs Poultry anklopfte und ins Büro trat. »Ein wichtiger Anruf auf der Leitung drei. Der Kunde sagt, es sei dringend.«

Sara nickte, und die Sekretärin verschwand. »Wie Sie sehen, bin ich im Augenblick sehr beschäftigt. Steht außer der Terminänderung noch etwas an?«, fragte sie den Anwalt kühl, doch der schüttelte den Kopf. Sara verspürte eine gewisse Genugtuung, als sie den Anwalt rausgeworfen hatte, aber es besserte ihre Laune nur kurz.

Sie seufzte und nahm den Telefonhörer ab, um den wartenden Anrufer auf Leitung drei anzunehmen. Zu ihrer Überraschung war es Jared. Unwillkürlich musste sie schmunzeln – auf Mrs Poultry war eben in jeder Situation Verlass.

»Hallo, Schneewittchen«, begrüßte er sie. »Ich hoffe, du nimmst mir mein Verschwinden gestern Abend nicht übel. Geht es dir besser?«

»Ja«, antwortete sie und lehnte sich zurück. »Gestern Abend ging schon in Ordnung. Ich habe mich, nachdem du weg warst, gleich schlafen gelegt.«

»Sehr gut, das war das Beste, was du tun konntest«, erwiderte Jared. »Ich rufe auch nur kurz an, weil ich dich fragen wollte, ob du mit mir essen gehen willst, zum Lunch?«

Sara schielte auf die Uhr an der Wand. Es war kurz vor zehn. »Essen klingt gut.«

»Sehr gut, ich hole dich um zwölf ab.«

Bevor sie sich verabschieden konnte, hatte er auch wieder aufgelegt. Bei diesem Lunch würde sie Jared noch einmal auf das Geld ansprechen, das nahm sie sich fest vor.

Die restlichen zwei Stunden waren erfüllt von vielen Telefonaten. Die Auftragslage war eher flau, und Sara setzte nur noch die Mitarbeiter ein, die schon lange bei der Agentur waren. Jeden, der unter zwölf Monaten bei Petite Mort beschäftigt war, strich sie von der Liste.

Sie kontaktierte auch noch ein zweites Mal jenen Geheimdetektiv, den sie bisher mit der Suche nach Susan Peters beauftragt hatte, aber noch immer war von dieser Frau keine Spur zu finden. Als hätte sie sich in Luft aufgelöst. Oder als würde jemand sehr einflussreiches sie beschützen, flüsterte eine Stimme in ihrem Kopf.

Sara fuhr sich über das Gesicht. Dieser Zweifel passte ihr gar nicht, und sie ahnte, wer ihr den eingepflanzt hatte. Alans Paranoia drohte, auf sie abzufärben, wahrscheinlich, weil sie ihn so sehr vermisste und sich schuldig fühlte. Sie schob das jedoch von sich und konzentrierte sich auf ihre Arbeit, bis ihr Handy klingelte. Sie sah Jareds Nummer und dann auf die Uhr. Es war schon Viertel nach zwölf. Hastig schaltete Sara den Computer aus und verabschiedete sich bei Mrs Poultry.

Jared wartete in der Lobby auf sie. Er hatte die Hände in den Taschen seines Anzugs und musterte den vor der Tür vorbeifahrenden Verkehr durch die Glastür hindurch.

Sara berührte seine Schulter, und lächelnd drehte er sich zu ihr um. Sein Begrüßungskuss war zart. »Du siehst bezaubernd aus, Schneewittchen«, stellte er fest.

Sara lächelte über sein Kompliment und folgte ihm zu einer schwarzen Limousine. Er hielt ihr die Tür auf und setzte sich dann zu ihr auf den Rücksitz. Der Fahrer wusste anscheinend schon, wo er hinmusste, denn kaum war die Tür ins Schloss gefallen, fädelte der Fahrer sich in den dichten New Yorker Verkehr ein.

»Du wirkst ein bisschen blass. Bist du sicher, dass es dir schon wieder gut geht?«, fragte Jared sie.

Sara seufzte und schüttelte den kopf. »Der Anwalt meines Kunden war heute Morgen bei mir und hatte schlechte Nachrichten. Meine Fristverlängerung wurde gekürzt. Ich habe nur noch bis übermorgen Zeit, das Geld zu beschaffen.«

Jared runzelte die Stirn. »Das ist ungünstig. Bis übermorgen kann ich das Geld nicht besorgen.«

Sara biss die Zähne zusammen. »Jared, wie soll ich …«

Er schnitt ihr das Wort ab. »Ich kann dir dennoch eine Lösung anbieten, die deine kleine Agentur rettet.«

Sie verstummte für einen Moment. »Und was für eine Lösung?«, hakte sie zaghaft nach.

Jareds Fingerspitzen fuhren über die weiße Haut ihres Halses. »Du überschreibst mir die Agentur komplett. Wenn dein Kunde dann Ersatzansprüche geltend machen will, muss er erst mal an meinen Anwälten vorbei. Die können ihn lange genug aufhalten, damit ich das Geld besorgen und dich auslösen kann.«

»Aber dann würde ich meine Agentur trotz allem verlieren!« Jared schüttelte den Kopf. »Du überschreibst sie mir doch nur auf dem Papier. Dein Baby bleibt natürlich dein Baby.« Sara rieb sich über den Nasenrücken. Das Angebot klang nicht schlecht, immer vorausgesetzt, sie konnte Jared vertrauen. Aber genau das fiel ihr zum ersten Mal seit Frankreich wieder schwer. Der Zweifel, den Alan gesät hatte, hatte Wurzeln geschlagen und begann, langsam zu wachsen. Aber die Alternative sah noch schlimmer aus. Entweder überschrieb sie Jared ihre Agentur und ging das Risiko ein, dass sie ihm doch nicht vertrauen konnte, oder aber sie verlor ihre Agentur durch einen öffentlich geführten Prozess gegen Erie. So oder so, sie war gefangen in einem Patt.

»Kann ich noch mal darüber nachdenken?«, fragte sie leise.

»Natürlich, Schneewittchen.«

Die Limousine hielt in einer Tiefgarage. In einem winzigen, aber sehr sauberen Aufzug fuhren sie gemeinsam in die 24. Etage des riesigen Gebäudes.

»In was für ein Restaurant bringst du mich eigentlich?«, erkundigte Sara sich.

Jared schmunzelte. »In eins, das dir gefallen wird«, versprach er. Sara fragte nicht weiter und wartete, bis der Aufzug mit einem Ruck stehen blieb. Die Türen glitten auf, und sie stiegen aus.

Sara sah sich um und musste aufpassen, dass ihr die Kinnlade nicht herunterfiel. Sie befanden sich durchaus in einem Restaurant, allerdings war die Einrichtung mehr als nur extravagant. Mehrere längliche Tische waren aufgestellt, jeder mit einem weißen Tischtuch, das bis auf den grauen Teppichboden reichte. Auf jedem Tisch lag ein nackter Mann oder eine nackte Frau, bedeckt mit diversen Fingerfood-Spezialitäten.

Die Gäste des Restaurants gingen von Tisch zu Tisch und nahmen sich immer wieder etwas von der bloßen Haut. Verirrte Sahnereste, heruntergefallene Ziergurken oder verstreute Petersilie wurden von einigen Besuchern auch mit der Zunge direkt von der menschlichen Unterlage geleckt.

»Immer noch hungrig?«, flüsterte Jared ihr ins Ohr. Sara schauderte ein wenig. Sie besah sich die verschiedenen »Speisen« und wanderte mit Jared an den Tischen entlang. Er nahm ein winziges Stück Brioche, bestrichen mit Frischkäse und einer einzelnen Krabbe, vom Venushügel einer jungen Frau und hielt Sara das Gebäckstück an die Lippen. Sie kostete davon und leckte die letzten Krümel von Jareds Fingerspitze. »Hab ich mir doch gedacht«, meinte er lächelnd.

Sara konnte nicht sagen, dass diese ungewöhnliche Art des Buffet-Essens sie nicht ansprach. Sie nahm versuchweise selbst ein Stück Sushi vom Bauchnabel eines Mannes, zwischen dessen Muskeln sich noch mehr japanische Leckereien fanden, und aß davon. Jared hatte sich derweil ein Würfelchen mit Mango genommen und stippte es in Sahne, die zwischen den weichen Brüsten einer anderen Frau lag.

»Ungewöhnlich, aber nicht schlecht«, erwiderte Sara und war froh über diese Ablenkung.

Einige Männer in weißen Jacken kamen aus der Küche und drapierten sorgsam, mit Gummihandschuhen angetan, weitere Kleinigkeiten auf den nackten Körpern.

Hier nahm niemand Anstoß daran, wenn man auch von der Unterlage kostete. Eine ältere Frau beugte sich gerade über den Schoß eines Mannes, legte das Salatblatt, das ihn bedeckte, weg und schob sich ungeniert seinen Penis in den Mund. Er hielt still, aber Sara sah deutlich die Muskeln in seinem Kiefer zucken, weil er die Zähne zusammenbiss, um sich beherrschen zu können. Anscheinend mussten die menschlichen Teller absolute Starre einhalten. Das reizte sie, und sie wollte ihre Theorie selbst ausprobieren.

Sara ging zu einem sehr schlanken Mann, auf dessen Körper man diverse Obstsorten drapiert hatte. Ein Topf mit Sahne und ein Schälchen mit Schokoladensoße waren auf seinen rasierten Genitalien arrangiert.

Sara pflückte eine Traube von seiner Brust und nahm etwas Soße damit auf. Sie kaute und bemerkte dann, dass einige Tropfen sich auf den Oberschenkel des Mannes verirrt hatten.

»Ich darf doch?«, fragte sie an ihn gewandt. Er atmete ein wenig schneller, antwortete aber nicht. Nur in seinen Augen konnte sie lesen, dass er mehr als nur einverstanden war. Sie beugte sich über seine Lenden und leckte die Schokolade weg. Der Geschmack seiner Haut vermischte sich mit der schweren Süße auf ihrer Zunge. Es prickelte regelrecht. Sara nahm ein Stück Ananas, fuhr damit in den Sahnetopf und verteilte die weiße Masse unterhalb seines Bauchnabels.

Er zuckte zusammen. Topf und Schälchen schlugen klirrend aufeinander. Sara lächelte und sammelte mit ihrer Zunge die Sahnereste auf. Wieder klirrte das Geschirr, weil etwas darunter sich bemühte, sowohl Topf als auch Schälchen wegzudrücken.

Sara steckte sich die Ananas in den Mund und ging mit Jared weiter, sie lachte leise dabei. »Das macht dir unanständig viel Spaß, Schneewittchen«, zog er sie auf.

»Du hast mich doch hierhergeschleppt«, erwiderte sie und zupfte eine kleine Tomate zwischen den Lippen einer jungen Frau hervor.

»Das war kein Tadel«, meinte er schmunzelnd. »Ich freue mich, dass es dir so gut gefällt.« Er blieb stehen, als ein hochgewachsener Mann auf sie zukam. Er trug wie Jared einen maßgeschneiderten Anzug. Sein Aussehen passte nicht recht dazu, er hatte etwas Kräftiges, Bodenständiges an sich.

Sara hätte ihm sofort geglaubt, wenn er gesagt hätte, dass er in seiner Freizeit Bäume in den kanadischen Wäldern fällte. Seine Brust war unglaublich breit, auch der Anzug konnte das nicht verdecken. Er lächelte sie beide an. »Jared, endlich kommst du wieder her!«, sagte er mit einer tiefen, dröhnenden Stimme, die noch in Saras Magen widerhallte.

Jared ergriff die ihm entgegengestreckte Hand und schlug ein. »Hallo, Maxim. Ich dachte mir, ich zeige meiner schönen Sara dein Restaurant.«

Maxims Aufmerksamkeit wandte sich Sara zu. Seine großen Hände umfassten erstaunlich sanft die ihren. Sie verschwanden fast in seiner Pranke. »Wie erfreulich«, sagte er. »Maxim Cole ist mein Name«, stellte er sich dann vor.

»Wir sind alte Geschäftspartner«, erklärte Jared. »Als Maxim merkte, dass ich im Bett auch gerne das Außergewöhnliche pflege, lud er mich in sein kleines Etablissement ein.«

»Du bist seitdem auch jedes Mal wieder gern hier gesehen«, fügte Maxim hinzu und musterte erneut Sara. »Eine echte Schönheit«, sagte er an Jared gewandt, der nickte.

»Und sie gehört mir«, betonte Jared.

Sara hatte das Gefühl, als Fleischstück auf dem Markt begutachtet und dann angeboten zu werden. Sie verschränkte die Arme vor der Brust, zwang sich aber, nichts zu sagen. Jareds Freunde und Geschäftspartner waren immer auf die eine oder andere Art einflussreich. Sie wollte ihn nicht bloßstellen.

»Was hältst du davon, wenn dein Schmuckstück heute unseren Einzeltisch ausprobiert? Wenn sie mit dir zusammen ist, wird ihr so etwas gefallen.«

Sara wandte sich ab und nahm ein Reisbällchen von einem der Tische. Sie hasste es, wenn man über sie redete, als wäre sie Luft. Dennoch hörte sie aufmerksam zu.

»Vielleicht«, sagte Jared in diesem Moment.

Maxim lachte dröhnend. »Gut. Ich besorge euch so lange etwas zu trinken.«

Jared trat neben sie. Er steckte sich eine gebackene Garnele in den Mund. »Und?«, fragte er, nahm Saras Arm und führte sie weiter, »wie gefällt es dir?«

»Ich hasse es, wenn Männer mich wie ein dummes Schulmädchen einfach übergehen«, entgegnete Sara.

Jared zog sie näher an seine Seite. »Nimm es ihm nicht übel, das ist einfach Maxims Art. Er geht mit allen so um. Aber er hat gefragt, ob du das hier ausprobieren möchtest.«

»Wie bitte?«

Jared streichelte ihr beruhigend über den Arm. »Glaub mir, es ist eine aufregende Erfahrung, und gerade du müsstest für so etwas offen sein«, flüsterte er ihr schmeichelnd ins Ohr. Sara schluckte, stieß ihn aber nicht weg.

»Ich gebe auch gerne zu, dass ich den Anblick genießen würde, wenn du hier nackt auf dem Tisch liegen würdest, über und über bedeckt mit Leckereien, die jedem zur Verfügung stehen, und darunter, dein wunderschöner Körper, sozusagen das Grande Finale nach dem Hauptgang«, fuhr er in seiner Verführung fort. Immer wieder unterbrach er sich selbst, um ihr kleine Küsse hinter das Ohr zu geben, in das Ohrläppchen zu beißen und dessen Form mit der Zunge nachzufahren.

Saras Knie wurden weich. »Ich weiß nicht«, murmelte sie schon wesentlich zögerlicher als noch zuvor und wusste selbst nicht, warum ihr Widerstand so leicht ins Wanken kam. »Es tut nicht weh, und ich passe auf, dass dir nichts Böses hier geschieht«, versprach er mit dieser samtigen Stimme. Sara nickte, noch bevor sie es selbst wirklich wahrnahm. Jared strahlte triumphierend.

Maxim tauchte neben ihnen auf, in jeder Hand eine Champagnerflöte. Er reichte erst Sara, dann Jared ein Glas. »Habt ihr euch umgeschaut?«, wollte er wissen.

Jared deutete mit seinem Glas auf Sara. »Mehr als das. Mein Schneewittchen möchte heute den letzten Gang spielen.«

Maxim lächelte zufrieden. »Großartig«, sagte er. »Komm doch direkt mit, dann können wir dich vorbereiten.«

»Jetzt schon?«, fragte Sara überrumpelt, aber Jared nickte ihr aufmunternd zu.

»Du wirst das großartig machen«, versicherte er.

Maxim umfasste ihr Handgelenk und führte sie in die Küche. »Keine Sorge, hier geschieht dir nichts«, erklärte er. »Aber ich muss Jareds Geschmack immer wieder bewundern. Er hat ein Auge für bezaubernde Frauen.«

Sara überging das Kompliment einfach, während sie gemeinsam in die Küche gingen.

»Was genau ist denn mit dem letzten Gang gemeint?«, fragte sie und stellte das Champagnerglas auf einem der Arbeitstische ab.

Maxim ließ ihren Arm los. »Der letzte Gang wird bei uns immer um ein Uhr serviert. Die anderen menschlichen Unterlagen verschwinden, und ein ganz besonderer Tisch wird aufgefahren, von dem alle Gäste des Restaurants und auch die anderen menschlichen Teller kosten dürfen.«

Sara schauderte ein wenig. »Das heißt, alle werden sich nur noch auf mich stürzen?«, meinte sie unsicher.

»Auf dich stürzen klingt nach Raubtieren und Fleisch«, erwiderte Maxim lachend. »Nein, keine Angst. Aber alle werden die Möglichkeit haben, dich zu probieren. Und für dich wird es auch sehr lustvoll werden – von meinen anderen Mitarbeitern hat sich bisher keiner beschwert. Ich suche mir meine Gäste nach sehr genauen Kriterien aus – nicht jeder erhält eine Einladung, um hier essen zu dürfen. Jeder, der zu weit geht, wird sofort rausgeschmissen.«

Sara entspannte sich langsam etwas. Dem hünenhaften Restaurantbesitzer war es ohne weiteres zuzutrauen, dass er Gäste, die sich nicht an die Regeln hielten, eigenhändig vor die Tür setzte.

»Gibt es auch Vorgaben für mich?«, erkundigte sie sich. »Die anderen Teller durften sich nicht bewegen, oder?«

»Genau das«, erwiderte Maxim. »Als letzter Gang hast du diese Vorgabe aber nicht. Wenn du möchtest, darfst du dich bewegen, dich winden – wonach immer dir gerade ist.« Er zwinkerte. »Die einzige Regel, an die du dich halten musst, ist, dass du den Tisch unter keinen Umständen verlassen darfst.«

»Ich glaube, das ist zu schaffen«, versicherte Sara. »Kann ich mich irgendwo umziehen.«

»Natürlich.« Maxim führte sie durch die Küche in einen kleinen Flur. »Das ist die Umkleide für unsere Models«, sagte er und deutete auf eine Tür zu seiner Rechten und dann auf eine andere Tür am Ende des Flurs, »und das dort ist die Toilette. Sag mir Bescheid, wenn du dich ausgezogen hast.«

Sara nickte und verschwand in der Umkleide. Sie fand dort eine Bank und mehrere Schränke vor. Mehrere Kleiderhaufen lagen auf der Bank, und Sara schob sie vorsichtig zur Seite, um sich zu setzen. Wie war sie in diese Situation geraten? Jared. Natürlich durch Jared. Sie seufzte. Früher war es schon immer so gewesen, dass er sie dazu gebracht hatte, Dinge zu tun, vor denen sie zuallererst zurückgeschreckt war.

Es hatte ihr viele neue Erfahrungen beschert, die sie nicht missen wollte, aber im Nachhinein betrachtet, hatte sie sich auch zu vielen Dingen überreden lassen, die nicht so toll gewesen waren und bei denen Saras Zögern sich als berechtigt herausgestellt hatte. War es jetzt also richtig, es wieder zu tun? Was für ein Feigling!, schalt sie sich im nächsten Moment selbst. Mach keinen Rückzieher, und tu es. Was soll schon passieren? Sorgsam legte sie ihre Sachen zusammen und trat nackt bis auf ihre Pumps wieder auf den Flur. Sie fröstelte und schlang die Arme um sich.

»Maxim?«, rief sie leise, und er kam aus der Küche.

Als er sie sah, strahlte er regelrecht und nahm ihre Hände in seine. »Absolut bezaubernd. Wir müssen sogar nichts nachrasieren.«

Sara sah an sich herunter. Zwischen ihren Beinen war ihr Dreieck sorgsam gestutzt und getrimmt, bis auf einen schmalen Streifen. Nirgendwo sonst auf ihrem Körper unterhalb ihres Halses war ein Haar zu finden.

Maxim drehte sie einmal um ihre eigene Achse. »Die meisten meiner Kunden mögen Haare nicht sonderlich auf ihrem Teller«, meinte er grinsend. »Aber der schmale Streifen hier wird niemanden stören.«

Er ging vor in die Küche. Sara folgte ihm, zwei Köche warteten bereits neben einem großen Tisch. Daneben standen Platten mit Pralinen und Spritztüten.

Maxim deutete auf den Rolltisch. »Kommst du allein hoch, oder soll ich dich hochheben?«

»Geht schon«, erwiderte Sara und kletterte wenig elegant auf den Tisch. Die beiden Köche behielten ihre professionellen Mienen bei und verhinderten, dass Sara verlegen wurde. Sie legte sich rücklings auf den mit einer sehr dünnen Matratze und Küchentuch bedeckten Tisch. Maxim kam hinzu und löste ihr Haarband. Sorgsam fächerte er ihre Locken hinter ihrem Kopf auf dem Tisch aus. Immer wieder strich er durch ihr Haar, bis es locker auf dem Tisch schimmerte. Eine kleine Nackenrolle wurde untergeschoben.

»Ist es bequem so?«, fragte der Restaurantbesitzer, und Sara nickte. »Gut, dann beweg dich ab jetzt nicht mehr.« Gehorsam lag sie still, die Hände neben ihrem Körper, und spürte, wie die Pralinen auf ihren dünnen Pappuntersetzern auf ihrem Körper verteilt wurden. Die Pappe sollte verhindern, dass die Schokoladen- und Cremeschichten frühzeitig schmolzen. Fixiert wurden sie durch einen Klecks Sahnecreme auf Saras Haut. Mit dieser Creme zeichneten die Köche spielerische Muster auf ihren Schenkeln und rund um die Brüste. Ihr Schoß wurde mit Sahne eingerahmt, und mehrere Pralinen wurden lose auf ihren Venushügel gelegt. Nach gut zwanzig Minuten waren die Köche fertig.

Maxim beugte sich über Sara. »Sehr appetitlich«, kommentierte er ihre Aufmachung. »Bist du bereit?«

Sara gab nur einen zustimmenden Laut von sich, denn jede

Bewegung hätte die Praline auf ihrem Hals und ihrem Dekolleté zum Rutschen gebracht.

»Du hast es schon gelernt«, sagte Maxim und ging vor. Einer der Köche schob Sara vor sich her, immer hinter Maxim. Der hielt die Küchentür auf und rief in den Gästeraum hinein: »Meine Damen und Herren, der letzte Gang des heutigen Tages.«

Sara hörte einiges Gemurmel und Stimmen und wappnete sich für die Blicke all dieser Menschen. Der Koch schob sie in die Mitte des Raumes, fixierte dort die Räder des Tisches und verschwand.

Sara atmete möglichst flach, damit Bauch und Brust sich nicht allzu sehr hoben und senkten und hielt die Augen geschlossen. Sie konnte die Menge förmlich spüren, die sich um sie gesellte, und wollte der Peinlichkeit entgehen, irgendjemandem von ihnen in die Augen sehen zu müssen.

Noch berührte sie keiner, alle starrten sie nur an. Sie hörte geflüsterte Kommentare darüber, wie verlockend die Sahne auf ihren Brüsten aussah, hielt aber still. Dann wagte endlich jemand den ersten Schritt. Raue Fingerspitzen berührten ihren Schenkel und holten sich etwas von der Creme, die darauf verteilt war.

Sara schlug die Augen auf und erblickte einen älteren Mann in legerem Hemd und Jeans, der seine cremebedeckten Finger einer Frau neben sich hinhielt, die sie mit sichtlichem Genuss ableckte. Der Bann war gebrochen. Mehr Hände streckten sich aus, nahmen Pralinen von ihrer bebenden Bauchdecke. Der junge Mann, der zuvor noch als Teller gedient hatte, tauchte in Saras Blickfeld auf. Er lächelte sie an, zwinkerte und nahm dann eine der Pralinen von ihrer Brustwarze. Er verspeiste erst den Trüffel und beugte sich dann wieder über ihre Brust. »Darf ich?«, fragte er neckend, und sie nickte vorsichtig.

Er schloss die Augen, und seine Zungenspitze tastete suchend über ihren Busen, bis sie die Sahnecreme zur Fixierung der Praline fand und alles aufleckte, bis nichts mehr übrig war.

Sara atmete tief ein und presste die Lippen aufeinander, als ein weiterer feuchter Mund sich über ihren Bauchnabel legte und mit der Kirsche darin spielte. Weitere Personen kamen hinzu. Jemand streichelte über ihre Wange, ein anderer verteilte die Sahnecreme großflächig auf ihren Lenden und küsste sie von dort fort.

Sara konnte nicht anders: Sie spreizte ihre Beine, so weit es auf dem Tisch möglich war. Zustimmendes Murmeln wurde hörbar. Sie sah eine Frau, die eine der wie längliche Muscheln geformten Pralinen nahm und sie in Sahne tauchte. Mit der Praline verteilte sie die Sahne auf Saras Schamlippen, die sich glatt rasiert präsentierten, und schob die Praline dazwischen. Sara stöhnte leise und spürte die Schokolade in ihrem Innern schmelzen. Lange blieb dieses Gefühl nicht erhalten, denn gleich zwei Münder waren gierig dabei, Sahne und Schokolade aufzulecken.

Sie schloss abermals die Augen, um sich nur noch dem Fühlen hinzugeben. Einer der Gäste hatte ihre rechte Hand genommen und saugte an der Daumenspitze, nahm sie tief in den Mund und erkundete mit seiner Zunge die weichen, empfindlichen Kuhlen zwischen den Fingern. Unerklärlicherweise erregte Sara das genauso sehr wie die neckenden Finger und Lippen an ihren Brüsten oder ihrer Scham. Sie legte den Kopf zurück, und mit Sahne bedeckte Finger schoben sich zwischen ihre Lippen. Sara hielt sie gefangen, saugte und knabberte an ihnen, bis auch der letzte Klecks Sahne verschwunden war. Es gab keine Stelle ihres Körpers, die nicht geleckt, gerieben, gebissen oder liebkost wurde. Alles um sie herum war zu reiner Stimulanz, zu reinem Sex geworden.

Sara stöhnte leise und hob sich den Fingern, Lippen und Zungen entgegen. Sie drehte den Kopf zur Seite und öffnete die Augen. Sie sah Menschen um sich herum, Körper, die sich nah an den Tisch drängten, um den letzten Gang ausgiebig kosten und genießen zu können.

Für einen Moment teilte sich diese Wand aus Leibern und gab einen winzigen Spalt frei, durch den Sara sehen konnte. Was sie erblickte, ließ sie regelrecht gefrieren. Am Eingang des Restaurants stand Jared, und an seiner Seite war ein Neuankömmling, den Sara erst erkannte, als er sich vorbeugte. Es war Nicols, Mr Eries Rechtsanwalt.

Er redete auf Jared ein, versuchte, ihn zu beruhigen, aber Jared war wütend, das bekam sie selbst aus dieser Entfernung mit. Die beiden schienen sich gut zu kennen. Sara fühlte sich, als hätte man einen Eiskübel über ihr ausgekippt. Die Menschen um sie herum bewegten sich, der Spalt schloss sich wieder, und sie konnte nichts mehr sehen.

Hastig setzte sie sich auf und schob damit all die Menschen weg. Nackt, wie sie war, drückte sie zwei der Personen beiseite, um zum Eingang zu schauen, aber dort war niemand mehr. Jared und Nicols waren verschwunden.

Kapitel 19

»Du bist so still«, sagte Jared auf dem Weg zurück zur Agentur. Mittlerweile war es drei Uhr. Sara hatte sich mit dem Duschen Zeit gelassen, nachdem Maxim seine zum Ende hin doch sehr überraschten Gäste hinauskomplimentiert hatte. »So schlimm ist es doch nicht gewesen, oder? Du hättest nicht gleich weglaufen sollen«, fügte er hinzu.

Sara sah aus dem Fenster. »Es wurde mir einfach zu viel«, sagte sie.

»Zum Glück ist Maxim sehr gut mit seinen Gästen bekannt. Er wird wieder geradebiegen können, dass du einfach aufgestanden und ins Bad marschiert bist.«

»Ich sagte doch, es wurde zu viel«, fauchte Sara und wandte sich Jared zu.

»Ich habe es verstanden«, erwiderte er kühl und hob eine Braue.

Nichts verstehst du, dachte Sara bei sich und massierte ihre Schläfen. Im Augenblick interessierte es sie einen Dreck, was Maxims geliebte Restaurantgäste und er selbst dachten. Die Szene am Eingang machte ihr mehr zu schaffen. Sie war nach ihrem abrupten Aufspringen zur Tür gelaufen und hatte nachgeschaut. Weder Jared noch Nicols waren irgendwo zu sehen gewesen. Ohne auf Maxims Proteste zu achten, war sie daraufhin durch die Küche in das Bad gelaufen, hatte minutenlang heißes Wasser auf sich niederprasseln lassen.

Die Frage, woher Jared den Anwalt kannte, hämmerte zwischen ihren Schläfen. Wusste er, dass er Saras Kunden vertrat? Hatten die beiden vorher schon Kontakt gehabt? Falls ja, würde das bedeuten, dass Jared schon lange von der drohenden Fristkürzung wusste. Mehr noch, es würde bedeuten, dass er von alldem wusste, dass er es vielleicht selbst eingefädelt hatte …

Aber wie sonst hätte er von der misslichen Lage erfahren sollen, in der Sara sich befand? Wie sonst hätte er genau zum richtigen Zeitpunkt am richtigen Ort sein können, um als Retter aufzutreten und das in einer Weise, die Sara keine andere Wahl ließ, als zuzusagen?

Ihr gesamtes Vertrauen hatte sich binnen weniger Sekunden in Luft aufgelöst. Viele Dinge machten einen Sinn, wenn sie davon ausging, dass Jared seine Hände im Spiel hatte. Es passte zu gut, es war zu perfekt.

Bis Sara im Büro war, blieb sie einsilbig und verabschiedete sich recht kühl von Jared. Bevor die Limousine losfuhr, drehte sie sich noch einmal um. »Bevor ich es vergesse: Ich denke, ich werde dein Angebot annehmen«, erklärte sie durch das offene Autofenster. »Ich überschreibe dir Petite Mort.«

Jared sah überrascht aus, und er nickte. »Sehr gut, Schneewittchen. Du wirst sehen, das ist die richtige Entscheidung.«

»Ja, ganz sicher«, erwiderte Sara und lief ins Bürogebäude.

Sie betrat das Büro, grüßte hastig Mrs Poultry und stürmte in ihr Zimmer. Dort schloss sie hinter sich ab und zog ihr Handy aus der Tasche. Fahrig wählte sie Alans Nummer, aber eine blecherne Stimme am anderen Ende der Leitung erklärte ihr, dass dieser Anschluss nicht mehr existierte.

Sie versuchte es auf dem Festnetz, doch auch dort meldete sich niemand. Sara fluchte lauthals und stürmte wieder hinaus. Vor dem Gebäude rief sie nach einem Taxi und fuhr, so schnell es ging, zu Alans Wohnung. Als sie dort ankam, waren die Fenster dunkel.

Sie klingelte Sturm, klopfte und rief nach ihm, bis schließlich eine Nachbarin neugierig hinter ihrer Tür hervorlugte. »Wollen Sie zu Mr Evans?«, fragte sie und unterbrach Saras Klopforgie.

»Ja. Wissen Sie, wann er nach Hause kommt?«

Die Nachbarin schüttelte den Kopf. »Er ist schon seit ein paar Tagen nicht mehr hier aufgetaucht. Ich hab den Hausmeister schon aufschließen lassen, weil ich Angst hatte, er wäre tot oder so etwas, aber er ist einfach nicht wieder da gewesen.«

Entmutigt wandte Sara sich, einen Dank murmelnd, ab. Es war hoffnungslos, Alan finden zu wollen. Er hatte sich versteckt. Am liebsten hätte sie geschrien.

Sie fuhr zu ihrer Wohnung zurück.

Am nächsten Tag ging sie wieder ins Büro. Sie war wie gerädert, weil sie die ganze Nacht nachgegrübelt hatte, wie sie diese Sache aufklären konnte. Aber ihr war nichts eingefallen. Alan hatte in Frankreich von Beweisen gesprochen, und sie wollte diese Beweise sehen, aber nun war es zu spät. Was ihr blieb, war, Jared zur Rede zu stellen. Sie musste die Wahrheit erfahren, musste wissen, ob sie sich wirklich so sehr in diesem Mann getäuscht hatte. Aus dem Grund hatte sie ihn in die Agentur bestellt, damit sie ihm die Anteile an Petite Mort überschreiben konnte.

Am frühen Mittag kam er zu ihr, gutgelaunt und mit einem Lächeln auf den Lippen. Sara heuchelte Wiedersehensfreude und küsste ihn, ehe er sich setzte.

»Das sollten wir schnell erledigen«, sagte er und deutete auf die Papiere auf ihrem Schreibtisch. »Wir werden Erie so lange von dir fernhalten, bis das Geld da ist.«

Sara nickte. »Ich bin mir sicher, dass ihr das tun werdet. Du bist ja kompetent genug auf dem Gebiet«, meinte sie. »Allerdings wäre es mir ganz recht, wenn wir einen Vertrag aufsetzen könnten. Nicht, dass ich dir nicht vertraue, aber es wäre mir lieber, dass wir festhalten, dass nach erfolgter Zahlung die Agentur wieder auf mich übergeht.«

Jared runzelte die Stirn. »Das ist keine gute Idee. Falls dieser Vertrag publik wird, kann die ganze Sache für nichtig erklärt werden, weil wir betrogen haben. Das ist nicht in deinem Sinne, Schneewittchen.«

Sara achtete nicht weiter auf den alten Kosenamen. »Keine Sorge, er würde nicht publik werden. Ich würde mich einfach nur sicherer fühlen. Den richtigen Mann habe ich auch schon an der Hand. Du kennst ihn: Mr Nicols von der Kanzlei Lindburgh, Dowson und Partner.« Sara beobachtete Jareds Mienenspiel sehr genau, seine Mimik gefror für einen kurzen Moment regelrecht, dann wurde er wachsam. Sara hatte ins Blaue geschossen, und wie es aussah, ins Schwarze getroffen. »Ich habe mit Alan gesprochen«, log sie. »Er hat mir von den Beweisen erzählt, Jared. Von allem.«

Jareds Brauen zogen sich unheilverkündend zusammen. »Also hat er dich doch überzeugt, ja? Und du glaubst ihm das? Dass ich angeblich Leute in deine Agentur schleuse, um dich zu sabotieren? Nur um deine Agentur dem Erdboden gleichzumachen, damit du reumütig zu mir zurückkehrst?«

Sara fixierte Jared mit ihrem Blick. Beweise waren unnötig geworden. »Nein, er hat mich nicht überzeugt«, sagte sie leise, »ich habe seit unserer Rückkehr überhaupt nicht mit ihm gesprochen. Aber du hast mir gerade selbst genug gesagt. Ich wusste nicht, dass du uns jemanden eingeschleust hast, das war reine Spekulation.«

Jared schaute ihr nicht mehr in die Augen.

In Sara zerbrach etwas. »Alan hatte mit allem recht, nicht wahr?«, bohrte sie selbst in der Wunde, die sie aufgerissen hatte. »Du hast mich manipuliert, du hast alle anderen manipuliert, nur weil ich damals gewagt hatte, dich zu verlassen.«

»Verdammt, du bist ohne mich doch gar nicht fähig, dich zu behaupten«, donnerte er mit einem Mal los, und Sara zuckte erschrocken zurück. Seine grauen Augen funkelten wütend. »Du bist nichts weiter als ein dummes Kind, das mit den großen Jungs spielen wollte. Sieh es ein, Schneewittchen, du hast es vermasselt.«

»Es lief wunderbar, bis du der Meinung warst, mich sabotieren zu müssen«, erwiderte sie ruhig. »Wie konntest du es wagen? Nur weil ich deinen hochnäsigen Stolz verletzt habe!«

Jared knurrte etwas und stand auf. »Mag sein«, gab er zurück, »aber ich bleibe, wer und was ich bin. Du wirst demnächst vor aller Welt bloßgestellt und bettelarm sein. Ist es dir das wert?«

»Ich kann das Geld einklagen.«

»Einen Dreck kannst du«, höhnte Jared. »Selbst wenn du es versuchst – und das kannst du gerne tun –, wird es Monate dauern, bis du dein Geld bekommen solltest. Bis dahin hast du bereits alles verloren.«

»Noch nicht alles«, gab sie kalt zurück. »Zumindest habe ich meinen Verstand wieder, den ich einmal mehr für dich Mistkerl ausgeschaltet hatte. Den Fehler mache ich kein weiteres Mal – also verschwinde endlich aus meinem Leben, und lass dich nie mehr blicken.«

Er musterte sie nur mit einer Verachtung, die so kalt war, dass sie brannte. Dann wandte er sich um und ging, als wäre nichts gewesen, seelenruhig aus dem Büro.

Sara warf die Bürotür hinter ihm zu und ließ sämtliche Rollläden im Büro herunter.

Sie setzte sich wieder an ihren Schreibtisch, sackte einfach vornüber und weinte, bis ihr die Kehle weh tat. Die Tränen waren heiß, aber auch reinigend. Es war endgültig vorbei.

Sie wollte Jared niemals wiedersehen – natürlich, ein Teil von ihr, der Teil, der auch schon vor so vielen Jahren auf ihn hereingefallen war, der Teil, der es liebte, jegliche Verantwortung abzugeben und ihm alle Entscheidungen zu überlassen, weinte um seinen Verlust. Aber dieser Teil wurde immer leiser und schwächer. Sara war froh darum. Sie hatte sich blenden lassen und darüber sich selbst verleugnet, und …

Die Erkenntnis traf sie wie ein Faustschlag. Alan! Sie hatte Alan für Jared aufgegeben, hatte ihm nicht geglaubt und aus ihrem Leben gejagt, nur weil sie so verblendet von ihrem ehemaligen Ehemann gewesen war.

Reue über ihre Tat fraß sich in ihr Innerstes, und Sara musste sich zusammenreißen, um nicht einfach zusammenzubrechen. Sie konnte diesen Fehler niemals wiedergutmachen, das wusste sie. Und sie würde auf angemessene Weise dafür büßen. Ohne Jareds Geld würde sie die Agentur verlieren. Ihr bisheriges Leben, das Leben der letzten drei Jahre, in denen sie wirklich glücklich gewesen war, hatte sich einfach aufgelöst. Und Sara glaubte, dass sie genau das verdient hatte.

Nach einer Ewigkeit rappelte sie sich auf und wischte sich die Tränen aus dem Gesicht. Die Wimperntusche war vollkommen verlaufen, und sie richtete sich wieder her, ehe sie hinaus zu Mrs Poultry ging. Die Sekretärin erschrak deutlich, als sie Sara sah, und stand auf. Ohne Worte zog sie die jüngere Frau in eine feste Umarmung, und Sara spürte neue Tränen aufsteigen. Mrs Poultry führte sie zu der Sitzecke, und Sara weinte ungehemmt, schluchzte und stammelte zwischendrin immer wieder etwas von ihren eigenen Vorwürfen. Ob Mrs Poultry sie verstand oder nicht, konnte Sara nicht sagen, aber sie blieb bei ihr und tröstete sie, so gut es ging.

Irgendwann konnte Sara sich wieder zusammennehmen, und sie trocknete sich das Gesicht mit dem Taschentuch, das die Sekretärin ihr reichte. »Danke«, sagte sie.

»Was hat er denn zu Ihnen gesagt, dass Sie so außer sich sind, Mrs McLaughlin?«, fragte Mrs Poultry.

»Ich glaube, in Anbetracht der Umstände können Sie mich Sara nennen«, erwiderte diese und sah zur Eingangstür der Agentur. »Es ist eher das, was ich gesagt habe. Oder nicht gesagt habe, Mrs Poultry.« Sara schneuzte sich wieder.

»Maria«, verbesserte Mrs Poultry sie sanft und tippte sich nachdenklich gegen das Kinn. »Und was genau hast du wem nicht gesagt?«

Sara überlegte. »Ich habe Alan nicht gesagt, dass er nicht gehen darf und dass ich ihm glaube«, erklärte sie schließlich und spielte nervös mit den Ecken des Taschentuchs. »Und ich habe Jared nicht gesagt, was für ein Arsch er ist und dass er sich zum Teufel scheren soll.«

Maria schmunzelte. »Ich befürchte, damit hast du recht.«

»Genau das habe ich«, seufzte Sara und sah sich um. Das hier war ihr Herzblut, ihre große Lebensliebe, und nun würde alles einfach so verschwinden. »Ich befürchte, ich habe schlechte Nachrichten für dich, Maria«, begann sie zögerlich. »Die Agentur … ich kann sie nicht mehr halten. Kannst du bitte ein Schreiben an Mr Erie aufsetzen und ihm anbieten, die Agentur anstelle des Geldes, das ich ihm schulde, zu übernehmen?«

Auf Marias strengem Gesicht erschien eine nachdenkliche Falte. »Glaubst du, das ist eine so gute Idee?«

»Es ist die einzige, die ich noch habe«, schniefte Sara. »Das, oder ich ziehe vor Gericht und verliere haushoch. Nein, versuchen wir es lieber auf dem Weg. Ich hoffe nur, dein Arbeitsplatz bleibt dabei erhalten.«

Maria wiegte nachdenklich den Kopf und schüttelte ihn schließlich. »Ich werde das Schreiben aufsetzen. Aber ich denke, du wirst dich noch wundern – alles wird sich zum Guten wenden, davon bin ich überzeugt.«

Sara lächelte müde. »Es wäre schön, wenn ich das glauben könnte.«

»Du musst nicht daran glauben«, antwortete Maria. »Es reicht, wenn ich es tue.«

Sara verbrachte den Rest des Tages zu Hause. Sie zog den Stecker des Telefons heraus und öffnete eine Flasche Pinot Noir. Alan hatte sie ihr geschenkt, in einem ganz anderen Leben. In einem, in dem sie noch Freunde waren. Saras Kehle wurde eng. Sie vermisste Alan furchtbar, mehr noch, seit sie wusste, wie unrecht sie ihm getan hatte. Ihre eigene Dummheit widerte sie an – wie konnte sie nicht mutig genug sein, sich auf das Risiko mit Alan einzulassen, aber doch dumm genug, um den gleichen Fehler mit Jared zu wiederholen? Alan hatte sie niemals enttäuscht, sie niemals im Stich gelassen. Er hatte noch versucht, sie zu beschützen, als sie ihn mit allen Mitteln fortstieß, um bei Jared zu sein. Und er hatte sie noch gewarnt!

Sara trank fast ein ganzes Glas Wein auf einen Zug aus. Weitere Gläser folgten, bis sie sich traute, ins Bett zu gehen. Der Alkohol half ihr, Schlaf zu finden, aber er war nur leicht, und immer wieder schreckte sie auf. In den frühen Morgenstunden siegte dann die Erschöpfung. Sara fiel in tiefen Schlaf, in dem nicht einmal Träume sie heimsuchen konnten und wo die Verzweiflung einfach Teil der Dunkelheit wurde.

Ein hohes Pfeifen und eine ekelhaft fröhliche Melodie weckten Sara. Sie blinzelte und stöhnte, als sie direkt in einen Strahl Sonnenlicht blickte. Der Pinot wirkte noch immer in ihrem Kopf, und die nervende Melodie wollte einfach nicht aufhören. Sara zog sich das Kissen über das Gesicht und sperrte so alle Geräusche aus. Nach einer Weile hob sie das Kissen wieder an. Stille umfing sie. Sara seufzte leise und zog die Decke wieder höher, drehte sich um, um dem Sonnenlicht und dem neuen Tag zu entkommen. Sie wollte nicht aufwachen, noch waren die Erinnerungen an den gestrigen Tag nicht über sie hereingebrochen.

Wieder klingelte es. Sie überwand sich, stand auf und ging zu ihrer Garderobe, um ihr Handy aus der Handtasche zu holen. Es schrillte noch immer, und sie drückte die Annahmetaste. »Was?!«, blaffte sie mit all der Frustration und der Müdigkeit, die sie plagten.

»Endlich erreiche ich dich!«, erwiderte Maria erleichtert, ohne auf Saras Ton einzugehen. »Gibt es eine Störung mit deinem Festnetz?«

»Ich habe den Stecker rausgezogen«, murmelte Sara und rieb sich über das Gesicht. Sie wollte nicht an die Agentur denken. Sie wollte an gar nichts mehr denken.

»Funktioniert dein Fernseher denn wenigstens noch? Falls ja, schalt ihn sofort an!«

»Maria, wirklich, ich …«

»Tu es, sofort!«

Sara war zu müde, um sich zu streiten. Sie nahm die Fernbedienung und stellte den Sender an, den Maria ihr nannte. Anfangs verstand sie nicht, warum sie ausgerechnet dorthin schalten sollte, aber dann wurden ihre Augen groß. Jared wurde dort gerade in Handschellen abgeführt. Nicols, der Rechtsanwalt, lief neben ihm, die Hände ebenfalls gefesselt. Im Gegensatz zu Jared, der den Blick gesenkt hielt und auf die Fragen der ihn umgebenden Reporter nicht antwortete, verteidigte der Anwalt sich lautstark.

Sara runzelte verwirrt die Stirn. »Was ist da passiert?«, hauchte sie fassungslos in ihr Handy.

»Räuberische Erpressung«, antwortete Maria. »Angeblich hat dein Exmann mehrere Senatoren auf seiner Liste, die er wahlweise bestochen, geschmiert oder erpresst hat. Die Polizei hat gestern die entscheidenden Beweise zugespielt bekommen, um einen Haftbefehl auszustellen.«

»Ist das wahr?« Auch wenn Sara es so deutlich vor sich auf dem Bildschirm sah, konnte sie es einfach nicht glauben.

»Das ist es«, bestätigte Maria ihr. »Susan Peters wurde ebenfalls aufgegriffen und wird gerade verhört.«

»Maria … weißt du, was das heißt? Ich habe eine Chance, die Agentur zu behalten!«

»Die wirst du in jedem Fall behalten. Deine Schulden wurden beglichen.«

»Von wem?«

»Das kann ich dir nicht sagen. Aber laut einem sehr kleinlauten Mr Erie, der heute hier in der Agentur auftauchte, ist die Sache bereinigt.«

»Das kann doch nicht sein. Das ist alles zu schön, um wahr zu sein«, hauchte Sara.

Maria lachte. »Ich sagte es dir doch schon, es wird sich alles zum Guten wenden.« Sie sagte noch etwas, aber Sara hörte es kaum.

Maria verabschiedete sich von ihr, und Sara ließ das Handy einfach auf ihr Sofa fallen. Das konnte unmöglich wahr sein. Sie starrte den Bildschirm an, auf dem ein Nachrichtensprecher gerade das Wetter verlas. Jareds Gesicht war schon längst wieder verschwunden, aber Sara sah es vor ihrem inneren Auge noch immer deutlich. Er hatte Handschellen getragen. Er, der doch sonst immer alles unter Kontrolle hatte, hatte sie nun verloren und musste zum ersten Mal die Konsequenzen seines Handelns tragen.

Sara verspürte weder Triumph noch Genugtuung. Sie konnte einfach noch nicht fassen, dass ihre Probleme sich mit einem Mal in Luft aufgelöst haben sollten. Es war zu einfach, zu schön, aber es war wahr.

Sara legte den Kopf in den Nacken und lachte, lachte so laut und lange, bis sie heiser war.

Kapitel 20

Sara schob sich die Sonnenbrille in die Haare und lehnte sich im Polster des Taxis zurück. Der Sommer war endgültig nach New York zurückgekehrt, die Sonne heizte tagsüber den Asphalt der Gehwege auf und ließ die Luft flimmern. Jetzt, in den Abendstunden, wenn die Hitze sich langsam zurückzog, schien die Stadt die letzten Quentchen Wärme in sich aufzusaugen, wie trockene Erde das Wasser.

Sara trug nicht mehr als ein weich fallendes Maxikleid im Empirestil. Das Fenster des Taxis hatte sie weit genug heruntergekurbelt, um sich den Fahrtwind um die Nase wehen zu lassen. Der Taxifahrer hatte ihr angeboten, die Klimaanlage anzuschalten, aber Sara bevorzugte die natürliche Methode.

Seit gut zwei Wochen nahm sie alles viel intensiver wahr. Es war wie eine zweite Geburt, sie hatte fast alles zurückbekommen, was sie verloren geglaubt hatte. Und es erschien ihr noch immer wie ein kostbares Geschenk, das ihr jederzeit wieder genommen werden konnte.

Es war nicht perfekt, aber es war das, was sie wollte. Viele der Aufträge nahm sie seither auch selbst an und widmete jedem so viel Zeit und Aufmerksamkeit wie nie zuvor. Die Dinge waren gut so, wie sie waren – bis auf die Momente, in denen ihre Gedanken umherstreiften und unweigerlich auf Alan kamen.

Noch immer war es ein Stich ins Herz, wenn sein Gesicht vor ihrem inneren Auge auftauchte, aber sie respektierte seinen Wunsch, keinen Kontakt mit ihr haben zu wollen. Seine Nummer hatte sie dennoch nie gelöscht, und tief in ihrem Herzen trug sie die Hoffnung mit sich herum, dass sie ihn doch noch einmal treffen konnte. Irgendwann einmal.

Draußen raste die Stadt an ihr vorbei, mit all ihren kleinen und großen Sorgen und Wünschen. An ihrem Zielort hielt das Taxi mit quietschenden Reifen. Sara bezahlte den Fahrer und blieb vor dem Stadthaus stehen. Es war die richtige Adresse, aber sie sah noch überall Baugerüste und Malerarbeiten. Das Haus wurde renoviert, auch wenn im Augenblick keine Arbeiter anwesend waren. Nur hinter dem obersten Fenster war Licht. Sara tastete zu ihrer Handtasche und erfühlte die Kontur des Tränengasfläschchens. Zwar hatte sie, wie immer bei einem Neukunden, die üblichen Sicherheitsmaßnahmen vorgenommen, aber mit diesem Fläschchen fühlte sie sich noch immer sicher.

Sara stieg die wenigen Stufen zur Tür hinauf und klingelte. Niemand antwortete. Sie klingelte noch einmal, und endlich ertönte der Summer. Sara drückte die Tür auf und stand inmitten eines großen halbfertigen Flures, an dessen Seite eine große Treppe nach oben führte. Da sie im oberen Stockwerk Licht gesehen hatte, ging sie hinauf.

Sie stand auf dem obersten Absatz der Treppe und war unschlüssig, wohin sie sich wenden sollte. Schließlich entschied sie sich, die große Flügeltür zu ihrer Rechten zu nehmen, anstatt die einfache Tür zu ihrer Linken. Sie klopfte an und schob sie auf, als jemand »herein« rief. Vorsichtig spähte Sara hinein – sie befand sich anscheinend im Schlafzimmer des Hauses, aber außer ihr war niemand da. »Hallo?«, rief sie noch einmal und wurde plötzlich rücklings von zwei starken Armen umfasst. Sie reagierte reflexartig, versuchte, sich halb herumzudrehen, und schlug der Person hinter sich die Handtasche an den Kopf.

Ihr Angreifer ließ sie los und griff sich an die Stirn. »Verdammt, Sara, du musst besser zielen lernen«, beschwerte Alan sich und rieb sich die Nase. »Das hätte ins Auge gehen können.«

Sie starrte ihn an. »Du?«

»Ja, ich.« Er betastete vorsichtig seinen Nasenrücken. »Ich hoffe, das schwillt nicht an«, murmelte er.

Noch immer konnte Sara ihn nur anschauen. Sie war unfähig, sich zu rühren, konnte einfach nicht vom Fleck, bis die Erkenntnis endlich tiefer sackte: Alan war da. Er war direkt vor ihr, er … sie stieß einen erleichterten Schrei aus, schlang ihm die Arme um den Nacken und küsste ihn, während abwechselnd Lachen und Schluchzen ihre Kehle hinaufdrängten.

Alan seufzte, als sie seine Nase streifte, lachte dann aber und zog sie an sich, um ihren Kuss ebenso innig zu erwidern. Sie wollte den Kuss nicht beenden, aber die Fragen brannten ihr auf der Zunge.

Sara zog sich zurück und sah ihn noch immer fassungslos an. »Alan«, hauchte sie ungläubig und streichelte sein Gesicht, als müsste sie sich vergewissern, dass er echt und bei ihr war. Wirklich bei ihr.

Seine Blicke trafen auf ihre. »Mhm«, brummte er zufrieden. Er setzte sich auf die Kante des Bettes, zog Sara zu sich, um den Kuss fortzusetzen, aber sie hielt ihn zurück.

»Was … warum bist du einfach so wieder da?«, fragte sie atemlos. »Du bist so plötzlich verschwunden, und ich dachte, du meinst das ernst damit, mich niemals wiedersehen zu wollen und …« Vor lauter Aufregung plapperte sie drauflos, konnte nicht mehr aufhören.

Alan schob ihr die Zunge zwischen die Lippen und brachte sie so zum Schweigen. »Denkst du, das könnte ich übers Herz bringen?«, fragte er sie, und Sara schüttelte den Kopf.

»Ich hatte trotzdem Angst, dass du es getan hast«, sagte sie und sah auf ihn herab. Alan schüttelte den Kopf und umfasste ihre Knie. »Das könnte ich nicht. Aber da du so dumm warst, nicht auf mich zu hören, musste ich die Sache selbst in die Hand nehmen.«

»Du hast der Polizei die Beweise zugespielt, stimmt's? Und Erie das Geld gegeben.« Sie berührte seine Schultern. »Ich habe gedacht, dass es ein Wunder wäre, wie sich plötzlich alles aufgelöst hatte. Fast zu gut, um wahr zu sein.«

»Mit einem Wunder hatte das nicht viel zu tun«, erwiderte Alan und ergriff ihre Hand, um einen Kuss auf die Innenseite zu hauchen. Sara lächelte.

»Im Endeffekt hingen all deine Probleme nur mit einem Mann zusammen – Jared«, fuhr er fort. »Die Lösung lag also auch in ihm, und da ich schon einiges wusste, begann ich weiterzusuchen.«

»Und was hast du gefunden?«

»Einige sehr interessante Informationen. Nachdem ich einmal herausgefunden hatte, wen Jared alles in der Hand hatte, musste ich mir nur noch die nötigen Beweise aus seinem Unterschlupf in Frankreich herauspicken und den zuständigen Behörden hier in den USA vorlegen. Für den Rest musste ich mir die Hände nicht schmutzig machen.«

»Und das Geld?«, hakte Sara nach.

Alan grinste ein wenig verlegen, und kleine Grübchen bildeten sich in seinen Wangen. »In seinem Büro habe ich so einiges gefunden, unter anderem diverse Zugänge auf seinen Auslandskonten.«

»Alan, das ist Diebstahl!«, warf Sara ein, aber der kitzelte sie in den Kniekehlen, so dass sie rasch schwieg.

»Ist es nicht. Ich habe nicht mehr genommen als das, was er dir ohnehin schuldete. Du hattest deinen Teil der Vereinbarung eingehalten, er nicht. So wurde alles ausgeglichen. Und wenn du es richtig anstellst, kannst du dir, nachdem Susan Peters gestanden hat, das Geld auch zurückholen.«

»Das hast du dir ja fein ausgedacht«, meinte sie leise lachend. »Ich halte es dennoch für ein Wunder.«

»Ich eher für ausgleichende Gerechtigkeit«, erwiderte Alan mit einem Schulterzucken. »Aber wie es aussieht, hat sich bei dir auch so einiges getan.«

Sara seufzte, und sie erinnerte sich, wie sehr sie Alan verletzt hatte. Auch wenn er es ihr verziehen hatte, musste sie doch Abbitte leisten. »Ich hätte gleich auf dich hören sollen«, erklärte sie schuldbewusst, »aber ich konnte es nicht. Irgendwie hing ich noch immer an Jared, selbst, nachdem ich mich von ihm getrennt hatte. Diese Wunschvorstellung von einem ›besseren‹ Jared, der irgendwo in ihm schlummerte, war nicht totzukriegen. Vielleicht wollte ich mir das auch nur einreden, damit ich nicht denken musste, die gesamte Zeit unserer Ehe wäre verschwendet gewesen.«

Alan hörte ihr aufmerksam zu. »Ich denke nicht, dass sie verschwendet war. Es ist nur traurig, dass du nichts daraus gelernt hast.«

»Was meinst du?«, fragte sie mit einem Stirnrunzeln.

»Du bist wieder auf ihn hereingefallen«, sagte er ernst, und seine Hände glitten von ihren Kniekehlen die Rückseite ihrer Oberschenkel entlang zu ihrem Po. »Vielleicht wirst du es in Zukunft wieder tun.«

»Nein!«, stieß Sara heftig aus. Sie umfasste Alans Gesicht und zwang ihn, sie anzusehen. »Ich will die alten Fehler nicht noch einmal machen, und ich glaube, mittlerweile werde ich das auch nicht mehr. Es war ein Fehler zu denken, ich wäre schon stark genug, um gegen Jared bestehen zu können. Es war ein Fehler, mich wieder auf ihn einzulassen, und es war ein Fehler, dich für meine Dummheit büßen zu lassen.« Sara küsste ihn auf die Nasenspitze. »Kannst du mir vergeben?«

»Soll ich denn?« Er sah zu ihr auf und musste angesichts ihrer entsetzten Miene lachen. »Keine Angst«, meinte er grinsend, »ich habe dir schon längst verziehen.«

Empört stieß Sara ihn auf den Rücken und hockte sich rittlings auf ihn. »Ich schütte dir mein Herz aus, und du lachst auch noch«, beschwerte sie sich, was aber schnell durch Alans Mund auf ihrem erstickt wurde. Er hielt noch immer ihren Hintern umfasst und massierte das weiche Fleisch durch ihr Kleid hindurch.

Sara atmete tief ein, und ihre Zungenspitze rang mit seiner, umschmeichelte sie im nächsten Moment, tippte nur spielerisch dagegen. Er beantwortete den Kuss durch einen leichten Klaps auf ihren Po, der Sara zusammenzucken ließ. »Nicht so grob, der Herr«, lachte sie, und auch Alan grinste.

»Eigentlich sollte ich dich übers Knie legen und versohlen«, erwiderte er und zog an ihrem Kleid. Langsam wurde es angehoben, und bald war ihr Hintern in dem String entblößt. Es klatschte laut, als Alans Handfläche darauf niedersauste.

Sara keuchte auf und grub die Finger in die Laken.

»Noch einmal?«, fragte Alan sie, und Sara nickte.

Seine Hand traf ihren Po, noch einmal, noch einmal, ein drittes Mal, und jeder Schlag war eine süße Verheißung. Sara rieb ihr Becken an Alans Schoß und schluckte. Nach dem sechsten Schlag hielt er inne und sah zu ihr auf. Zärtlich strich er ihr die wirren Locken aus der Stirn. »Sara«, sagte er leise, und sie beugte sich zu ihm herunter. Ganz sanft berührte sie seine Lippen.

»Ich liebe dich«, murmelte sie und sah in seinen Augen etwas aufflammen.

Er zog sie nah an sich. Sie lachte leise und küsste ihn wieder. Noch einmal wiederholte sie ihr Liebesgeständnis, und Alan lächelte, küsste sie, ließ sich küssen und berühren.

Sara richtete sich wieder auf und zog Alan rasch das T-Shirt aus. Nun lag er mit bloßem Oberkörper unter ihr. Sara wollte alles an ihm kennenlernen. Sie wollte ihn vollkommen erkunden und rutschte deshalb von ihm herunter.

Neben ihm kniend, fuhren ihre Finger die Konturen seines Gesichts nach. Den kantigen Kiefer, die gerade Nase, die sinnlichen Lippen. Tiefer, über das Kinn hinweg zu seinem Hals. Sanft berührte sie den Adamsapfel, verweilte an der winzigen Kuhle zwischen seinen Schlüsselbeinen.

Alans Blick lag ungeduldig auf ihr, aber Sara wollte es auskosten. Sie streichelte ihn weiter, über die ausgeprägte Brust hinunter zu den Bauchmuskeln. Neckend stupste ihr Zeigefinger in seinen Bauchnabel, und sie kicherte, als Alan zusammenzuckte.

Ihr Weg wurde durch den Bund seiner Jeans aufgehalten. Langsam knöpfte Sara sie auf und sah Alan dabei in die Augen. Er war atemlos, beobachtete gespannt, was sie dort tat.

Als sie seine Hose geöffnet hatte, stand Sara auf und zog sie ihm ganz aus. Er lag nun nackt vor ihr auf dem Bett, und zwischen seinen Beinen sah sie deutlich, wie bereit er für sie war. Aber noch wollte sie ihn weiter erkunden.

Jahrelang unterdrücktes Verlangen bahnte sich seinen Weg und führte ihre Hand. Sara setzte sich wieder neben ihn und ließ ihre Fingerspitzen träge über seinen Bauchnabel und die empfindlichen Stellen darunter gleiten. Zufällig streifte sie die Spitze seines steif aufragenden Schwanzes mit ihrem Unterarm, und Alan zuckte.

»Langsam«, murmelte sie und küsste zärtlich die bebende Eichel. Sie fuhr mit den Fingern durch sein helles Schamhaar – es kräuselte sich angenehm unter ihrer Haut und umrahmte seine Erektion. Liebevoll kraulte sie durch die feinen Härchen und beugte sich schließlich tiefer, um Alan in ihren Mund gleiten zu lassen.

Seine Ungeduld wurde geweckt. Während sie begann, ihn

mit dem Mund zu verwöhnen, zog er ihre Hüfte zu sich und brachte Sara dazu, sich über ihn zu knien. Sie merkte, wie er ihr das Kleid noch höher schob.

Ein spitzer Schrei entfuhr ihr, als er den String nutzte, um ihn straff zu spannen und ihn zwischen ihren Schamlippen hin- und hergleiten zu lassen. »Quäl mich nicht so«, keuchte sie. Als Antwort hob er ihr seine eigenen Hüften entgegen, und sie nahm ihn wieder in sich auf.

Ihre Konzentration schwand schnell. Alans Zunge hatte begonnen, ihren Körper zu erkunden, und das Gefühl raubte Sara jeden Funken klaren Verstandes. Sie bewegte sich auf Alan, wollte seine Zunge tief in sich spüren, doch er gab ihr immer nur so viel, wie sie ihm auch zukommen ließ. Wann immer Sara die Beherrschung verlor und ihren Blowjob unterbrechen musste, weil die Lust sie übermannte, hörte Alan sofort auf und setzte seinen Kuss an ihrer Pussy erst fort, sobald auch sie weitermachte. Auf diese Weise war Sara bald an einen Punkt angelangt, an dem sie nahezu willenlos war.

Sie kannte die Anzeichen: Auch Alan würde nicht mehr lange brauchen. Sara stand abrupt auf und saß schwer atmend und mit brennendem Blick neben Alan. Er tat es ihr nach und zog sie in einen fordernden Kuss, wobei er ihr Kleid packte und endgültig nach oben zog. Sie mussten den Kuss unterbrechen, um ihr das Kleid über den Kopf streifen und zur Seite werfen zu können, doch wie von einem Magneten angezogen, fanden ihre Körper wieder zueinander. Er wollte sie so sehr, wie sie ihn begehrte, und zum allerersten Mal in ihrem Leben verspürte Sara vollkommenes Vertrauen.

Sie drängte Alan gegen das Kopfende des Bettes und richtete sich auf, um den String ausziehen zu können. Er landete neben dem Kleid.

Alan ahnte, was sie vorhatte. Er umfasste ihre Hüften und half ihr, sich rittlings auf ihn zu setzen. Mit drei Fingern strich er über ihre weit offene Scham, reizte die Perle noch etwas, ehe er seinen Schwanz nahm und ihn tief in Sara führte.

Sie ließ sich auf ihn sinken und hielt erst inne, als sie vollkommen auf Alan saß. Beide bewegten sich nicht, sahen sich nur an. Es war richtig, es fühlte sich vollkommen an.

Sara schluckte und betrachtete ihren Liebhaber. »So lange«, flüsterte sie und streichelte seine Wangen.

Er drehte den Kopf halb, um ihr die Handflächen zu küssen. »Denk jetzt nicht daran«, raunte er ihr zu. »Jetzt ist die Gegenwart. Die verlorene Zeit können wir ein anderes Mal betrauern.«

Sara nickte dankbar und schmiegte sich an ihn. Ihre harten Nippel rieben über seine Brust. Sara stöhnte leise und genoss es, Alan auf ihrem ganzen Körper zu spüren: Er war tief in ihr, er hielt sie fest, er rieb sich an ihr.

Sie begann, sich zu bewegen, und hörte sein Stöhnen an ihrem Ohr. Sara schlang ihm die Arme um den Nacken, und ihre Wange presste sich an seine. Er kam ihr, so gut es ging, entgegen. Ihre Bewegungen waren zögerlich, sie mussten sich noch aufeinander einspielen, aber keinen von beiden störte es. Sara genoss jede Sekunde ihres Zusammenseins. Die letzten Tage und Wochen, alles verschwand und löste sich in Luft auf. Was zählte, war Alan.

Sie küsste ihn dankbar, spürte seine Erwiderung und ließ ihr Becken schneller auf ihm kreisen. Er ermutigte sie mit Kosenamen, flüsterte ihr zu, wie sehr er sich das gewünscht hatte, und spornte sie an.

Sara keuchte und begann einen härteren Rhythmus, der sie näher an den Höhepunkt brachte. Alan nahm ihn sofort auf. Seine Hände halfen ihr, wann immer sie sich anhob, nur um sich danach umso tiefer auf ihn sinken zu lassen, bis sie ihn so weit wie möglich in sich aufgenommen hatte.

Er stöhnte ihren Namen. Seine Haut war heiß, feiner Schweiß

bildete sich darauf, ebenso wie auf Saras Körper. Sie biss in seinen Hals, wollte noch mehr Nähe, noch mehr von ihm, und er gab es ihr willig. Sein Schwanz wurde noch härter in ihr. Vor Saras Augen verschwamm alles, und sie schloss sie, um Alan mit allen anderen Sinnen wahrzunehmen.

Sein Duft war berauschend. Sie hörte das Gleiten und Schieben ihrer beiden Körper aufeinander, seinen heiseren Atem, sein Keuchen. Ihre Hände wanderten über seinen Nacken, gruben sich in sein Haar. »Alan«, murmelte sie an seinem Ohr. »Alan.«

Sein Name war auf ihren Lippen, als sie kam. Ihr Orgasmus brandete über sie hinweg, riss sie mit, doch diesmal war es anders. Sie war nicht allein. Alan kam im selben Augenblick wie sie, und Sara spürte deutlich, wie sie beide sich noch weiter verbanden, wie zueinanderfand, was zueinandergehörte.

Das Wissen erschütterte sie, ebenso wie ihr Höhepunkt, und sie schmiegte sich noch etwas mehr an Alan. Sein Samen mischte sich mit ihren Säften und rann aus Saras Spalte. Es kümmerte sie nicht. Matt und noch in ihrem Nachbeben gefangen, lehnte sie an Alan, das Gesicht an dessen Halsbeuge geborgen.

Träge strich er ihr über den Rücken und küsste ihr Ohr. Sara genoss die Stille, die zwischen ihnen herrschte. Sie spürte Alans Herz schlagen, hörte seinen Atem, der sich langsam wieder beruhigte, und fühlte ihn noch immer in sich.

»Was machst du eigentlich in dem leeren Haus hier?«, wollte sie wissen, nachdem sie beide sich wieder beruhigt hatten.

»Es steht bald nicht mehr leer, aber ich wollte es dir zeigen, bevor du hier einziehen musst.«

»Warum sollte ich hier …« Saras Blick wurde ungläubig. »Fragst du mich etwa gerade, ob ich bei dir einziehe?«

»Eigentlich nicht, aber wenn du gerade darauf bestehst.« Sara lachte und drückte sich fest an ihn. »Was für eine Frage, natürlich bestehe ich darauf«, sagte sie und hauchte ihm einen Kuss auf den Nacken. »Und ich bestehe darauf, dass du wieder mit mir zusammen Petite Mort leitest. Ohne dich funktioniert es nicht.«

»Wie schmeichelhaft.«

»In der Tat.« Sara lachte und spürte Alans Küsse auf ihrer Wange. Was auch immer jetzt noch kommen mochte, würde sie nicht schrecken können. Nie mehr.